Martin Selber
Gnostika oder Haus am See

MARTIN SELBER

Gnostika

oder

Haus am See

Roman

1989

Bibliografische Information der Deutschen Nationalbibliothek:
Die Deutsche Nationalbibliothek verzeichnet diese Publikation in der
Deutschen Nationalbibliografie; detaillierte bibliografische Daten
sind im Internet über http://dnb.dbn.de abrufbar.

© 2014 Waltraut Merbt
Herausgeber: Peter Merbt, Wanzleben/Börde
Satz, Layout und Umschlaggestaltung: Peter Merbt
Herstellung und Verlag:
BoD – Books on Demand, Norderstedt
ISBN 978-3-7347-3402-1

1

Flucht in die Stille

Die Arbeiter, die müde von der Schicht kamen, trugen ihr Gähnen unter das Wetterdach der Haltestelle. Die Sonne hatte noch nicht zwischen die Häuser gefunden, auf dem Pflaster zerging die spärliche Feuchte der Nacht. Es war wie an jedem Alltagsmorgen, ehe der Bus nach Rabisdorf angekrochen kam, träge wie immer. Ohne sich anzusehen, standen die Männer in lockerer Gruppe. Ihre Gespräche begannen zäh, mit spärlich tropfenden Worten. Es ging um ein Fußballspiel, das man wegen der Schichtarbeit nicht hatte sehen können, doch nur wenige nahmen daran wirklich Anteil. Die Müdigkeit erwies sich als stärker.

Dann kam diese ältere Dame. Sie ging in Schwarz, der Farbe der Trauer. Ein Junge fuhr ihr zwei Koffer im Handwagen nach. Sie grüßte freundlich, ein bisschen verlegen, wie es schien. Der und jener brummelte eine Antwort. Man musterte sie. Wer mit dem Frühbus aus der Stadt nach Rabisdorf will, kennt jeden Mitfahrer. Diese zierliche Frau aber hatte vorher niemand gesehen. Eine Fremde also, und Fremde, die mit Gepäck den Bus aufs Land hinaus benutzen, reisen ganz sicher zum *Haus am See*, wohin auch sonst.

Der Junge stand blinzelnd neben dem Handwagen, noch nisteten die Schatten der Träume in seinem Gesicht. Plötzlich blickte er auf, horchte auf das näherkommende Geräusch eines Dieselmotors. Da bog der Bus um die Ecke. Die Schichtarbeiter bildeten die gewohnte Reihe. Zischend öffnete sich die Vordertür, es roch nach Schmierfett und Straßenstaub. Die Fahrgäste trotteten heran, stemmten sich hoch, grüßten den Mann am Lenkrad. Der nickte, verlangte aber nicht einmal die Wochenkarten zu sehen, denn auch ihm waren alle Gesichter vertraut - bis auf das der älteren Dame in Schwarz, die als Letzte einstieg, mit fragendem Blick das Geldtäschchen öffnend. Der Junge hob die Koffer herein, empfing letzten Dank, ging zurück zum Handwagen.

Es waren wenig Menschen unterwegs um diese Stunde und kaum Fahrzeuge. Der Bus fuhr halb auf der Mitte der Straße. Der Fahrer drehte den Rückspiegel so, dass er die Frau sehen konnte. Sie hatte ein feines Gesicht, sicherlich war sie einmal hübsch gewesen, vor Zeiten, als junges Ding. Jetzt erschien ihr Blick ausdruckslos. Sie trug Trauer, ein naher Verwandter musste ihr gestorben sein.

Erst draußen auf der Landstraße, als die Häuserzeilen den Weiten der Felder gewichen waren, wurde die Frau lebhafter.

Das Grün draußen schien das frühe Sonnenlicht aufzusaugen und doppelt zurückzustrahlen. Das tat den Augen wohl. Es war Mai, der Monat intensivsten Farbenspiels. Die Frau atmete tief, sie schien die Fahrt zu genießen, ganz so, als wäre dies ein Ausflugsbus und nicht das staubige Linienfahrzeug, das Morgen für Morgen und Abend für Abend die gleiche, eintönige Route fährt.

Immer wieder schaute der Busfahrer die Frau an. Warum sich Leute in die Stille am Rande eines simplen Ackerdorfes zurückziehen? Der Bus klapperte entsetzlich, das Straßenpflaster schüttelte ihn erbarmungslos durch. Er schien das gewohnt zu sein, fuhr an den alten, knorrigen Obstbäumen entlang von Dorf zu Dorf und hielt dann immer an einem zentral gelegenen Platz. Das Zischen der Eingangstür weckte jedes Mal ein paar Fahrgäste, die sich schlaftrunken erhoben, durch den Gang nach vorn schwankten und mit kurzem Gruß ausstiegen. Herein kam Dieselgestank, sonst niemand.

Als sie sich Rabisdorf näherten, wurde die Frau unruhig. Sie wandte den Kopf hin und her, als wollte sie Gärten, Häuser und die wenigen Menschen rechts und links der Straße zugleich in sich aufnehmen. Ihre lebhaften Blicke verrieten Wissbegier - oder war es Wiederentdeckung? Aber was gab es hier zu entdecken oder zu erinnern?

Sie wartete bei der Endhaltestelle, bis alle ausgestiegen waren, ging dann langsam vor. Der Fahrer nahm ihr die Koffer ab. Sie nickte dankbar, stieg vorsichtig hinunter. Dort wartete ein Mann in karierter Jacke, die Mütze in der Hand. „Frau Berger?" fragte er mit ergebenem Lächeln.

„Ja, sollen Sie mich abholen?"

Wieder dieses Lächeln. „Ich bin Richard, vom Seehaus. Guten Morgen! Lassen Sie nur, ich nehme die Koffer."

„Danke, Herr Richard."

„Nicht Herr, ich bin kein Herr. Sagen Sie einfach Richard, das tun alle."

Der Mann war klein und drahtig. Er sprach ein böhmisch gefärbtes Deutsch, mochte so um die Fünfzig sein. Seine Bewegungen waren ganz die eines Dienenden. Die Koffer hob er fast spielerisch, legte sie auf einen zweirädrigen Karren. „Kommen Sie nur", sagte er „Es ist nicht sehr weit."

„Ich weiß."

Die Räder rasselten über das Pflaster. Die Frau blickte sich um, schaute die Häuser an, die großen Hoftore, dann folgte sie dem Karren auf dem Gehweg. Noch waren keine Schulkinder unterwegs, doch das Dorf lebte schon. Hungerspektakel von Schweinen erfüllte die Luft, Schafgeblöke und als Bass dazwischen das tiefe Röhren einzelner Rinder. Die Frau ging wie durch eine andere Welt. Jedes einzelne Haus schien sie zu mustern, vor der alten Schule blieb sie einen Augenblick lang stehen, blickte zum Kirchturm hinauf, nahm dann bei der Bäckerei minutenlang den frischen Brotgeruch wahr. Die Straße senkte sich vor ihren Schritten. Eine Katze flüchtete unter eine Holzplanke. Zwischen den breitkronigen Linden tauchte schon der arg verlandete See auf. Am Dorfrand blühte der Holunder. Vorbei an den letzten niedrigen Gebäuden führte die Straße ins Freie, und dort lag mitten zwischen Pappeln, Fliedergebüsch und schwach begrünten Feldern das *Haus am See*, breit hingeduckt unter seinen roten Ziegeldächern.

Es strömte Ruhe aus, versprach Geborgenheit, wirkte vertrauenerweckend. Laute Gäste würden hier gewiss nicht wohnen. Selbst die Geräusche ringsum, das Krähen eines Hahns, Schwalbengeschwätz und Singvogelzwitschern, schienen bestellt zum Wohl der Erholungsuchenden. Die Besucherin wusste, dass sie sich hier wohl fühlen würde.

„Wir müssen hinten herum", sagte Richard und hob die Koffer vom Karren. „Vorne ist noch abgeschlossen."

Unbeholfen stakelte die Frau zwischen leeren Milchkannen und abgestellten Bierkästen hindurch. In der offenen Haustür erschien die Wirtin, das schwere, dunkle Haar aufgesteckt über dem freundlichen roten Gesicht. Die frischweiße Schürze trug noch ihre akkuraten Schrankfalten.

„Sie also sind Frau Berger. Willkommen bei uns! Es wird Ihnen gefallen. Es ist zwar noch früh, aber Sie bekommen gleich einen schönen heißen Kaffee."

Das war wohltuend. Die Gaststube atmete eingelagerten Tabakschmauch aus, auf den meisten Tischen standen umgekippte Stühle, nur der große, runde vor der geschnitzten Eckbank hatte schon eine frische rotbunte Decke bekommen. Richard nahm der Frau den Mantel ab. „Ich bringe ihn gleich mit den Koffern hoch", sagte er mit dem gewohnten Lächeln. „Sie haben die Vier, ein schönes Zimmer."

Nun saß sie allein, blickte sich in der altersbraunen Behaglichkeit des Gastraumes um. Eine große Standuhr bewegte feierlich das Pendel mit der blinkenden Messingscheibe. Den Schanktisch zierten bunte Porzellansäulen, die nachgedunkelten Bilder an den Wänden waren sämtlich Jagdmotive. Selbst die Gardinen passten sich dem rustikalen Charakter des Raumes ein. Durch die Fensterscheiben blickten rote Blumen, sie waren hier das einzig wirklich Lebendige.

Die Wirtin brachte selbst den Kaffee, dazu frische Brötchen und einen Teller mit Aufschnitt. „Die anderen Gäste schlafen noch", sagte sie mit einem Fingerzeig zur Decke. Sie servierte bedächtig, dann setzte sie sich herzu und zog einen Block aus der Schürzentasche. „Ich fülle Ihnen gleich den Meldezettel aus. Sie brauchen dann nur zu unterschreiben. Wie sind Ihre Personalien bitte?"

„Susanne Berger, geborene Baatz, verwitwet."

„Ach ja, mein Beileid! - Aber, sagen Sie, geborene Baatz mit Tezett?"

„Ja, gewiss."

„Hier gab es auch einmal eine Familie Baatz, das waren wohlhabende Bauern."

„Aha."

„Kannten Sie da jemand?"

Die Frau zögerte. „Ich weiß nicht", sagte sie langsam.

„Verzeihen Sie meine Neugier; aber wir haben fast immer die gleichen Gäste hier draußen, da kennt man allmählich jeden und interessiert sich halt. Frau Liebrecht hatte Sie vermittelt, wenn ich mich recht erinnere?"

„Ja, meine Nachbarin."

Susanne Berger wünschte, dass dieses quälende Fragespiel aufhörte. Sie war gekommen, um Stille zu finden, Vergessen, das Bisherige sollte eine Zeitlang verlöschen. Endlich konnte sie in Ruhe ihren Kaffee trinken. Richard kam zurück, legte ihr den Zimmerschlüssel hin und ging wieder fort. Hätte ich ihm nicht etwas geben müssen? überlegte sie.

Die Treppe war alt und knarrte leise. Oben tat sich ein schmaler Flur auf. Ein dicker Läufer schluckte die Schritte. Zimmer eins - zwei - gegenüber die Vier. Der Schlüssel war groß, das Schloss von massiger Gediegenheit. Susanne Berger trat ein. Das würde nun also eine Zeitlang ihr Zuhause sein, Bett, Tisch, zwei Stühle, ein Schrank, die Waschgarnitur, ein Blumenstück an der Wand, darunter die Kofferablage.

Wie sie so allein im Zimmer stand und den Blick umgehen ließ, überkam sie auf einmal Traurigkeit. Was sollte sie jetzt anfangen? Wann war sie das letzte Mal allein von zu Hause fortgewesen? Sie konnte sich nicht daran erinnern. Seit sie geheiratet hatte, war sie nur noch mit ihrem Mann gereist - vielmehr er war mit ihr gereist, er hatte alles Notwendige geregelt, Ferienplatz und Fahrkarten beschafft und mit höchster Sorgfalt den Plan jedes Urlaubs aufgestellt. Nie war er unvorbereitet gewesen, nie hatte er den Dingen freien Lauf gelassen.

Sie legte sich angekleidet aufs Bett. Ihr wurde bewusst, dass sie wirklich allein war, jetzt und für immer. Niemand würde mehr regeln, was vor ihr lag, und Verantwortung hatte sie völlig verlernt. Hilflos war sie zurückgelassen worden, und wenn ihr die Nachbarin nicht Rabisdorf und das *Haus am See* in Erinnerung gerufen, für sie telefoniert, die Busverbindung erfragt und ihr schließlich noch den Jungen für die Koffer mitgeschickt hätte, würde Susanne Berger immer noch allein in ihrer Wohnung sitzen und vor sich niederstarren.

Dafür starrte sie nun hier an die Decke, an den mehrfach ausgebesserten und übertünchten Putz. Dort waren Gesichter entstanden, die Flecke besaßen Gestalt. Menschen schauten sie an, teilnahmsvoll, als wollten auch sie Beileidsworte hersagen, Worte, die einem nichts geben und die man doch ertragen muss mit dankbarem Kopfnicken.

Die Frau schloss die Augen: Ich bin ganz still. Ich habe ein großes Unglück erfahren, vielleicht das schwerste meines Lebens; aber ich bin hindurch, wie man durch eine Krankheit geht, die einen ganz ermattet, bis auf den Grund. Da kann man nur noch still sein und auf ein Wunder hoffen, das einen wieder zurück in den Alltag holt. Man kann ja nicht leben ohne seinen banalen, kleinlichen, manchmal auch lächerlichen Alltag. Aber was soll das für ein Alltag werden? Ich habe für meinen Mann gelebt, wir waren nur miteinander ein Ganzes, und das ist zerrissen worden, zerstört, ich bin zurückgeblieben, ein hilfloses Teil, das sich in der gewohnten Umgebung nicht mehr zurechtfindet.

Nein, sie konnte nicht zu Hause bleiben, sie hätte diese Wohnung nicht ertragen, so ausgeleert vom Leben, so angefüllt mit Warten auf einen, der heimkommen soll, doch nie mehr kommt. Es wäre sinnlos, in einer solchen Behausung die Fenster zu putzen, die Blumen zu gießen für niemanden weiter als für sich selbst.

Sie war verzweifelt. Sie setzte sich auf und legte das Gesicht in die Hände. Was sollte sie hier, in diesem Zimmer, diesem fremden Gehäuse mit sich anfangen? Sie erkannte auf einmal, dass sie hier wahrscheinlich noch verlassener war als daheim. Nein, sie wollte nicht mehr nachdenken, nicht grübeln, wollte nur den eigenen

Schmerz auskosten und ergeben ausharren, so wie jemand, der in offensichtliche Ausweglosigkeit geraten ist, sich erst einmal fallen lässt und auf irgend etwas wartet, was für ihn noch keinen Namen hat. Am Ende wird er sich beruhigen - oder einfach sterben, weil ihm die innere Kraft fehlte, sich wieder aufzuraffen.

Sie glaubte, nun würde niemand mehr nach ihr fragen, doch das war falsch. Sie wusste nicht, dass man sich unten in der Küche gerade mit ihr beschäftigte. Die Wirtin war hereingekommen und hatte zur Kochfrau gesagt: „Diese Frau Berger ist eine geborene Baatz. Wir haben doch im Dorf den Baatzschen Hof. Hast du diese Familie gekannt?"

„Das waren große Bauern", antwortete die Frau, ohne ihre Arbeit am Küchentisch zu unterbrechen. „Ich weiß nur, dass der Mann seinerzeit, als wir aus Schlesien gekomen sind, viel für die Umsiedler getan hat."

„Und von der Familie hast du sonst keinen gekannt?"

„Ich erinnere mich kaum. Wir waren doch fremd und haben am Dorfende gewohnt. Einmal haben wir da auf dem Hof unsern Weizen gedroschen, da gab es eine Maschine. Aber sonst? - Die Frau hab ich kaum gesehen."

„Und die Kinder?"

Geschirrklappern, Dampf, Schritte auf den Fußbodenfliesen, dann die Antwort: „Ich weiß nicht, ob da Kinder waren." Richard kam herein und musterte die Abfalleimer. „Weißt du was über die Bauersleute vom Baatzschen Hof?" fragte ihn die Köchin.

Der Mann überlegte, schüttelte dann aber stumm den Kopf. „Er ist doch viel später als du hergekommen", sagte die Wirtin.

„Und Liesbeth?" fragte er.

„Die war damals noch klein."

„Warum wollt ihr das wissen?" fragte er.

„Der neue Besucher ist eine geborene Baatz. Na ja, ich glaube, wir müssen mit dieser Frau sehr behutsam umgehen. Sicher will sie vor allem in Ruhe gelassen werden."

Niemand widersprach.

Das *Haus am See* lag wie eine Insel abseits des Dorfes und fast auch ein wenig abseits von der Zeit. Auch sein Name entsprach nicht mehr ganz der Wirklichkeit; denn der Rabisdorfer See zeigte sich seit Generationen nur noch als eine ewig nasse, mit Tümpeln bedeckte Wiese voller Froschgequake und Mückenbrut. Aber eins bot das Haus, es bot Ruhe, und die wenigen Fremdenzimmer waren fast das ganze Jahr über belegt und wurden nur guten Freunden weiterempfohlen.

In Ruhe gelassen werden, ja, das wollte Susanne Berger, sich ungehemmt ihrer Trauer hingeben, sich wieder beruhigen und so von einer Ermutigung zur nächsten mehr Festigkeit gewinnen. So auch jetzt. Nein, sagte sie sich, ich weine nicht. Davon bekommt er sein Leben nicht zurück. Es geht jetzt nur noch um mich, um mich ganz allein, es ist meine Last, ich muss sie tragen, niemand nimmt mir davon etwas ab.

Sie erhob sich und trat ans Fenster. Nun wusste sie, weshalb dieser Richard das Zimmer vorhin als schön bezeichnet hatte. Dort draußen lag das Land, müde unter dem viel zu großen Himmel, der See fast zugewachsen, drüben ein winziger Angelkahn vor dem Schilf. In der Luft ein Flügelpaar, Spiralen aussteuernd.

Ja, das versprach Trost, Genesung, Rückbesinnung. Sie nahm sich vor, oft draußen umherzugehen, bei jedem Wetter, in jeder Stimmung des sich wandelnden Lichts. Der Natur wollte sie sich überlassen, schauen und lauschen und die reichen Düfte einsaugen, die der Frühling ihr hinhielt. Sie war ja bereit, weiterzuleben, vielleicht noch ein ganz kleines Stück Sonne zu erhaschen trotz aller Trauer, trotz aller Angst vor der Einsamkeit.

Ruhig packte sie ihre Koffer aus, legte die Toilettenartikel auf die Waschgarnitur, dann schaute sie in den Spiegel, musterte ihr Gesicht. War sie schon eine alte Frau? Nein, gewiss nicht. Das erschien ihr ja so furchtbar, dass sie erwarten konnte, noch viele Jahre vor sich zu haben. Wohin verschenkt eine einsame Frau ihre Liebe, wenn sie nicht mehr jung und noch nicht alt ist. Richtig arm ist doch nur der, der nichts mehr herschenken kann.

Sie strich über die Falten in ihrem Gesicht. Sie würde nun viel Zeit haben, das Wachsen dieser Lebensfurchen zu beobachten; denn jetzt noch ein neues Dasein anzufangen mit heilsamen Pflichten und ersprießlichem Umgang, diesen Mut würde sie nicht aufbringen, und doch kam sie wohl nicht umhin, sich darüber

Gedanken zu machen. Sie ging im Zimmer auf und ab, nie zuvor war ihr die Zeit so träge verronnen. Nach einer Weile blieb sie wieder am Fenster stehen, drehte den alten Knebel herum und öffnete beide Flügel.

So verging der Vormittag. Sie pendelte zwischen Fenster, Bett und dem Spiegel, saß lange Zeit wieder still und starrte vor sich nieder, sie kam sich vor wie gefangen, und es war doch eine freiwillige Gefangenschaft. Niemand hätte sie gehindert, hinauszugehen, ein Stück zur Wiese hinunter oder auch ins Dorf, aber ihr war, als würde sie festgehalten, die Beklemmung war wie eine Fessel.

Als nach Stunden jemand an die Tür klopfte, schreckte sie hoch. „Ja?" rief sie leise, „bitte?"

Eine junge Frau trat ein. Sie trug eine Servierschürze und ein Häubchen im rötlichen Haar. Man schien in diesem Haus auf traditionelle Formen zu achten.

„Guten Tag. Frau Berger", sagte die Serviererin freundlich. „Ich bin Liesbeth. Wenn Sie etwas brauchen, sagen Sie es mir. Ich wollte nur Bescheid sagen, dass wir in zehn Minuten mit dem Essen beginnen."

„Danke! - Kann ich auch hier auf dem Zimmer essen?"

„Gewiss, Frau Berger. Aber, ich glaube, Sie sollten doch besser mit herunterkommen. Es ist angenehmer in der Gaststube, und die Gäste, die hier wohnen, sind alle besonnen und werden Sie sicher nicht stören."

Susanne Berger war unschlüssig. „Wenn Sie meinen?" fragte sie.

„Aber ja. Den ganzen Tag so allein im Zimmer, das muss Sie doch noch schwermütiger machen."

Die junge Frau machte so bittende Augen, dass Susanne schließlich zusagte. Als sie etwas später in die Gaststube kam, waren schon fast alle Tische besetzt. Ein Ehepaar hatte mit zwei kleineren Kindern einen Tisch an den Fenstern belegt, am zweiten bemerkte Susanne eine Frau und einen Mann, die lebhaft miteinander redeten, und vor der Standuhr saß ein einzelner Herr mit angegrautem Haar. Er war der einzige, der die Eintretende aufmerksam musterte, zuschaute, wie sie sich umsah und einen freien Tisch unter den Jagdbildern wählte. Jeder saß hübsch für sich im genau umgrenzten Bereich.

Susanne erinnerte sich, dass ihr Mann diese norddeutsche Reserviertheit gern durchbrochen hatte. Wie oft war er trotz genügend bereitstehender Soloplätze zu anderen Gästen getreten und hatte gefragt, ob man sich dazusetzen dürfte, auch wenn ihn erstaunte, wenn nicht gar abwehrende Blicke empfingen. Nun, ihr verzieh man sicher, dass sie sich verkroch. Ihre Kleidung allein setzte schon Schranken, und wenn, wie die Wirtsfrau gesagt hatte, hier immer die gleichen Gäste wohnten, so hatte sich ein neuer ohnehin zurückzuhalten, und das war ihr nur recht.

Die freundliche Liesbeth bediente, sie nahm die Sonderwünsche der Gäste so gelassen zur Kenntnis, als hätte sie sie gar nicht gehört, doch alles wurde prompt erfüllt. Susanne Berger nippte nur von den Speisen, obgleich alles appetitlich angerichtet war.

2

Ein Mann namens Liebig

Nach. dem Essen ging Susanne zurück in ihr Zimmer. Der Herr mit dem angegrauten Haar sah ihr nach. Als Liesbeth hereinkam, um abzuräumen, winkte er sie heran und fragte: „Wer ist denn die Dame in Schwarz? Ein neuer Logiergast?"

„Ja. Herr Liebig. Zimmer vier", sagte das Mädchen.

„Und wen betrauert sie?"

„Ihren Mann. Sie kommt aus der Stadt. Eine von unseren Stammgästen hat sie empfohlen." Sie lachte. „Wie ich Sie kenne, Herr Liebig, geben Sie jetzt keine Ruhe, bis Sie alles über die Dame erfahren haben. Sie heißt Susanne Berger. Mehr weiß ich nicht. Zufrieden?"

„Für den Anfang ja."

Er stand auf, nickte ihr zu, schlenderte hinaus auf die Terrasse, warf einen Blick zu den Fenstern der Nummer vier hoch und wandte sich dann an Richard, der eben die Gartenmöbel zurechtstellte. „Das Wetter dürfte sich halten, oder?"

Der Mann drückte den Rücken grade. „Ja", erwiderte er, „es mag angehen." Er wies mit dem Kopf hinauf: „Haben Sie sie schon gesehen, die Dame in Schwarz? Zimmer vier. Zwei Koffer hat sie mitgebracht."

Herr Liebig setzte sich in einen der Gartenstühle und schlug die Beine übereinander. „Im *Haus am See* wird eine frische Seite aufgeblättert", sagte er. „Eine geheimnisvolle Dame, die Trauer trägt. Das dürfte eine neue Geschichte ergeben. Richard, da heißt es, Augen und Ohren offenhalten."

„Was finden Sie immer wieder an den Geschichten wildfremder Menschen?"

Eine fragende Geste. „Womit könnte man sich in Rabisdorf sonst die Zeit vertreiben? Zwei Wochen lang hält man es in totaler Faulheit aus, dann fällt einem allmählich die Decke auf den Kopf."

Richard wischte die Tischplatten sauber. „Man könnte auch abreisen", sagte er schmunzelnd.

„Sie wissen genau, dass das bei mir nicht so einfach ist", erwiderte Liebig. „Ich habe etwas ganz Schlimmes gemacht, ich müsste reumütig zurückkriechen in meine alte Welt, und das lässt mein Stolz nicht zu - jedenfalls vorläufig noch nicht. Außerdem glaube ich kaum, dass man mich wiederhaben will. Ich bin ein Versager, Richard, und die Welt will kraftstrotzende Erfolgsleute haben, keine Aussteiger."

Richard stand vor ihm, wusste auf einmal nicht, wohin er mit seinen Händen sollte. „Was ich Ihnen endlich sagen will", meinte er zögernd. „Ich muss mich bedanken. Ich find's schön von Ihnen, dass Sie so einen unbedeutenden Menschen wie mich zu Ihrem Vertrauten machen."

„Werten Sie das nicht zu hoch, Richard. Mit wem sollte ich sonst so heikle Dinge besprechen? Unser guter Wirt hat alle Hände voll zu tun, und die Gäste haben ihre eigenen Päckchen zu schleppen. Da sind Sie mir grade recht gekommen. Also gar nichts Besonderes, klar?"

„Die meisten Gäste sind ja sehr nett zu mir", fuhr Richard zögernd fort. „Aber Sie, Herr Liebig, Sie haben mir etwas gegeben. Wirklich! Dass Sie mich nicht zu klein achten, mir alles von sich erzählt haben und auch mir zuhören. Also, ohne Übertreibung, das finde ich großartig von Ihnen."

„Ich rede nun mal gern mit Leuten, die eine ganz einfache Meinung vertreten."

„Aber Sie kennen bestimmt viele bedeutende Menschen. Ich habe nichts gelernt, war in der Schule schon sehr dumm. Doch, doch, mein Zensurbuch habe ich gleich verbrannt, als es voll war."

„Schulbildung ist nicht alles."

„Wissen Sie", Richard setzte sich spontan dazu. „Bei uns zu

Hause - wir hatten einen Garten. Da hab ich als kleiner Junge schon ein Frühbeet gehabt und hatte ganz zeitig im Jahr Gemüse. Mein Großvater meinte: 'Der Richard ist nicht dumm, der wird seinen Weg machen.' - Na ja, Schicksal! Es ist anders gekommen. Jetzt bin ich Hausknecht."

„Hausangestellter."

„Wenn Sie wollen, auch das. Ich mache Besorgungen, repariere, was kaputt geht, heize, kümmere mich um den Garten, das ist auch alles wichtig."

„Das ist sogar sehr wichtig", sagte Herr Liebig. „Jedenfalls wichtiger als meine Tätigkeit: Worte, Worte, Worte, und so viel Papier." Er hob den Blick. In einem der Fenster von Zimmer vier erkannte er die neu angekommene Dame. Er nickte ihr einen Gruß zu, worauf das Gesicht dort oben augenblicklich wieder verschwand. Er fand das töricht. Wenn jemand in Trauer ist, muss er doch nicht gleich seine Umgebung vor den Kopf stoßen und vor einem gutgemeinten Gruß so brüsk zurückweichen.

Er stand auf und ging die Steinstufen hinunter, blieb unschlüssig auf dem Kiesweg stehen, schaute dann nochmals zurück, aber der Fensterrahmen dort oben blieb leer. Er schien plötzlich nicht zu wissen, was er jetzt mit sich und diesem Nachmittag anfangen sollte. Schließlich wandte er sich um, folgte der Terrassenkante, gelangte ums Haus herum in einen Gemüsegarten und an dessen Ende in eine offene Laube. Von hier bot sich ein lohnender Blick über das ganze Seegelände.

Ein Geräusch ließ ihn sich umwenden. Er sah, dass Richard ihm gefolgt war. Unbeholfen stand der Mann auf dem Gartenweg und drehte die Mütze in den Händen. Es war die verlegene Geste der Gutsarbeiter von einst vor ihrem Herrn. Das schien sich eingeprägt zu haben, Teil des Charakters geworden zu sein.

„Setzen Sie sich doch ein bisschen mit her", sagte Liebig.

„Ich hab noch zu tun."

„Die Arbeit rennt nicht davon, bitte, bitte!"

Zwei zaghafte Schritte. „Ich hab Sie bloß noch was fragen wollen", sagte Richard und ließ sich vorsichtig auf die Bank nieder. „Ich denke mir, Sie müssen wohl heimlich ein Schriftsteller oder sowas sein, und Sie sammeln die Geschichten von den Leuten und schreiben sie auf."

Herr Liebig musste lachen. „Wie kommen Sie denn darauf?" fragte er. „Ich und Geschichten aufschreiben? Da haben Sie aber ganz falsch getippt."

„Nicht doch so ein Bisschen?"

Liebig legte die Hände zusammen. „Lieber Richard! Wenn das so wäre, würde ich gewiss nicht hier sitzen, so abseits von der Welt. Dann hätte mein Leben ja einen Sinn, und ich müsste mich nicht verkriechen."

„Aber hat denn nicht jedes Leben einen Sinn?" fragte Richard. So wie er dasaß, kam er Liebig vor wie ein Schüler, dem sich der Lehrer privat zuwendet. Er nickte ihm aufmunternd zu, und Richard fuhr fort: „Jedes Leben, meine ich. Was soll ich denn sonst sagen? Gepäck fahren, den Hof fegen, Besorgungen erledigen, das muss doch getan werden, also hat es auch Sinn."

Liebig setzte sich zurück, „Ja", antwortete er. „Das hat Sinn. Es bringt Nutzen. Ich hab Ihnen ja gesagt, dass der Sinn meiner Arbeit ein theoretischer war. Und die Praxis? - Man reibt sich auf und sieht kein greifbares Ergebnis. Man meldet und meldet und rechnet Aufgaben ab, aus denen nichts herauskommt, was sich greifen ließe. Ich musste repräsentieren, bin formal abgefragt worden. Genutzt hat das nur den Statistikern und denen, die zufrieden sind, wenn sie in ihrer Liste wieder was abhaken konnten."

Richard stand auf. „Dabei kann ich nicht mitreden", sagte er.

„Nein, nein, bleiben Sie nur", erwiderte Liebig und hielt ihn fest. „Ich stehe für Sie grade, wenn es Ärger geben sollte. Ich habe Sie gebraucht, ganz einfach! Ich bin Gast, und Sie sind für die Gäste da, das stimmt doch, oder?"

„Das stimmt genau", sagte Richard und lachte.

„Für mich ist das *Haus am See* so eine Art Sanatorium", fuhr Liebig fort. „Hierher kommen Leute, die vom Alltag genesen wollen. Dabei sind sie oft gar nicht krank. Man kann sie abhorchen und röntgen und ihren Blutdruck messen, alles normal. Und doch kommen sie her mit hängender Zunge und erwarten wer weiß was."

„Urlaub", sagte Richard.

„Das ist nicht bloß Urlaub. Das ist mehr. Das ist auch Sebstbefragung, Zweifel werden überprüft, man befragt sich kritisch, legt sozusagen die Elle an sein Inneres. Dazu wurde einem sonst nie Zeit gelassen."

„Sie haben mir vor ein paar Tagen gesagt, man hat so viel Zeit, wie man sich nimmt."

„Hm", machte Liebig. „Zeit! - Oh, ich hatte viel Zeit, Richard, nur leider nicht für mich, das kann ich Ihnen versichern. Meine Frau hat mich oft tagelang im Hellen nicht mehr zu sehen gekriegt, und wenn ich kam, war ich hundemüde. Das war einer der Gründe, dass meine Ehe schließlich kaputtging. Zeit, Richard, das war für mich die Einteilung in meinem Terminkalender, das waren Besprechungen, Sitzungen, Berichte, zwischendurch, rasch ein paar Bissen herunter schlingen, dann war schon der nächste Termin dran. Das hält der stärkste Kerl nicht durch. Und was hätten Sie in dieser Mühle getan, Richard?"

„Ich glaube, ich wäre davongelaufen."

„Danke! Es tut gut, zu hören, dass es auch noch andere vernünftig empfindende Menschen gibt."

Das sollte eigentlich humorig klingen, doch es kam im Zorn heraus. Liebig wandte sich um, legte die Arme auf die Laubenbrüstung und schaute hinaus in den Frühling. Er hatte Mühe, sich zu beruhigen. Richard stand leise auf, er begriff, dass er jetzt überflüssig war. Langsam ging er hinaus, sah sich vom Gartenweg her noch zweimal um, doch der Mann in der Laube rührte sich nicht von seinem Ausguck weg. Da verließ Richard den Garten und ging in die Küche.

„Wo steckst du denn?" fragte Liesbeth und schüttelte das rote Haar zurecht. „Wir brauchen Holz."

Richard nahm den leeren Tragkorb und trottete wortlos hinaus in den Stall. Was hat nun so ein Mensch von seinem Dasein in dem feinen Büro - überlegte er. Den Kopf voller Probleme, nichts weiter. Ich habe keine Probleme, ich bin, wie ich bin, im Sommer harke ich die Wege, und im Winter schippe ich Schnee. Wenn sie in der Küche Holz brauchen, hole ich es rein, und wenn die Kohlen kommen, schaffe ich sie in den Keller. Ganz einfach ist das. Daraus entstehen keine Probleme. Aber solche Leute da in solchen Funktionen? - Terminkalender! - Ich wüsste überhaupt nicht, was ich mit so einem Ding anfangen sollte, und wenn es beginnen würde, mich zu beherrschen, da würde ich es ins Feuer schmeißen. Probleme? - Hat die Frau von Zimmer vier Probleme? Ja, sie hat den Mann verloren, das hat wehgetan. Als ich meine Eltern verlor, das tat auch weh. Aber Probleme? - Ich weiß gar nicht, was das ist."

Mit kräftigem Schwung warf er den Tragekorb auf den Rücken, packte die Riemen und schleppte seine Last in die Küche.

„Du siehst so mürrisch aus", sagte Liesbeth. „Hat es was gegeben?"

„Nummer zwei sitzt wieder in der Laube und starrt auf den See", antwortete er.

„Das muss ein ziemlicher Packen sein, an dem er schleppt, und er hat schon zweimal verlängert."

„Aber eines Tages muss er doch zurück, das ist nicht zu ändern!" Richard stapelte das Holz in die Kiste. „Ich würde ihm gern helfen", sagte er wie zu sich selber, „aber wie?"

Liesbeth kam näher. „Ihr redet doch oft miteinander. Was ist denn nun in Wirklichkeit mit ihm los?"

Richard hob fragend die Hände. „Ehe kaputt und die Arbeit geschmissen, das reicht doch wohl."

„Na und? Erzähl mal ein bisschen mehr!"

„Mädchen! - Das ist Vertrauenssache. Beichtgeheimnis sozusagen."

„In unserer Küche gibt es keine Geheimnisse", sagte die Kochfrau.

Die Küche war das Hirn, von dem aus das *Haus am See* gelenkt wurde. Hier führten die Fäden von Zimmer eins bis sechs zusammen, hier mündeten die Geschichten der Gäste ein, ihre Eigenarten, ihre speziellen Wünsche, und von hier aus gingen dann die Ratschläge zurück, die Trostworte, die Pflästerchen, die der Mensch halt braucht, wenn er fern von seinem Alltag dessen Nachwirkungen zu verdauen hat. Und solche Ratschläge kamen von allen, die hier arbeiteten, mütterlich überwacht von der Kochfrau; denn in der Küche war auch die Wirtin nur ein Teil dieses kleinen Kollektivs, das hier für das Wohl der Gäste lebte und wirkte.

Vielleicht trugen die freundlichen, hilfreichen Worte, die aus der Küche in die Fremdenzimmer liefen, wesentlich dazu bei, dass das *Haus am See* unter seinen Gästen einen so guten Ruf besaß und nur als Geheimtipp an wirklich vertrauenswerte Leute weiterempfohlen wurde. Gut Essen und Trinken, offene, fröhliche Gesichter und Worte, die wohl tun, das zusammen ergibt oft schon die halbe Erholung.

Meist blieben die Gäste zwei oder drei Wochen hier. Der Mann namens Liebig hatte indessen schon die vierte herum. Grund genug, sich mehr Gedanken als bisher um ihn zu machen. Wer hat so lange Urlaub? - Und die Arbeit geschmissen? - Einfach so? - Geht das überhaupt? - Und wenn, für wie lange? - Der Mensch muss schließlich Geld verdienen, wenn er leben will. Wurde er denn nicht inzwischen draußen vermisst? Aber es kam nie Post für die Nummer zwei, also schien die Verbindung zur Welt tatsächlich abgebrochen zu sein. Und in einem solchen Fall, der die ganze Küche bewegte, von Beichtgeheimnis zu reden, hier im Hirn des Hauses - das verzieh man allenfalls dem Richard, und der wusste das auch und nutzte dieses Verzeihen.

Herr Liebig saß noch immer in der Laube und sah auf den See hinaus, wo die Vögel kreisten und der Wind die Büsche durchkämmte. Er saß gern hier, nur wird auch das schönste Bild allmählich langweilig, wenn man es immer und immer wieder betrachtet. Heute hatte Richard einen Gedanken dazugegeben: Die Geschichten aufschreiben. Liebig schüttelte den Kopf. Geschichten sollten ausgedacht sein. Wenn man die notiert, die das Leben schreibt, macht man sich leicht Ungelegenheiten.

Mitunter halten sich Leser für so wichtig, dass sie sich in der Literatur wiederzufinden glauben, und nehmen dann jedes Wort übel, das ihren Erinnerungen nicht entspricht.

Liebig war an einem Punkt angelangt, wo die ihm eigene Aktivität mit dem Mangel an Pflichten kollidierte. Er kam sich vor wie ein genesender Kranker, der längst wieder den Drang in sich spürt, tätig zu sein, der auch die notwendige Kraft dazu hätte. doch der Arzt hat gerade das noch nicht gestattet. Anfänglich, wenn man krank wird, sich hinlegen muss, überlässt man sich gern erst einmal dein Übermaß an Zeit, das einem so lange schon nicht mehr zugestanden wurde. Erst einmal schlafen, schlafen, schlafen - dann plötzlich kann man das nicht mehr, man ist ausgeruht auf Vorrat und braucht wieder Leben um sich und Aufgaben, die den Tag ausfüllen, den Arbeitstag, der einem so fehlt.

Herr Liebig hatte schon nach der zweiten Woche begonnen, den Menschen nachzuspüren, mit denen er es hier zu tun hatte. Wer waren die Mitgäste, die anderen Leute im Haus? Das Personal, das er nur als eine Schar fortwährend Dienender erlebte, hatte doch auch sein eigenes privates Dasein mit allen positiven und negativen Seiten, womit man sich beschäftigen könnte. Richard war der erste, der sich ihm erschloss, und über Richard wusste er sich der Küche, dem Hirn des Hauses anzunähern. Und plötzlich, als hätte er sich in ein fremdes Datensystem eingeschaltet, flossen ihm die Geschichten zu, über die er sich nun Gedanken machte, mit denen er sich beschäftigte wie ein Forscher. Diese Geschichten aufzuschreiben, nein, das wäre ihm wie Vertrauensbruch vorgekommen. Man trägt nicht in die Öffentlichkeit, was einem freundlicherweise erzählt wurde. Da ist so viel Privates drin, viel Schmerzliches auch, dafür braucht es Mitgefühl, doch nicht die Neugier der großen Masse.

Aber auch das Sammeln von Geschichten schleift sich ab, vor allem braucht man ständig Neues. Das wird schließlich zu einer Sucht, und der Süchtige kennt kein Ziel, er steigert sich, und sein Begehren wird allmählich übergroß. Herr Liebig wusste das natürlich, er spürte es an sich selber, doch er fand keine echte Befriedigung. Trotzdem ließ er nicht nach in seinem Wissensdrang.

Nun war diese neue Dame gekommen, ein Rätsel in Schwarz, von den anderen Gästen teils mitleidig, teils gleichgültig angesehen. Die Trauerkleidung schuf einen natürlichen Abstand. Herr Liebig aber hatte sich während des Essens so sehr in Gedanken mit ihr beschäftigt, dass er sich befugt wähnte, ihr von der Terrasse aus einen Gruß zuzunicken. Sie jedoch reagierte wie eine Mimose, zuckte zurück, als hätte er sie ungeschickt berührt. Warum denn nur?

Er verstand das nicht. Er hatte viel mit Menschen zu tun

gehabt, robusten und überempfindlichen, zugänglichen und verschlossenen, solchen, die er mochte, und anderen, die ihm überhaupt nichts bedeuteten. Da kam es schon vor, dass man einen gelegentlichen Gruß nur kühl erwiderte - aber dabei zu erschrecken? Er war doch gewiss nicht der Typ, über den man erschrickt.

Ich will nicht ungerecht sein, sagte er sich schließlich. Wer weiß, was sie durchgemacht hat, was sie bedrückt. Ich hoffe doch, dass sich das Rätsel lösen lässt und dass ich noch erfahren werde, wie es um sie steht. Sie bleibt bestimmt ihre zwei Wochen hier, und sie wird auch an den Punkt kommen, wo sie sich aussprechen will, weil sie Zuspruch braucht und Anlehnung. Einsamkeit ist eine schlimme Arznei, entweder man geht an ihr kaputt, oder man gewinnt neue Kraft. Ich muss Richard fragen, wie lange sie bleibt. Richard wird es wissen, er weiß alles, und er freut sich, wenn man dieses Wissen nutzt.

Und der Mann namens Liebig wandte sich weg von seinem Ausguck, er verließ den Garten und ging gemächlichen Schritts zum See hinunter, wo die Wege zu Pfaden wurden und die Natur sich noch so viel Vorrechte gegenüber den Menschen bewahrt hatte.

3

Ruf ohne Echo

Susanne Berger hatte auch den Nachmittag in ihrem Zimmer verbracht. Schlafen wollte sie nicht, und obgleich sie mit ihrer vielen Zeit noch wenig anzufangen wusste, konnte sie sich nicht entschließen, hinunterzugehen. Sie fürchtete sich, unter Menschen zu sein und mit ihnen reden zu müssen, und sie war doch immer sehr gesellig gewesen. Sie wehrte auch jeden Gedanken an die Welt außerhalb dieses stillen Gasthauses ab. Zu jener Welt gehörte auch der Ort Rabisdorf, durch den sie am Morgen mit so aufmerksamen Blicken gegangen war. Nein, nichts davon, nichts von der Stadt, von ihrer verwaisten Wohnung - nur Abstand gewinnen, Ruhe finden, auch wenn die Ruhe sie schreckte und ihr Angst machte.

Ihr war, als hätte sie sich verlaufen, wie ein Kind, das im Gedränge die behütende Hand verlässt und dann plötzlich zwischen den vielen fremden Menschen erschreckend allein steht.

Doch wenn das Kind dann ruft, seiner Angst Stimme gibt, wird man es hören, andere werden sich seiner annehmen und. ihm helfen, die verlorene Hand wiederzufinden. Susannes Ruf hörte niemand, denn es war ein innerlicher Schrei, der aber umso mehr schmerzte. Erwachsene dürfen ihr Weh nicht herausschreien, dieses Vorrecht haben sie mit ihrer Kindheit für immer aufgegeben. Würden sie es sich zurücknehmen, so stießen sie sicher auf Unverständnis, Verwunderung, ja den Unwillen ihrer Umgebung. Susanne glaubte zu spüren, wie ihr Ruf in einem weiten dunklen Raum ins Nichts davonlief. Dieses Gefühl der Leere war lähmend. Lethargie gebiert Hoffnungslosigkeit, und ohne Hoffnung ist ein Mensch verloren. Wie aber soll man Hoffnung finden in völliger Leere?

Susannes Alltag war aufgehoben, und niemand kann leben ohne seinen mitunter banalen, lächerlichen und auch kleinlichen Alltag. Ohne ihn quälen sich die Stunden dahin, zäh, erbarmungslos träge. Aber der alte, gewohnte Alltag würde nie wieder für sie da sein, sie brauchte einen neuen, noch unbekannten, von dem sie nicht wusste, ob sie ihn überhaupt meistern würde. Sie hatte Angst vor dem Ungewissen, und niemand war da, ihr diese Angst zu nehmen.

Mit den Stunden wich ihre Lähmung, dann dachte sie an ihren Mann. Längst vergangene Begebenheiten kamen ihr wieder ins Gedächtnis zurück, und das war tröstend, denn sie erinnerte sich gemeinsamer Reisen, schöner Erlebnisse, die sie einander nähergebracht hatten. Einmal waren sie ein paar Tage weit mit den Rädern gefahren. Leonhard, ihr Mann, hatte die Etappen genau auskalkuliert und trotz aller Mühen Unterkunft ausfindig gemacht. Damals, wenige Jahre nach dem Krieg, gab es noch Lebensmittelkarten.

Sie hatten also Verpflegung mitgenommen und unterwegs auf einer Spiritusflamme abgekocht. Ein Birkenwäldchen bot ihnen Rast. Hier hatte Leonhard einen Taschenspiegel an einen der weißen Stämme gehängt und sich davor rasiert. Sie fand das lustig, damals beherrschte sie ein Gefühl völliger Freiheit, völligen Lebensglücks. Man war Teil der Natur, niemand kam und blätterte Vorschriften auf, man gehörte ganz sich selber, und Susanne spielte insgeheim mit der Überlegung, es wäre möglich, immer so zu leben. Doch welcher Augenblick hat Dauer?

Leonhard hatte gern spontane Einfälle erprobt. Freilich blieb der Zufall dabei weitgehend ausgeschlossen, denn das Planen und Organisieren bereitete ihm ebenso viel Spaß, und sie hatte sich nur zu gern davon anstecken lassen. So hielten sie im Winter die Träume des Sommers fest und kosteten das geplante Kommende schon in Gedanken aus, erlebten es also doppelt.

Sie erinnerte sich eines Ausfluges, den sie gemeinsam mit seinen Berufsschülern unternommen hatten. Die Wanderung führte ein Bachtal aufwärts, in dem, aufgereiht wie Perlen auf einer

Schnur, einige alte Wassermühlen lagen. Dort drehte sich schon lange kein Mühlrad mehr; aber Leonhard wollte den jungen Leuten viel von der Geschichte so alter Gewerke vermitteln, Vorstellungen vom einstigen Treiben. Er hatte sich vorher etliche Fragen notiert, die er den dortigen Bewohnern stellte, und die waren dann von diesem Forschungseifer so angetan, dass sie alle Türen öffneten, vergilbte Papiere und Fotos hervorkramten, und ihre unangemeldeten Gäste mit Milch und Obst bewirteten.

Susannes Gedanken wurden plötzlich unterbrochen, als Liesbeth anklopfte und zum Abendessen bat. Nein, jetzt nicht in die Gaststube, jetzt nicht! Also wurde dem Wunsch der Dame von Nummer vier entsprochen und das Essen heraufgetragen.

Susanne blieb also auch beim Abendbrot allein, und das Gespräch, das Liesbeth beim Abräumen mit ihr versuchte, kam nicht über wenige Sätze hinweg.

Die Küche empfing dann die Nachricht, in Nummer vier hätte sich die Trauer eingenistet, und man würde sich wohl viel Trost anüben müssen, und auch dann würde es sicher ein gehöriges Maß Zeit brauchen, bis man dort oben Vertrauen gewinnen und sich mit seinen hilfreichen Ratschlägen Gehör verschaffen konnte.

Susanne Berger legte sich früh nieder, sie schlief dann rasch ein, war aber über Stunden hinweg wieder wach und kämpfte gegen die Grübeleien an, die sie nicht loslassen wollten. Morgens fiel sie dann doch endlich noch in tiefen Schlaf.

Als sie erwachte, war es draußen schon ganz hell. Sie trat ans Fenster. Von unten kamen Klappergeräusche. Richard war beschäftigt, die Terrassenmöbel aufzustellen. Susanne schaute dem Mann zu, jede Bewegung, jeder seiner Gänge schienen genau festzuliegen. Sicher war die Reihenfolge, in der er Stühle und Tische aus dem Schuppen holte, seit Jahrzehnten gleich geblieben. Eine Art Hausknecht ist das, fuhr es ihr durch den Kopf. Dass es das überhaupt noch gibt. Die Terrasse lag im Sonnenlicht, leiser Windhauch trug Gerüche vom See herüber, etwas Moder dabei, etwas von verrottetem Dung und frisch aufgebrochenen Blüten.

Sie frühstückte im Zimmer, dann aber war sie entschlossen, heute nicht wieder ins nutzlose Grübeln zu verfallen. Sie überlegte, dann nahm sie ein Buch aus dem Koffer und ging hinunter auf die

Terrasse. Die übrigen Gäste saßen noch drin an den Tischen, das war ihr nur recht. Sie wählte einen Stuhl ganz an der Seite aus, wo ein sauber gestrichenes Geländer Balkonkästen mit bunten Zwergtulpen trug. Blumen muss ich mir auch noch ins Zimmer holen, dachte sie, drehte den Stuhl herum, so dass sie im Sitzen das Wuchergrün des Sees sehen konnte.

Wenn Leonhard noch lebte, fuhr es ihr durch den Kopf, würde er jetzt mit mir dort hingehen, Sauerampfer pflücken, mich davon kosten lassen und erklären: 'Dies ist Rumex acetosa, man nahm es früher als Arznei gegen Skorbut, auch zu Salat ist es geeignet.' - Er hat so gern von seinem Wissen abgegeben, vormittags seinen jungen Leuten, nachmittags und abends mir und den Freunden im Kulturbund. Er hat mir Tore geöffnet, die ich allein nie gefunden hätte. Mir ist, als wäre ich immer und überall an seiner Hand gegangen, hätte meine ganze Kraft aus diesem Kontakt gezogen - und jetzt? -

Ihr Blick fiel auf eine Spinne, die beharrlich zwischen Hausecke und Geländer an ihrem Netz webte, ein unermüdliches Spiel, Faden um Faden zu jenem bewundernswerten Kunstwerk gezogen, das doch zu nichts weiter entstand, als mörderische Falle gegen unvorsichtige Insekten zu sein. Sie schlug das Buch auf, nestelte das Lesezeichen heraus und überflog die ersten Zeilen der Seite. Sie sagten ihr nichts. Es war Wochen her, seit sie hier aufgehört hatte, das Zettelchen eingelegt, nichtsahnend, welch tiefgehender Schrecken auf sie wartete.

Ja, es hatte sie überfallen wie ein Blitz. Aus dem Badezimmer war ein dumpfer Schlag gekommen, ein Klirren, doch ihr besorgter Ruf blieb ohne Antwort. Dann lag da der Mann, besinnungslos, den Mund offen, die Augen verdreht. Mühsam hatte sie ihn herausgezerrt und war mit flatternden Händen ans Telefon gelaufen. Die Hilfe kam rasch, doch alles, was dann geschah, war nur Aufschub, krampfhaftes Bemühen, jemand zurückzuhalten, der den Schritt über die Schwelle hinaus längst getan hat zu seiner weiten Reise ohne Wiederkehr. Für sie war es die Katastrophe.

Susanne Berger zwang den Blick ins Buch, sie blätterte zwei Seiten zurück, las, versuchte, das Bild jener Gestalten wieder aufleben zu lassen, mit deren Alltag sie sich beschäftigt hatte. Es fiel ihr nicht leicht, doch sie wollte endlich herausfinden aus den nutzlosen Grübeleien der letzten Tage, die sie nur immer und immer wieder im Kreise herumgeführt hatten. Ihr Ruf fand kein Echo, also wollte sie aufhören zu rufen, wollte versuchen, selber den Weg aus dem Nichts herauszufinden und das sinnlose und entmutigende Spiel ihrer Verzweiflung abbrechen. Warum also nicht mit diesem Buch.

Endlich fand sie den abgerissenen Erinnerungsfaden wieder. Es war erlösend, den persönlichen Kummer über dem fremder Menschen vergessen zu können, auch wenn dies nur erdachte Figuren waren. Es gibt mehr auf der Welt als die eigenen Schmerzen, viel mehr und viel Wichtigeres. Das zu erkennen kann ein Trost sein.

Sie las sich also fest, und es störte sie keiner. Von Zeit zu Zeit kam jemand aus dem Haus, warf sekundenlang einen Blick zu ihr herüber, doch da dieser nicht aufgefangen wurde, erlosch die Neugier nach dem unbekannten Gast rasch. Erst Stunden später trat Richard behutsam heran und meldete, in zehn Minuten würde drin das Essen aufgetan.

Susanne überlegte nur kurz, dann nickte sie ihr Einverständnis. Gut, sie konnte nicht ewig oben im Zimmer essen, das würde wohl auch Liesbeth allmählich zu beschwerlich sein. Sie fand ihren Platz vom gestrigen Mittag frei. Nach und nach kamen die anderen Gäste herein, das Ehepaar mit den Kindern, die beiden älteren Leute. Sie grüßten freundlich. Susanne dankte mit leichtem Kopfnicken. Auch der Mann mit dem angegrauten Haar kam, er stutzte, als er sie sitzen sah, grüßte mit knapper Verbeugung und nahm wieder vor der Standuhr Platz.

Susanne blickte nicht hin. Sie suchte mit niemandem Kontakt, sie war hier in der Gaststube, um zu essen. Als aber Liesbeth fragte, ob sie ihr ein Glas Wein servieren dürfte, schaute sie auf und meinte: „Ach, warum eigentlich nicht?" - Dieses Wort lief sogleich in die Küche und wurde dort als ein erster Lichtblick im Verhältnis zu der Dame von Zimmer vier gewertet.

„Na also", sagte die Wirtin zufrieden. „Wir werden sie schon aufrichten. Im *Haus am See* hat noch keiner auf die Dauer sein Leid für sich behalten. Das wird ihm abgenommen, oder nicht?"

Die anderen lachten.

„Übrigens", warf die Kochfrau ein, „ich habe mich umgehört. Diese Baatzens hatten wirklich eine Tochter, die Susanne hieß. Auch das Alter könnte stimmen."

„Aber warum gibt sie das nicht zu?" fragte Liesbeth. „Sie scheint doch nicht zu wollen, dass man das weiß."

„Ja, warum?" Die Wirtin zuckte mit den Schultern, „Mancher hat Angst, sein früheres Leben wiederzufinden Vielleicht sind die Erinnerungen daran nicht gut. Das wäre doch möglich."

„Oder auf dieser Familie liegen ein paar dunkle Flecken", gab Liesbeth zu bedenken.

„Unsinn!" Die Wirtin schüttelte unwillig den Kopf. „Glaubst du, sie würde dann wieder hierherkommen? Wir sollen keine Geschichten erfinden, und es geht uns ja auch überhaupt nichts an. Wenn sie reden will, wird sie das eines Tages schon tun, oder die Vermutungen sind sowieso ganz und gar falsch. Die Frau hat Schweres durchgemacht, sie will hier wieder zu sich selber finden, hat Frau Liebrecht gesagt. Ich denke, wir sollten ihr dabei helfen."

Damit schien in dieser Frage vorläufig das letzte Wort gesprochen, und doch beschäftigten sich die Leute in der Küche weiter damit. Besonders Richard gab sich nicht zufrieden und überlegte, auf welche Weise er an weitere Informationen herankommen könnte. Die Wissbegier des Herrn Liebig wollte gestillt sein, und es hätte Richard viel bedeutet, ihm entscheidende Nachrichten über die Dame in Schwarz vermitteln zu können.

Als er hinausging, warf er einen Blick in die Gaststube, doch Frau Berger saß nicht mehr an ihrem Tisch, sie war auch nicht auf der Terrasse, wo er sie am Vormittag hatte sitzen und lesen sehen. Also hatte sie sich wohl wieder in Zimmer vier zurückgezogen. Ja, es musste traurig sein für diese Frau, ein Leben plötzlich so allein und vielleicht ohne jeden anderen Anhang. Auch Richard war allein, doch das spürte er nicht, denn er gehörte zu jenen Menschen, die in ihrer Bescheidenheit das kleinste Entgegenkommen eines anderen als Glück empfinden. Also fehlte es ihm nie an Kontakten, es schien, als lebte er inmitten einer Welt voller Freunde.

Das *Haus am See* gehörte tagsüber den Logiergästen allein, erst im Laufe des Nachmittags ließen sich die ersten Leute aus dem Ort hier sehen, und abends kamen die, denen das Dorfgasthaus nahe der Kirche zu laut war oder die gelegentlich ein paar andere Gesichter sehen wollten und gern mit Fremden schwatzten. Dann zeigte sich auch der Wirt seinen Gästen, ein Mann, der sonst viel beschäftigt war, frisches Gemüse heranschaffte, in die Wäscherei fuhr und die Rechnungen führte, lauter wichtige Dinge für so ein Haus. Zur Küche, dem Hirn, fühlte er sich nicht zugehörig.

Für Richard war der Wirt so etwas wie ein älterer Bruder. Er hatte ihn seinerzeit aufgenommen, ein hilfloses, großes Kind, das Anlehnung suchte und seither zur Familie zählte, unentbehrlich in seinem Beschäftigungseifer. Richard konnte nicht ohne Arbeit sein. Er fand auch immer etwas zu werkeln, suchte geradezu nach Möglichkeiten, sich nützlich zu machen.

Heute hackte er Holz, dass die Scheite gegen die Schuppenwand krachten. Als er aufsah, bemerkte er einen älteren Mann, der auf dem Weg vom Dorf heran trottete. Da hieb er das Beil in den Hauklotz, wischte die Hände an der Hose ab, trat hinaus und ging dem Ankömmling entgegen: „Hubert!"

Der andere fuhr sich mit dem Handrücken über die Nase. „Ach, Richard", erwiderte er.

„Mal wieder 'n Schöppchen trinken?"

„Kann nicht schaden."

„Du!" Richard zog ihn beiseite. „Sag mal, Hubert, du musst doch die Familie Baatz näher gekannt haben, die von dem großen Hof, meine ich."

Der Blick des anderen wurde starr. „Wieso? - Was ist mit denen?"

„Nichts weiter. Ich frag' bloß. Bei uns logiert eine Frau, so Mitte fünfzig vielleicht, Das ist 'ne geborene Baatz. Da fiel mir der Baatzsche Hof ein. Was waren denn das für welche, die da gewohnt haben?"

„Großbauern", sagte der Mann barsch.

„Und wo sind die abgeblieben?"

„Die Alten sind tot."

„Und hatten die Kinder?"

Der Mann verschränkte die Arme. „Wozu willst du das wissen?" fragte er kalt. „Das ist alter Kram, der gehört auf den Mist!"

Richard wiegte den Kopf. „Ich frag' bloß so, Hubert. Könnte ja sein, dass die Frau von hier stammt. Dann würde es mich bloß wundern, dass sie so fremd tut."

„Wie heißt sie denn mit Vornamen?"

„Susanne."

Wieder dieser starre Blick. „Ach! Das ist ja interessant. Was kann sie bloß wollen?"

„Sie ist in Trauer, hat den Mann verloren, verkriecht sich hier."

„Ach so. Na dann. Trinkst du einen mit?"

„Wenn man mich einlädt."

Die beiden Männer gingen in die Gaststube. Sie redeten zumeist über dörfliche Belanglosigkeiten, doch zwischendurch kam immer wieder einmal der Name Susanne Baatz in ihr Gespräch. Der Name schien den Mann zu irritieren, schließlich gab er Richard den Rat, ein bisschen zu horchen, ob diese Frau nicht doch noch aus einem anderen Grunde hier war, als nur den Mann zu betrauern. Mehr war aber nichts zu erfahren, was sich hätte an Herrn Liebig weitergeben lassen. Aber irgendetwas steckte doch dahinter, das spürte Richard, und dass wollte er herauskriegen, wenn nicht aus Hubert Wendtland, dann eben anderswoher. Es gab ja noch andere alteingesessene Leute im Dorf.

Susanne Berger saß indessen wieder in ihrem Zimmer, als wäre der Vormittag auf der Terrasse schon viel zu viel Öffentlichkeit für sie gewesen. Sie ahnte nicht, wie viele Menschen sich hier mit ihr beschäftigten, welche Rätsel sie ihnen aufgab. Sicher hätte es sie erschreckt, und sie wollte doch nur ganz allein mit sich sein, wollte nichts wissen von ihrer Umgebung, noch nicht. Sie hatte eine angefangene Handarbeit aus dem Koffer genommen und sich damit so hingesetzt, dass sie jedes Mal, wenn sie den Blick hob, draußen das weite Land sehen konnte. Heute noch nicht, dachte sie, aber morgen wage ich mich bestimmt mal ein Stück hinaus. Aber es ist ja ganz gleich, ob ich hier bin oder draußen. Meine Einsamkeit bleibt, und ich muss mich an sie gewöhnen.

Von der Terrasse her hörte sie Stimmen, doch sie wollte nicht wissen, wer dort redete. Später sah sie draußen den Herrn vom Tisch vor der Standuhr den Weg zum See hinuntergehen. Der ist anscheinend auch allein, überlegte sie. Der steht vielleicht vor ähnlichen Fragen wie ich und sucht in der Natur Zerstreuung.

Susanne ließ die Arbeit sinken. Wieder kam ihr der Gedanke an ihren Ruf, der in der Weite ohne Echo verging. Aber vielleicht riefen da noch andere, die nicht gehört wurden. Ganz sicher sogar. Was sie im Augenblick durchlebte, was sie auszukosten hatte, war ja in der Welt nichts Besonderes, es war fast die Regel; denn gegen Ende tritt in jedes Leben das Leid. Man verliert liebe Angehörige, man hat die Plagen seiner körperlichen Beschwernisse auszukosten und beschäftigt sich mit den trüben und wohl auch erschreckenden Gedanken des unausbleiblichen eigenen Abschieds.

Daran geht man zugrunde, oder man lernt, es zu ertragen, dann werden das Stationen später Reife, in denen man zu Einsichten und Erkenntnissen gelangt, die man im Überschwang des bisherigen Lebens nie gewonnen hätte. Man begreift, dass man Teil jenes gewaltigen Auf und Ab ist, das die Welt beherrscht, eines Kreislaufs, in dem man seinen eigenen Kreis vollenden muss. Deshalb ist der Gedanke an ein ewiges Leben so schwer vorstellbar.

Was sollte denn das für ein Leben sein, das nie aufhört mit Wachen und Schlafen, mit Nahrung und Kleidung in der Mode, die kommt und geht, mit Sommer und Winter, Holzhacken, Kohlen herauftragen, Nachbarschaftsklatsch und dem Wolkenbruch eben an jenem Tage, da man wandern wollte. Nein, alles hat seine Zeit, das Schöne wie das Traurige, die Freuden und auch die Sorgen, und das Neue, das heraufdrängt, will seinen Platz und sein Glück und seine Bedeutung haben. Neiden wir es ihm nicht, denn auch wir haben das Unsere gehabt.

4

Begegnung mit der Kindheit

Am folgenden Nachmittag unternahm Susanne Berger ihren ersten Spaziergang. Sie hatte begriffen, dass sie hier im Hause viel einsamer war als daheim in der eigenen Wohnung. In seinen vier Wänden hat man immer Beschäftigung, doch hier erschöpfte sich der Tagesablauf mit Lesen, Häkeln und Nachdenken. Das hielt sie plötzlich nicht länger aus.

Zwei Minuten lang stand sie vor der Terrasse und überlegte, dann schlug sie den Weg zum Dorf ein, stand auf einmal zwischen den ersten Häusern, verspürte Herzklopfen, denn ihr war, als wollte sie sich auf Abenteuer einlassen, deren Ausgang sie überhaupt nicht abschätzen konnte.

Jeder, dem sie unterwegs begegnete, grüßte. Viele sahen ihr nach. Wer auf dem Lande Trauerkleidung trägt, erfährt Anteilnahme. Wenn ein Trauernder unterwegs ist, wohin könnte er wollen? Zum Friedhof natürlich. Susanne Berger ging langsam, und sie schlug wirklich den Weg dort hinauf ein. Irgendwohin musste sie schließlich gehen, und da lockten viel Grün, Vogelgezwitscher und Blumen.

Der Hauptweg war sauber geharkt. Sie ging unter den Kronen der Rotdornbäume entlang, ihre Blicke glitten über die zurechtgehauenen Steine zu beiden Seiten. Die Namen darauf sagten ihr wenig. Ernste Tannen säumten einen Querweg. Hier bog sie ein, sie musste hier einbiegen, denn sie empfand ein fernes Gestern und ein noch ferneres Vorgestern plötzlich ganz nah, wo sie den dunklen Weg entlanggegangen war. Und doch erschien ihr das Gewucher hier heute fremd.

Sonnenlicht blinkerte durch die Zweige. Mit behutsamen Schritten tastete sie sich in eine verwunschene Ecke des Friedhofs vor. Eine Amsel flüchtete schimpfend. Inmitten von Buschwerk lag eine von schmiedeeisernem Gitter umzäunte Familiengrabstätte. Susanne hielt den Atem an, sie trat näher, ihr war, als würde sie hier stören. Sie legte die Hand auf das rostige Gitter, die Steinpfeiler waren grün umwachsen, die Grabhügel dahinter zugewuchert von Efeu, der auch schon an der großen Marmorplatte hinaufklomm, so dass die Schrift nicht mehr zu erkennen war. Die Gittertür wehrte sich, gab knarrend den Eingang frei.

Susanne bahnte sich einen Weg durch den Efeu, sie trat an die Platte herab, löste die Ranken vom Stein und drückte sie nieder. *Ruhestätte der Familie Hermann Baatz* las sie und riss das Grün vollends weg. Eine kleinere Schrift kam zum Vorschein, zwei gereimte Zeilen, dann der Name *Leonore Baatz, geborene Häusler* und ganz, unten noch eine Reihe: *Zum Gedenken an unseren lieben Sohn Kurt Baatz, gefallen im Osten 1942.*

Sie überlas die Zeilen mehrfach, strich behutsam mit den Fingern über den Stein und fühlte sich trotz ihrer zärtlichen Geste fremd an diesem Ort, so fremd, dass sich für sie kein Zugang öffnete.

Es raschelte auf dem Weg, eine Frauenstimme fragte: „Was tun Sie denn dort?" - Susanne wandte den Kopf. Was ging die da an, dass jemand Gräber beschaute? Hatte sie hier Rechte? Die Alte trug eine Harke. Eine Gärtnerin also? - Jetzt trat sie ein paar Schritte näher, ihr Blick wurde forschend, die Augen weiteten sich, eine ganz zaghafte Frage: „Susanne?"

„Ja?"

Da stieg Freude in das alte Gesicht, es schien sich zu glätten, zu runden, so wie Blut in die Flügel des eben geschlüpften Falters strömt, dass sie sich ausbreiten zu voller Schönheit. Die Frau ließ die Harke fallen, streckte die Arme vor. „Die Susanne!" rief sie. „Nein, was mich das freut! Bist du gekommen!" Sie griff die ratlosen Hände und drückte sie.

„Ich weiß nicht..."

„Erkennst du mich denn nicht? Ich bin die Elisabeth, eure Elisabeth."

„Elisabeth..." Das war wie hingehaucht.

Ein Bild erschien vor Susanne, das Bild einer ewig verschwitzten Stallmagd mit hochrotem Gesicht und Sommer wie Winter aufgekrempelten Blusenärmeln, aus denen die derben Arme ragten, und diese Arme hatten das kleine Mädchen hochgehoben, aufs Pferd gesetzt, es festgehalten, bis es sicher saß. Die Hände hatten Trost gestreichelt, das Lächeln im roten Gesicht vermochte Sorgen zu vertreiben, die Magd wusste Worte zu finden, die gut taten, und wenn man Schelte zu verdauen hatte, bei ihr fand man immer Beistand und Zuspruch.

In diesem Augenblick legte Susanne Berger ihr Fremdsein ab, gab die unsinnige Verschlossenheit auf, nahm an, was nun einmal Tatsache war, gab zu, dass sie einst aus diesem Rabisdorf gekommen war, sie, die Großbauerntochter, die nun an den Gräbern der Eltern stand, vor sich die einstige Magd, die große Freundin und heimlich Verbündete.

„Elisabeth", wiederholte sie und schloss die Alte in die Arme. Sie standen ein Weilchen stumm. Endlich brachen wie ein Wassersturz die Worte aus der alten Frau heraus, hundert Fragen zugleich und immer wieder Überraschung und Freude, dann wie ein Schlussseufzer: „Und jetzt wolltest du den Eltern ein paar Blumen bringen."

Susanne schüttelte den Kopf, sie hob wortlos die leeren Hände.

„Aber du trägst Trauer. Wer ist denn gestorben?"

„Mein Mann."

„Ach, mein Beileid! War er denn krank?"

„Herzinfarkt, ganz plötzlich."

„Und jetzt bist du hier. Warum hast du dich denn nie wieder sehen lassen? Dir hätte doch keiner was getan. Und hier bei den Gräbern hätte dann und wann eine Hacke gefehlt. Schau nur, wie das aussieht."

„Ich habe mich immer vor Friedhöfen gefürchtet, schon als Kind. Und was sollen hier Blumen? Die Toten sehen sie nicht."

Die Alte lächelte. „Du bist noch genau wie damals, " sagte sie, „immer gegen das Herkömmliche, immer gegen das, was man eigentlich erwartet"

Ein tiefer Atemzug. „Ja, ich erinnere mich. Ich bin gegen vieles gewesen, was die Allgemeinheit voraussetzte", sagte Susanne. „Ich habe meinen Mann verloren und laufe von zu Hause weg, dabei sollte man erwarten, dass ich jetzt jeden Tag an sein Grab gehe. Ich tue es nicht, obwohl ich weiß, dass da jetzt die Blumen und Kränze verwelken und dass Leute, die es sehen, schlecht von mir denken. Ich habe meinen Mann geliebt, Elisabeth, glaub mir das; aber ich werde ihm trotzdem bloß einen ganz schlichten Stein hinstellen lassen."

„Du kannst dir keinen größeren leisten", meinte die Alte.

„Das ist es nicht. Ich habe nur keine Beziehungen zu Gräbern. Für wen sind denn diese pompösen Steine? Für die Toten? - Und Grabinschriften habe ich schon immer gehasst, sie sind doch oft nur Lügen oder Entschuldigungen für das, was man an den Lebenden versäumt hat. Ja, ja, widersprich mir nicht! Sieh doch her: 'Müh' und Arbeit war sein Leben, Gott hat ihm die Ruh' gegeben'. Er, immer nur er! - War das Leben meiner Mutter etwa nicht Müh' und Arbeit?"

„Also ist es doch keine Lüge. Er war immer der Bauer, der Mittelpunkt, der große Mann, der alles bestimmte."

„Ja, und an seiner Größe ist er auch gestorben!" Susanne wandte sich ab, sie war plötzlich sehr bewegt, hatte zu tun, die Fassung zu bewahren. Die Alte legte ihr die Hand auf die Schulter.

„So unterschiedlich sind die Menschen", sagte sie. „Mir bedeutet es viel, jeden Tag herzugehen. Meine Mutter liegt da drüben, mein Mann hinter der Kapelle. Ich gehe hin, rede mit ihnen und weiß, dass ich nicht allein bin."

„Antworten sie dir?" fragte Susanne.

„Sicher tun sie das."

„Mir antwortet niemand, hier nicht und anderswo auch nicht."

„Ja, wer wegläuft, reißt seine Wurzeln aus der Erde. Das ist immer so gewesen. - Du warst zu lange fort."

„Ich weiß."

„Und wie lange bleibst du jetzt?"

Susanne hob fragend die Hände. „Ich wohne im *Haus am See*", sagte sie.

„Dort wohnen die Fremden, und du bist in Rabisdorf keine Fremde."

„Doch! Mir ist hier alles fremd geworden. Heimat, das sind doch nicht nur Häuser und Felder, das sind auch die Menschen, das ist die Zeit von ehedem, Elisabeth. Was finde ich davon noch vor? Da! Überwucherte Steine mit Namen darauf, die keinem im Dorf mehr was sagen. Wer weiß noch was über die Familie Baatz?"

„Es gibt immerhin noch den Baatz'schen Hof. Da hat die Genossenschaft ihre Mastbullen stehen."

„So, so."

Die Alte legte Susanne den Arm um die Schulter, es war auf einmal wieder wie früher, als Elisabeth so oft das richtige Wort für das trotzige Mädchen gefunden hatte. „Geh mal hin, Mädel", sagte sie. „Wehr dich nicht dagegen. Gerade jetzt, wo du den Mann verloren hast. Ich weiß, wie einem da zumute ist. Das Alleinsein ist das Schlimmste. Und wenn dir die Toten nicht antworten, vielleicht tun es die Häuser, das Dorf, die Kleinigkeiten, die du wiederentdeckst. Du bist hier wirklich keine Fremde."

„Komm mich mal besuchen", antwortete Susanne, drückte ihr die knochige, kühle Hand, nickte lächelnd, drehte sich um und ging ebenso langsam fort, wie sie gekommen war. Nein, dachte sie, mir antwortet niemand, und vielleicht war diese freundliche Alte eben auch nur in meiner Phantasie hier, als Mahnung, dass ich mich doch nicht ganz aus Rabisdorf losgerissen habe. Drum war wohl auch meine erste Reaktion, als mir Frau Liebrecht das *Haus am See* empfahl, ein gelinder Schreck. Ausgerechnet Rabisdorf, das ich doch gestrichen hatte aus meiner Erinnerung.

Die alte Elisabeth hatte recht. Kein Ausweichen mehr. Es war besser, sich den Gegebenheiten zu stellen als vor ihnen zurückzuweichen. Susanne ging jetzt zielsicher. Vor der Schule blieb sie stehen, schaute die Stufen hinauf. Hier waren sie herabgesprungen in ungebärdigem Pausendrang, lärmend und sich neckend. Sie erinnerte sich an Lehrer Bergholz, sah ihn vor sich im ewig gleichen braunen Anzug, das rötliche Borstenhaar steil hochstehend. Sie musste plötzlich lachen, schaute sich hastig um - nein, niemand hatte das bemerkt.

Sie folgte ihrem einstigen Schulweg. Jede Kleinigkeit hatte früher ihre Bedeutung gehabt. Da waren Männer an Masten hochgeklettert und hatten Telefonleitungen ausgespannt, und bei Dachdecker Märtens hatte es immer nach Teer gerochen. Susanne wunderte sich, wie viel Verschüttetes da plötzlich ans Licht kam.

Auf einmal sah sie die vertraute Fassade, den hohen Torbogen mit der Steintafel, die noch die Initialen des Großvaters trug. Wie traurig sah es jetzt hier aus, niemand schien dieses Gehöft mehr zu lieben. Das Haus wirkte schon von der Straße her schäbig, der Blick in den Hof offenbarte viel Schlamperei. Das sollte Vater sehen, dachte Susanne, diese festgetretenen Mistbatzen auf dem löchrigen Hofpflaster, die halb herunter gerosteten Dachrinnen, den abgeplatzten Putz. Keine Spur von der einstigen peinlichen Ordnung und Sauberkeit. Das zu sehen tut weh.

Sie trat in den Hof, erinnerte sich, wie oft sie hier gefegt hatte. Als sie zu Mutters Küchenfenster hinaufschaute, spürte sie Beklommenheit, da lauerte Vergangenes. Könnte es nicht plötzlich hervortreten und sich Rechte anmaßen, die es nicht mehr hatte? - Du nimmst jetzt die Hacke und gehst in den Garten! - Nein, heute wird nicht gespielt, wir müssen Kartoffeln verlesen!

Die Steinstufen waren schiefgetreten von den Jahrhunderten, die Haustürklinke hatte noch immer jenes harte, hohle Knacken, an das sich Susanne noch gut erinnerte. Im Flur roch es fremd, die bunten, altmodischen Fliesen, einst immer blank gescheuert, waren stumpf. In Susanne erwachte der brennende Wunsch, die Treppe hinaufzusteigen und einen Blick durch jede Tür zu werfen, hinter der einst die eigene Kammer gelegen hatte, das Reich der Kindheit mit Puppen, Bilderbüchern aber auch manch heimlicher Angst vor dem abendlichen Einschlafen, wenn der Wind im Schornstein heulte. Nichts von alledem war noch da, keine Spur mehr von der so angesehenen Familie Baatz. Dieses Haus war nur noch eine Hülle, die leere, schäbige Verpackung einer lediglich aus Erinnerung bestehenden Zeit.

Wenn jetzt jemand in den Flur käme, was sollte sie sagen? Ich habe mich verlaufen, nichts weiter, ich suche jemand, der hier nicht mehr wohnt, vielleicht nie gewohnt hat. Sie ging zurück auf die Straße, schaute sich nicht mehr um. Aber sie blickte die Leute jetzt frei an, dankte für die Grüße, doch sie erkannte keinen Menschen, so sehr sie auch überlegte.

Nein, die Jahre, da sie hierher gehörte, waren lange vorbei. Sie empfand nichts mehr für dieses Dorf.

Als Susanne Berger das *Haus am See* erreichte, servierte Liesbeth auf der Terrasse den Kaffee. Der Herr vom Standuhrtisch deutete Susanne einen flüchtigen Gruß an. Sie dankte auf die gleiche unverbindliche Art, drehte den Stuhl dann so, dass sie den Mann nicht anschauen musste. Nein, keine vorschnellen Bekanntschaften! Außerdem hatte dieser Tag in Rabisdorf so viel von ihr gefordert, dass sie jetzt allein sein wollte.

Sie verließ auch nicht mehr ihr Zimmer, schrieb einige Briefe, setzte sich ans offene Fenster und sah hinaus in den still verglimmenden Tag. Da war sie also heimgekommen nach so vielen Jahren, auch wenn sie das nicht wahrhaben wollte. Sie kannte diese Abendstimmungen über dem See, die hatten schon immer etwas Melancholisches gehabt. Von ihrem Kammerfenster vom elterlichen Hof aus hatte sie früher einen Streifen dieses fetten Grüns sehen können, sie erinnerte sich der Schreie, wenn die ziehenden Gänse und Graureiher im See einfielen; und wenn die Kraniche kamen, endlose Ketten, die den Himmel durchkämmten, konnte sie stehen und hochstarren, bis ihr der Nacken steif wurde.

Sie hatte dieses Land immer geliebt, wenn es nur daheim nicht so viel Schwierigkeiten gegeben hätte. Sie wehrte sich verbissen, wenn der Vater sie zur Bäuerin abrichten wollte. Sie empfand es als Strafe, stundenlang hinter dem Mähbinder Garben aufzustellen, im Rübenacker knien und die Pflänzchen vereinzeln zu müssen. Sie wäre so gern umhergelaufen, Kind unter Kindern. Das Dorf hatte wunderbare Verstecke für die kleinen Leute gehabt, wo man für sich allein theaterspielen konnte. Sie war eine Prinzessin, die bis dorthin herrschte, wo der Himmel die Erde erreicht, eine Märchenfee im Blumenpalast, die guten Menschen Gutes bescherte. Alle Gestalten aus ihren Büchern wollte sie nachspielen, doch der Vater nahm ihr die Zeit fort, ihm schien schon die

Stunde für die Schulaufgaben pure Verschwendung zu sein, und den Lehrer nahm er ohnehin nicht ernst. Was brauchen Mädchen Schulbildung, die heiraten ja doch mal.

Ihre Kinderspiele dauerten bis zum Krieg, da war sie zu den Jungmädeln gekommen, der weiblichen Hitlerjugend. Nun zählten keine Träume mehr, es wurde marschiert und gesungen. Bei den Heimabenden lasen sie isländische Sagas, Geschichten von grausamen germanischen Helden, die sie als Vorbilder verehren sollten, ebenso wie jene deutschen Helden, Ritterkreuzträger in U-Booten und Jagdflugzeugen. Da bedauerten sie wohl, nur Mädchen zu sein, die niemals zu solchen Helden werden durften. Die Welt war von Männern für Männer gemacht.

Für Susanne war das ebenfalls ein Grund zu widersprechen. Auch diesmal war es Abwehr gegen den Vater, der das Eiserne Kreuz aus dem ersten Weltkriege trug und zum Landwehrfest mit seinen Orden auf der Tribüne stehen und den Vorbeimarsch abnehmen durfte. Er forderte Anerkennung für sich, Verehrung für das Vaterland, für die Traditionen, das Althergebrachte. Da hatte sie sich einzufügen, sie war nur winziges Teil in einem mächtigen Getriebe, das Volk hieß, und. von dem man in der Schule lernte, dass dieses Volk alles sei, der Einzelne hingegen nichts.

Und da musste sie sich fragen: Bin ich denn ein Nichts? Ich bin doch da, und ich habe mein Leben lieb und die Tiere und das Land und den großen Himmel darüber. Wie kann ich denn ein Nichts sein? Ich fühle doch, ich kann etwas schaffen, etwas tun. Wenn man ein Nichts zum anderen zählt, kann doch am Ende auch nur ein großes Nichts herauskommen. Null mal null ist null, das haben wir in der Schule gelernt, also wäre ein Volk aus lauter kleinen Nichts auch nur ein großes Nichts, oder?

Mit wem konnte sie so schwerwiegende Dinge bereden? Mit den Geschwistern? Die waren alle größer als sie. Kurt, der Älteste, war Hitlerjugendführer, Vaters Ebenbild, für den blieb sie ewig das Baby, außerdem wurde er schon im dritten Kriegsjahr Soldat. Erwin, der andere, hatte für Mädchen nichts übrig, er bastelte Flugmodelle, ließ sie mit seinen Freunden über den Feldern aufsteigen, und später fuhr er zum Segelfliegen. Ruth, die ältere

Schwester, wollte ständig an ihr herum erziehen: „Beim Essen nimmt man die Ellbogen vom Tisch!" - „Setz dich grade, sonst kriegst du einen Buckel!" -„Du wirst nie richtig melken lernen!"

Und Mutter? Diese stille Frau, die für alles ein Lächeln fand, die den Vater bewunderte und ihm nie widersprach? Dachte sie über ihr Leben und das der Familie nach? Zu ihr gingen die Kinder mit den alltäglichen Kleinigkeiten. Sie hatte Trostworte, legte bei Husten den Halswickel um und bei Fieber die Wadenpackung, beherrschte tausend praktische Dinge und nahm sich gelegentlich auch Zeit für eine kleine, flüchtige Liebkosung. Schwerwiegende Fragen aber hätte keins ihrer Kinder an sie herangetragen.

Mit Elisabeth hatte Susanne das beredet, und Elisabeth hatte gelacht und gemeint, sie sei nun mal die Kleinste, und die Kleinsten würden nie nach ihrer Meinung oder ihren Gedanken gefragt. Damit müsste sie sich abfinden. Auch sie, die Elisabeth wäre die Kleinste im Hof, ihr würde befohlen, was zu tun sei, und wenn der Bauer meinte, das Volk wäre alles, der Einzelne nichts, nun, so wäre das nicht wert, sich darüber graue Haare wachsen zu lassen. Widerspruch bringt Ungelegenheiten, und die Kleinen haben davon eh schon genug am Hals, als dass sie sich mutwillig noch welche dazu holen müssten.

„Eines Tages bin ich groß", hatte Susanne aufgetrumpft, „und dann gehöre ich nicht mehr zu den Kleinsten."

„Du wirst groß sein", hatte die Magd erwidert, „und ich bin immer noch ganz klein und muss dann Fräulein zu dir sagen und sie."

„Nein!" Susanne hatte sich heftig erregt. „Das wird nie sein, großes Ehrenwort! Du wirst immer du zu mir sagen, Elisabeth, immer, immer!"

Die Frau am abendlichen Gasthausfenster musste lächeln. Dieses kindliche Ehrenwort hatte sie tatsächlich gehalten. Sie hatte auch später von Elisabeth niemals ein Sie geduldet, bis heute nicht. Diese Erkenntnis tat gut.

Dann war der Krieg härter geworden. Kurt war gefallen, das hatte den Vater noch unduldsamer gemacht und die Mutter noch stiller. Und da war in Susanne der Gedanke an Flucht aufgekeimt.

Sie wollte weg aus dem Dorf, und sie fand die Brücke dazu in der Schule. Sie lernte mit verbissenem Eifer, dieser Fleiß war Notwehr gegen das totale Regiment des Vaters. Als beste Schülerin erstritt sie sich Rechte. Lehrer, Pfarrer, selbst nahe Verwandte unterstützten sie. So ein begabtes Kind! Das darf doch nicht im Dorf versauern. - Ja, sie hatte sich vom Dorf weggestudiert, und das war schwierig in der letzten Phase des Krieges, weil da nur noch Dinge galten, die dem Machthabern rasch materiellen Nutzen brachten. In dieser Zeit gab es für die Kinder wichtigere Angelegenheiten als Lernen. Sie mussten Ähren lesen, Heilkräuter und Obstkerne sammeln, Seidenraupen züchten und im Schulgarten Mais für die Kriegswirtschaft anbauen. Die Mädchen hatten Soldatenstrümpfe zu stricken und Leibbinden zu nähen, sie taten Luftschutz- und Sanitätsdienst. Nach dem Sieg könnt ihr noch genug lernen, hieß es, doch Susanne biss sich durch, sie radelte jeden Tag, bei jedem Wetter in die Kreisstadt zur Mittelschule, sie lernte mehr, als von ihr verlangt wurde, und baute sich so Ihre eigene, vom Vater unabhängige Welt.

Das Licht über dem See verblasste. Susanne schloss das Fenster. Aus der Gaststube tönte Klavierspiel. Susanne lauschte. Sie überlegte, wo das Instrument stehen mochte. Was da erklang, war ein Stück von Rubinstein, sie erinnerte sich, es mehrfach in Konzerten gehört zu haben. Auch eine Welt, die ihr Leonhard richtig erschlossen hatte, und sie war ihm dankbar gewesen, denn solche Musik hatte es im Dorf nicht gegeben.

Da fiel ihr ein, wie wenig sie an diesem Tag an ihren Mann gedacht hatte. Sicher hätte er ihr das verziehen bei den vielen Eindrücken, die sie heute zu bewältigen hatte. Sie legte sich ins Bett, löschte das Licht, behielt die Augen offen, obgleich es nun nichts mehr zu sehen gab in dieser Finsternis. Von weither rief eine Eule, es klang wie eine beständige Klage. Susanne lag ganz still, wollte nichts mehr denken. Sie schlief ein mit dem Empfinden, das winzige warme Zentrum eines weiten dunklen Raumes zu sein.

5

Erstes Zusammentreffen

Es scheint ein Gesetz zu sein, dass unterschiedliche, einander fremde Sterne in den Weiten des Alls auf Bahnen kreisen, die sie eines Tages zwangsläufig aufeinandertreffen lassen. Vielleicht laufen sie nur dicht aneinander vorbei, vielleicht flammen sie auf in wilder Kollision, zerstieben oder glühen ineinander über, zerschmelzen zu etwas Neuem, Einmaligem, das fortan seinen eigenen Lauf nimmt und eigenen Gesetzen gehorcht.

Jede zufällige Begegnung von Menschen, die etwas zwischen ihnen auslöst und Folgen für sie hat, gleicht einem solchen Aufeinandertreffen, selbst wenn das Neue, das für sie daraus entspringt, zunächst nur ihr Inneres berührt. Susannes Begegnung mit ihrem Mann war eine solche Kollision gewesen. Nach ihrer Flucht von daheim war sie auf der Suche, ohne Halt, ohne gewisses Ziel, es war eine Kette von Versuchen, bei denen sie Erfahrungen gewann und Festigkeit.

Und dann kam Leonhard, und beide hatten mit ihrer Ehe zu einem neuen Dasein gefunden, jenem bedingungslosen *Wir*, das oft so schwer zu erreichen ist, weil jeder noch auf zu viel *Ich* beharrt, das seinen Unterschied zum anderen Ich immer wieder behauptet. Wenn es ein gutes *Wir* sein soll, muss es seinen Teilen vertrauensvolle Freiheit lassen, darf nicht zum Gefängnis werden, denn jeder bleibt doch er selbst und muss frei atmen können. Das bleibt das Rätsel guter Ehen, und es ist eigentlich eine Selbstverständlichkeit, eine von den vielen Selbstverständlichkeiten, die sich so schwer erklären lassen.

Und dann kommt jener ebenso unbegreifliche Riss, der beide Partner wieder voneinander trennt. Wenn dieser Riss Tod heißt, ist er unwiderruflich, und derjenige, den er zurücklässt, muss begreifen lernen, dass er wieder für sich selber einzustehen hat, dass er noch einmal ein neues Leben annehmen muss, auch wenn die Lücke neben ihm unausgefüllt bleibt. Und ein neues Leben bedeutet, das Schweigen zu. beenden, herauszutreten aus der freiwillig gewählten Isolation, sich dem zu stellen, was der Alltag fordert und bereithält.

Als Susanne Berger erwachte, hatte sie für einen Augenblick ein schlechtes Gewissen, obgleich ihr niemand vorschreiben, durfte, wann es für sie Zeit war aufzustehen. Von draußen tönte metallisches Klappern, Richard stellte die Terrassenmöbel auf. Er sah, wie Susanne das Fenster öffnete, und winkte ihr einen Gruß zu.

Als sie in den Gastraum trat, wunderte sie sich, dass sie die erste war. Liesbeth deckte die Tische. Susanne bemerkte erst jetzt hinter sich in der Ecke das Klavier. Die Wirtsfrau wünschte einen guten Morgen, erkundigte sich nach der vergangenen Nacht. „Haben Sie sich schon ein bisschen eingelebt?" fragte sie.

„Danke. Es ist sehr nett bei Ihnen."

Die Wirtin kam näher. „Wenn Sie einen besonderen Wunsch haben, Frau Berger, lassen Sie es mich wissen."

„Ja, natürlich. Sagen Sie - wer hat gestern Abend Klavier gespielt?"

„Mein Mann. Hat es Sie etwa gestört?"

„Nein, es war sehr schön. Er spielt gut, es stört mich gar nicht. Im Gegenteil."

„Ich werd's ihm sagen. Aber jetzt entschuldigen Sie mich, früh hat hier jeder sein volles Programm."

„Ich verstehe schon."

Sicher sind das die belanglosen Gespräche, die man hier mit jedem führt, dachte Susanne. Sie schaute zur Tür. Die beiden Leute vom Fenstertisch kamen herein, sie grüßten lauthals wie alte Bekannte und spähten dann nach den Zeitungen. Da kamen auch schon die Kinder der anderen, Mädchen und Junge, beide niedlich gekleidet und sauber gekämmt. Auch die Eltern grüßten herüber. Susanne gehörte also schon dazu. Hoffentlich bleibt es bei diesen Grüßen, dachte sie, nur vorläufig keine verpflichtenden Bekanntschaften!

Erst als Liesbeth den Kaffee servierte, trat der Herr in den Gastraum. Sein „Guten Morgen" klang betont freundlich. Auch Susanne dankte heute etwas verbindlicher. Sie sah, dass der Mann Tee statt Kaffee bekam. Dass er ein Parteiabzeichen trug, fiel ihr erst heute auf.

Das Radio dudelte vor sich hin, jeder war mit seinen Brötchen beschäftigt, die hier allmorgendlich bäckereifrisch serviert wurden. Das wird nun für die nächste Zeit mein Tagesrhythmus werden, dachte Susanne; aufstehen, frühstücken zur selben Zeit mit denselben Leuten, dann lesen, Spazierengehen, Erinnerungen auffrischen und so weiter bis zum Abend.

Es zog sie zum See, jener weiten, nassen Buschwiese, in der die Wasserlöcher schimmerten, vor denen sie als Kinder daheim und in der Schule so nachdrücklich gewarnt wurden. Man kannte einige Namen von Ertrunkenen, man wusste auch um Märchen und Sagen von Nixen, Wassermännern und Irrlichtern. Also: Weicht nicht vom Wege ab! - Natürlich probierten sie es doch einmal, und hatten dann mit heimlichem Schauder das beklemmende Beben des Schwingrasens wahrgenommen, deutlichere Warnung als der drohende Zeigefinger der Erwachsenen.

Sie entsann sich dieser Situationen, als sie einem der gut ausgetretenen Spazierpfade folgte. Zwei Kiebitze gaben ihr schimpfend das Geleit. Hier draußen hatte sich die Natur viele Vorrechte bewahrt. Die Vögel fanden ihr ungestörtes Zuhause, Frösche orgelten aus voller Kehle, und zwischen dem Strauchwerk grünte und blühte so manches, was anderswo längst der Ackerkultur und der Macht der Chemie zum Opfer gefallen war.

Susanne blieb stehen und sah den Flugkünsten einer großen Libelle zu. Seit Jahren hatte sie so etwas nicht mehr beobachten dürfen. Als sie eine offene Wasserfläche erreichte, sprangen etliche Frösche aus dem krautigen Uferfilz hoch und plumpsten in den rettenden Silberspiegel. Eine Wildente flüchtete, dann war es wieder still.

Ein Stück weiter hob sich der Pfad, unter altersohlen Weidenbäumen stand eine Bank, und hier saß allein der Herr mit dem angegrauten Haar, der zum Frühstück Tee getrunken hatte.

Susanne zögerte. Am liebsten wäre sie umgekehrt, doch er hatte sie schon gesehen und stand auf. „Auch unterwegs, ein Stück Natur zu genießen?" fragte er.

„Sicher", sagte Susanne und trat zögernd näher. Jetzt mit einem Gruß einfach vorbeigehen, überlegte sie. Sie wollte keine Gesellschaft, und sie mochte auch nicht abweisend erscheinen.

„Ich sitze oft auf dieser Bank", sagte der Mann. „Es ist sehr schön hier. Wenn man ganz still ist, erlebt man mitunter Dinge, von denen man in der Stadt keine Ahnung hatte. - Bitte, es ist genügend Platz."

Nun wurde Susanne schon zum Sitzen aufgefordert. Sie nickte einen kleinen Dank und setzte sich. Von hier aus hatte man einen weiten Blick über Wiese, Wasser und Busch. Hinter dem satten Grün schimmerte das Ziegeldach ihres Gasthauses.

„Ich bin hier meist allein", sagte der Mann. „Es kommt selten jemand vorbei." Er setzte sich, stand aber sogleich wieder auf, deutete eine leichte Verbeugung an und sagte: „Entschuldigen Sie, mein Name ist Liebig, Frank Liebig."

„Susanne Berger", erwiderte sie, und ein Gedanke fuhr ihr durch den Kopf: Nun also doch schon Männerbekanntschaft - am vierten Tag.

Schon saß er wieder neben ihr. „Man lebt im *Haus am See* sehr für sich allein", sagte er. „Jeder Gast bewahrt seine Geschichte, will sie für sich behalten, sie geht keinen etwas an."

„Sicher haben Sie recht." Was sollte sie sonst antworten?

Langes Schweigen. Er kleidet sich korrekt, dachte Susanne. Auch hier im Dorf, wo niemandem auffällt, wenn sich jemand gehen lässt. Und Geschichten der Gäste? Gewiss, er mag seine haben, und ich hab meine, und ich bin nicht gesonnen, sie auszuplaudern. Ich bin jetzt ohnehin eine schlechte Gesellschafterin, er wird meiner bald überdrüssig sein, und ich sollte weitergehen, auch wenn diese Bank einladend ist und die Gegend mir seit der Kindheit vertraut.

Stumm saßen sie nebeneinander, schauten hinweg über den Rabisdorfer See. Dort war jetzt eine Vogelwolke aufgetaucht, sie schwebte hin und her, fiel irgendwo ein, hob sich wieder, ganz ungewöhnlich für diese Jahreszeit, wo doch alles emsig dem

Brutgeschäft nachging und für solche Gruppenspiele schon aus Revier- und Futterneid weder Zeit noch Lust blieb. Susanne konnte nicht erkennen, um welche Vogelart es sich handelte.

Nach einer Weile begann Frank Liebig zu reden: „Ich frage mich, wie eine solche Vogelwolke gelenkt wird. Warum gibt es keine Zusammenstöße? Und wie kommen diese geschmeidigen Richtungsänderungen zustande? Verständigen sich die Vögel durch Zurufe? Wer löst sie aus? Führt einer das Kommando, oder entwickelt so eine Fluggemeinschaft eine Art Überseele?"

Da Susanne nicht antwortete, fuhr er nach kurzem Schweigen fort: „Man wird auf der Straße selten einen einzelnen Vogel überfahren, er ist zu wachsam. Bei einem vor dem Auto auffliegenden Sperlingsschwarm aber geraten immer wieder Einzelne in Gefahr, erwischt zu werden. Es scheint, dass die Vögel ihr sonst so ausgeprägtes Sicherheitsverhalten aufgeben, sobald sie Teil einer solchen Wolke werden. Oder wie ist das sonst zu erklären?"

„Warum wollen Sie das wissen?" fragte sie.

„Um zu lernen. Vielleicht könnten wir - würden wir das Geheimnis kennen - daraus für unsere Kollektive wichtige Schlüsse ziehen. Kein Machtstreben Einzelner, kein langes Blablabla auf Sitzungen und Beratungen, und doch eine sinnvoll handelnde Gemeinschaft."

„Sie hätten meinen Mann kennen sollen", sagte Susanne. „Er stritt sich gern über solche Themen. Ihn hat alles angerührt, was mit Menschen zu tun hatte, besonders mit jungen."

„Ein Lehrer, wenn ich richtig vermute?"

„Berufsschullehrer, und Sie?"

„Ich bin ein Funktionär."

Sie blickte ihn an. „Und warum?" fragte sie.

„Wie meinen Sie das?" erwiderte er verwundert.

„Jemand wird Tischler, weil er das Holz liebt, oder Landwirt, weil sein Vater einer war, oder Künstler, weil er das Talent dazu hat. Wieso wird einer Funktionär?"

Er lehnte sich zurück, atmete tief ein, sagte: „Ich habe mir nach Kriegsende gedacht: Du gehst in die Politik. Du willst nie sagen, dass dich andere in scheußliche Situationen bringen konnten, weil du nicht mitgedacht und mitbestimmt hast, als es noch Zeit war."

„Und? Haben Sie mitbestimmt?"

„Sicher."

„Und das ist für Sie immer gut gegangen?"

„Nicht immer. Aber das ist nicht entscheidend. Wer seine Nase überall reinsteckt, kriegt schon mal gelegentlich eins drauf."

Und wieder schwiegen sie. Die Vogelwolke war abgezogen. Über dem See kreisten jetzt zwei Gabelweihen, ihre gellenden Schreie klangen triumphierend.

„Merkwürdig", sagte Susanne. „Aus den gleichen Gründen, die Sie angeführt haben, ist mein Mann Lehrer geworden. Er sprach von der Verpflichtung aller Leute, die den Kriegswahnsinn miterlebt haben, die junge Generation so zu erziehen, dass sie nie in eine ähnliche Lage kommen will und muss."

„Entschuldigen Sie", sagte er und schaute sie an. „Sie haben Ihren Mann verloren?"

„Vor eineinhalb Wochen."

„Plötzlich?"

„Kaputtgespielt! - Das hat er wörtlich so gesagt. Bei sowas heißt das Ende oft: Infarkt!" Sie hatte das bewusst so hart und gezielt ausgedrückt, blickte ihrem Nachbarn fest ins Gesicht.

Er berührte leicht ihren Arm. „Entschuldigen Sie! Ich hätte nicht fragen sollen."

„Warum nicht? Es ändert nichts, gar nichts. Er ist tot, und ich muss es tragen."

Frank Liebig spürte Bitternis in ihrer Stimme, ihm fiel plötzlich auf, dass diese Frau zwar Trauerkleidung trug, doch ihre Augen sahen nicht nach vielen Tränen aus, eher nach durchwachten Nächten mit endlosem Grübeln: Was soll nun werden? - Er wollte Trost spenden und fragte betont sanft: „Ist er denn mit seinem Beruf nicht zufrieden gewesen?"

„Mit dem Schülern kam er gut zurecht", sagte Susanne. „Sonst aber... Ein Lehrer hat nicht nur mit Kindern zu tun, auch mit Vorgesetzten, mit Leuten, die alles besser wissen als die, die jeden Tag vor der Klasse stehen."

„Das kenne ich", entgegnete Liebig. „Ich habe auch mit

solchen superklugen Theoretikern zu tun gehabt und musste mich mit Anordnungen herumschlagen, deren Sinn ich nicht verstand. Kaputtgespielt, o ja, o ja!"

Seine Worte klangen auf einmal zornig. Susanne wertete das als Hilflosigkeit. „Wir sind wohl beide hier, um zu genesen", sagte sie, „nicht, um uns mit Erinnerungen zu quälen."

„Gewiss! Danke!" Er stand auf. „Gehen wir ein Stück zusammen? Ich kann Ihnen einen Wiesenhang voller Adonisröschen zeigen. So etwas haben Sie noch nicht gesehen."

„Doch", sagte sie. „Ich kenne den Hang. Ich war hier Kind."
„Sie hier?"
„Ich bin hier geboren und zur Schule gegangen, später weggezogen, und jetzt bin ich wieder hier."

„Und Sie wollen diese Pracht nicht wiedersehen?"
„Ein andermal. Ich habe noch viel Zeit. Und jetzt - Sie nehmen mir das nicht übel, jetzt möchte ich gern ein bisschen allein sein."

„Gewiss!" Er stand demütig vor ihr, sie wandte sich ab und ging den Pfad zurück, den sie gekommen war. Als sie sich umblickte, stand er immer noch da, wie sie ihn verlassen hatte.

Wieso habe ich ihm von Leonhard erzählt, dachte sie. Ich hätte mich gar nicht hinsetzen sollen. Ich wollte hier ganz für mich bleiben, zu mir finden. Er hat von den Geschichten geredet, die jeder mit sich herumschleppt. Ich habe genau gespürt, dass er seine gern mitteilen würde; aber ich habe mit meiner eigenen genug Last.

Und trotzdem hat es gut getan, mal mit jemandem zu reden. Ach, ich weiß überhaupt nicht, was ich will. Ich schwanke und schwanke, weiß nicht einmal, ob ich weiterleben oder mich aufgeben soll, einfach treiben lassen - und gerade das habe ich nie gemocht.

Nun ging sie zügig, ahnte nicht, dass sie in Gedanken festgehalten wurde. Frank Liebig sagte sich Beobachtungen her, als wollte er sie protokollieren: Sie trägt um ihr dunkles Haar ein modisch drapiertes schwarzes Tuch, eine Brosche mit Emailminiatur als einzigen Schmuck. In ihrem Gesicht liegt Vorwurf an die Welt, dass sie nicht mit ihr leidet. Es ist ein Ernst, der zur Distanz zwingt. Schade. - Die Wohltat des Alleinseins wird mir mit der Zeit unerträglich.

Susanne ahnte nicht, dass sich die Gedanken dieses Mannes aufschwangen wie ein Brückenbogen, der das andere Ufer sucht, doch niemand ist da, ihm dort ein Fundament zu bieten. Nein, keine vorschnellen Bekanntschaften, lieber ein bisschen zurückträumen in Zeiten, die längst tot sind, das schadet nicht. Plötzlich stand sie vor einer Baumgruppe, entsann sich, dass man sie im Dorf *die sieben Brüder* genannt hatte. Sie waren groß und knorrig geworden, und es fehlte nicht einer davon.

Susanne stellte sich darunter, blickte steil hoch in die Äste. Da überfiel sie wie ein Blitz die Erinnerung daran, wie sie schon einmal hier gestanden hatte, schwer atmend nach hastiger Flucht vom Feld her, den Blick angstvoll erhoben; denn die Luft vibrierte vom Orgelspiel der hundert Bomber, die den Tod nach Berlin trugen. Die Kondensstreifen ihrer Motoren überzogen den Himmel. Auf einmal klopfte ihr Herz stärker, es war die nämliche Angst wie in den Träumen vieler Nächte noch lange nach dem Krieg, wenn sie vor fallenden Geschossen floh oder sich in Kellerwinkeln vor feindlichen Soldaten verkroch.

Sie schalt sich töricht. Ringsum lachte die friedlichste Natur, und sicher dachte keiner im Dorf mehr daran, dass man hier einmal unter jener Luftschneise gelebt hatte, auf der Tag und Nacht das Verderben entlang geflogen war. Erneut hatte sie ein Stück Jugend wiedergefunden, die Jahre des Krieges mit den pflügenden Frauen, die hart schuften mussten und dabei die Sorge um Mann und Sohn in der Brust trugen. Da hatte es die Gefangenen gegeben, freundliche Jungens, die nie ganz die Angst aus den Augenwinkeln verloren und jedes nette Wort mit überschwänglichem Dank aufnahmen.

Da waren die Schnüffler in den Hof gekommen, die versteckten Weizen suchten und nichtgemeldetes Vieh. Später hatten eines Morgens Leute auf der Straße gestanden, Frauen und Kinder, die Mäntel voller Ziegelstaub, Entsetzen im Blick, und sie begriffen nur langsam, dass sie der Hölle des nächtlichen Bombardements ihrer Stadt lebend, wenn auch bettelarm entkommen waren.

Die sieben Brüder! Susanne legte die Hand auf die rissige Rinde, sie grübelte der Sage nach, woher diese Bäume ihren Namen erhalten hatten, doch sie fiel ihr nicht ein. Anderes aus der Schulzeit kam ihr in den Sinn, die Lehrerin Fräulein Mienert, die die biblischen Geschichten so anschaulich erzählte, als kämen sie aus Groschenheften, und sie hatte dazu farbige Kreidebilder an die Tafel gezeichnet. Dann aber hatte der Herr Erste Lehrer, der Nazischulleiter, ihr nachdrücklich geboten, diese alten Judenmärchen gefälligst ruhen zu lassen und die Kinder für deutsche Helden und deutsche Schicksale zu begeistern. Aber dieserart Geschichten redeten meist vom heldischen Sterben, also vom Tod, und den mochten sie nicht, den kannten sie aus den eigenen Familienerzählungen schrecklich genug.

Susanne ging langsam den Feldweg entlang, sie erinnerte sich der alten Flurnamen, an das *Elkens Gehren*, den *langen Sohl* und den *Schweinekopf*. Hier hatte ihnen damals das Hagelwetter das blühende Getreide zerschlagen, einfach zu Silofutter zerdroschen, und der Vater hatte hastig Mais nachgedrillt, um wenigstens noch etwas zu ernten. Ja, das waren die täglichen Gebete gewesen: Sanfter Regen und Sonne zum Reifen, kein zu später Frost und keine zu heftigen Gewitter, Mensch und Vieh gesund und auf dem Markt Preise, die die harte Arbeit dann auch lohnten.

Sie war rechtschaffen müde, als sie ins *Haus am See* zurückkam.

Zum Mittagessen winkte Liebig, deutete mit einladender Geste an, sie möchte sich doch zu ihm an den Tisch setzen, doch sie schüttelte mit flüchtigem Lächeln den Kopf. So blieben sie auf Distanz. Sie sah, dass er sie beobachtete, das empfand sie als unangenehm, doch einfach auf einen anderen Stuhl überzuwechseln, hätte zu unfreundlich ausgesehen. Sicher wäre sie nicht so sitzengeblieben, hätte sie seine Gedanken erraten: Sie wirkt mädchenhaft in ihren Bewegungen, gar nicht so sehr wie eine alternde Frau. Wie mag sie früher gewesen sein, ehe sie ihren Mann verlor? Lustig? Besonnen? Vielleicht auch immer schon ein wenig ernst? Ich hoffe, ich werde das noch erfahren.

Frank Liebig war übrigens nicht der einzige Mann im *Haus am See*, der sich mit Susanne Berger beschäftigte. Richard redete in der

Küche über sie. Er nannte sie 'unsere Schwarzamsel'. Das trug ihm die freundschaftliche Rüge der Wirtin ein. Man macht sich nicht lustig über jemandes Trauerkleidung, auch wenn er wie diese Frau kein ausgesprochenes Kummergesicht zeigt. Sie trägt halt Trauer auf modische Weise, kokettiert in Schwarz, aber das ist ganz allein ihre Angelegenheit.

Nachmittag und Abend verrannen für Susanne Berger überaus zäh mit Schlaf, Lektüre, Nachdenken; voll ausgekostete Einsamkeit, die erschreckende Vorahnung künftiger Jahre brachte, doppelt schmerzlich, weil sie noch keinerlei Auswege sah. Würde sie allein überhaupt welche finden? In der Nacht träumte sie von ihrem Mann, und sie wunderte sich dabei nicht, dass er lebte, sie fand es nur merkwürdig, dass er in einer düsteren Gegend ein Gasthaus betrieb, ohne ihr vorher von dieser entscheidenden Veränderung etwas gesagt zu haben.

6

Unerwartetes Geschenk

Ihre Niedergeschlagenheit hielt auch am folgenden Morgen an. Sie erwachte, als in der Frühe heftiger Wind in die Baumkronen fuhr und Regen gegen die Fensterscheiben klatschte. Sie lag lange im Halbschlaf, erinnerte sich ihres Traums - aber auch jenes Wohlbehagens, wenn ihr solche Regentage einst manche Verpflichtung abgenommen hatten, und sie statt auf dem Acker stumpfsinnig Reihe um Reihe Rüben zu hacken, lesen oder ganz für sich ihre Märchenspiele aufführen durfte.

Der Zorn des Vaters hatte sie dann wenig berührt. Sie war auch später bedenkenlos aus der Familien- und Dorfgemeinschaft ausgebrochen, hatte jede Bindung lösen wollen, so wie sie trotz ihrer guten Leistungen froh war, als sie die Schule verlassen konnte. Schluss! Schluss mit allem, was an die Kindheit erinnerte, keine Traditionen mehr und keine Rückbesinnung. Sie war auch zu keinem Wiedersehensfest der alten Klassengemeinschaft gefahren, wollte nichts von ehedem aufwärmen, hatte den Blick voraus gerichtet und ihr Leben neu begonnen. Und jetzt, nach so vielen Jahren, spürte sie, dass dieses einst so neue Leben auch schon lange eine Vergangenheit war, von der sie den Blick nicht losreißen konnte, weil ihre Gedanken in dieser so schönen Zeit festgehalten wurden, als wären sie dort angekettet.

Als sie nach dem Frühstück ins Zimmer zurückkam, erschien ihr die Nummer vier wie ein Käfig. Der Regen hielt sie gefangen. Sie mochte auch nicht lesen, rückte daher den Stuhl ans Fenster und schaute durch die Tropfspuren auf dem Glas hinaus in den grauen Tag. Was hätte sie jetzt zu Hause getan? Da säße sie vor ihrer Schreibmaschine, würde Manuskripte abtippen, Tabellen, Berichte. Sie erschrak, als sie erkannte, dass ihr Bestreben, in der Einsamkeit Ruhe und Abstand zu gewinnen, ins Gegenteil umzuschlagen drohte. Bloß das Zimmer hüten? Bloß noch sitzen und lesen? Wie lange würde sie es aushalten, neben den anderen Hausgästen fremd dahinzuleben.

Etwa eine Stunde vor dem Mittagessen wurde an die Tür geklopft.

„Ja, bitte?" rief Susanne. Sie empfand die Störung als angenehm.

Zaghaft trat Elisabeth ein. Susanne freute sich, der Besuch erschien ihr wie eine Erlösung aus der Gefangenschaft dieses Zimmers.

Die Frau entschuldigte sich. Sie hätte gedacht, weil es doch regnete und Susanne nicht aus dem Haus könne und weil sie etwas gefunden habe, von dem sie annehme, es wurde Susanne Freude machen. Aus ihrer alten Einkaufstasche kam ein in Zeitungspapier gewickeltes und mit einem Einweckgummi zusammengehaltenes Päckchen zum Vorschein.

„Das war auf eurem Boden, die Lina Zimmermann, die jetzt da wohnt, hat es mir gegeben. Schau es dir an. Wenn du es nicht brauchst, wegwerfen kannst du es allemal."

„Was ist es denn?"

Das Papier gab etliche Hefte und Mappen frei, Susanne erkannte zwei Lohnbücher für Landarbeiter, eine Papptasche mit alten Fotos, ein paar Ausweise und ein abgegriffenes dickes Schreibbuch mit hartem Deckel.

„Das ist ja lustig", sagte Susanne, „die Lohnbücher von Herbert Holzer und Jochen Stasinski."

„Die sind auch beide schon tot. Die Ausweise da sind vom Landwehrverein, von der Raiffeisenkasse und vom Bauernbund."

Susanne Berger antwortete nicht, sie hatte die Fotos herausgezogen, sah Vater und Mutter, die Großeltern, die Geschwister, den schwarzen Bruno, das beste Pferd, das je auf dem Hof gewesen war. Da wurde die Erntekrone hereingefahren, sie selbst schaute zu als kleines Kind auf dem Arm der Mutter, Elisabeth als Hilfe beim Schweineschlachten, der Bauer mit

Vereinsmütze und Eisernem Kreuz beim Landwehrfest, ein braunfleckiges Schulbild.

„Das darf ja nicht wahr sein", sagte Susanne.

„Freust du dich?"

„Aber, ja doch!"

„Ich konnte mir fast denken, dass du davon nichts weißt. Damals beim Ausräumen, als deine Schwester über die Grenze war, wurde ja das Meiste einfach weggeworfen."

„Ich wollte seinerzeit nicht herkommen."

„Ich weiß."

„Mein Mann war auch dagegen. Du weißt ja: Republikflucht naher Verwandter - das hätte für uns nur Ärger und Misstrauen bedeutet."

„Euch konnte man doch nichts vorwerfen", sagte die Alte.

„Ich danke dir, dass du mir das gebracht hast." Susanne drückte ihrem Besuch die Hände. „Ich lasse uns jetzt eine schöne Tasse Kaffee machen."

„Nein, nein, nein", wehrte die Alte ab, „ich muss gleich zurück, hab gar keine Zeit."

„Wer hat dir denn noch was zu befehlen?"

„Befehlen nicht. Aber überhaupt. Du verstehst das nicht. Ich lebe doch mit meinem Bruder zusammen, der ist 'n bisschen schwierig. Vielleicht ein andermal, ja? Mach's gut, Susanne!"

Schon war sie aus der Tür. Merkwürdige Eile. Der Bruder? überlegte Susanne, ist das nicht der größte Schreier in der Gemeinde-Bodenkommission gewesen damals? Den nannte man doch den Radikalinski. Der lebt also noch? Gedankenvoll nahm sie das dicke Schreibbuch zur Hand, schlug den Pappdeckel auf und verhielt den Atem. *Tagebuch von Hermann Baatz* stand da in den energischen Schriftzügen ihres Vaters. Sie setzte sich langsam, es war überraschend zu erfahren, dass er ein Tagebuch geführt hatte.

Susanne blätterte. In loser Folge waren Ereignisse festgehalten, die den Vater, seinen Hof und die Familie betrafen. Mitunter waren es Eintragungen über mehrere Tage nacheinander, dann gab es Pausen. Am Schluss der lapidare Satz: „Ich kann nicht mehr!"

Warum hat er über dieses Buch nie mit uns gesprochen? dachte sie. Es kam vor, dass er sich in Zorn redete, wenn Dinge geschahen, die er nicht begriff, die dem gesunden Menschenverstand zuwiderliefen, doch dass er über Jahre hinweg niedergeschrieben hat, was ihn bewegte? - Sicher hat nicht einmal Mutter etwas davon gewusst. Sie blätterte zurück zur ersten Seite,

„Schulenburg ist enteignet", stand da. „Wie kommt er sich jetzt wohl vor ohne seinen Besitz, auf den er doch so stolz gewesen ist? Wir Bauern standen immer ganz tief unter der Gutsherrschaft, mein Großvater musste ihnen noch Dienstgeld zahlen. Und jetzt? Die Verwandtschaft in der britischen Zone wird ihn wohl aufnehmen, wenn sie ein Herz hat."

Das hat Vater im Jahre fünfundvierzig geschrieben, überlegte Susanne, da war ich gerade vierzehn und steckte noch mitten im Gefüge unseres Bauernhofs. Und von da an hat er festgehalten, was ihn bewegte? Da muss ich doch vieles noch kennen! Ach, dass Leonhard nicht mehr lebt, mit ihm zusammen hätte ich dieses Buch durchforschen wollen.

Es klopfte erneut, die rothaarige Liesbeth fragte, ob Frau Berger nicht zum Essen kommen wollte, es wäre schon serviert.

„Ich kann jetzt nicht."

„Soll ich es Ihnen hochbringen?"

„Wenn Sie so lieb sein willen?"

„Aber gern."

Nein, Susanne könnte jetzt wirklich nicht hinuntergehen in die Gleichgültigkeit der Gaststube, wo das eine Ehepaar laut schwatzte, das andere an den Kindern herum putzte und Herr Liebig sie freundlich beobachtete. Er hätte vielleicht ihre Unruhe bemerkt und womöglich nach dem Grund gefragt.

Ihr schien, als wäre der Käfig dieses Zimmers plötzlich gesprengt worden. Wind und Regen - wie unwichtig, das ganze *Haus am See* bedeutungslos. Sie schlug irgendeine Seite auf, las: „Im Oderbruch war ein entsetzliches Hochwasser. Ich versuche, mir die überschwemmten Felder vorzustellen, die Verzweiflung der Menschen. Ich habe sechs Sack Futtergerste in die Bauernhilfe gefahren, dort sammeln sie Hilfsgüter für die Betroffenen. Man muss ein Beispiel geben."

Ja, daran erinnerte sich Susanne genau. Sie hatten seinerzeit in der Familie eingehend über das schreckliche Ereignis gesprochen, sie vermochten nachzufühlen, wie Bauern zumute war, die von einem solchen Schlag betroffen wurden, und hatten Vaters Entschluss, vom eigenen knappen Futtergetreide abzugeben, von Herzen gebilligt.

„Unser Erwin ist aus der russischen Gefangenschaft heimgekommen. Es war ein Tag voller Glück. Er will aber nicht im Hof bleiben, das macht mir Sorge. Er hat ein Papier von seiner Politschule dort mitgebracht, bildet sich ein, er könnte jetzt Landwirtschaft studieren, und ob er dann als Bauer hier arbeiten wird, das weiß er noch nicht. Sie haben ihm in Russland viel neues Zeug eingeblasen. Er gibt der Einzelwirtschaft keine Zukunft, hat dort in der Kolchose gearbeitet. Aber das ist doch nichts für uns hier. Dass er das nicht begreift! Na, noch ist nicht aller Tage Abend."

Liesbeth klopfte und brachte das Essen. Susanne spürte keinen Hunger, doch sie wollte auch nicht unhöflich sein, ließ eindecken und servieren, dankte, setzte sich an den Tisch und starrte auf den Teller. Das war alles so appetitlich zurechtgemacht, eine Beleidigung für die Leute in der Küche, es unberührt zu lassen. Sie aß, blätterte dabei weiter in Vaters Tagebuch, und sie hatte es doch noch nie leiden können, wenn beim Essen gelesen wurde.

„Die Brunke hat verkalbt", las sie. „Es sieht nicht gut mit ihr aus. Der Veterinär rät, das Tier zu schlachten, und ich habe mir so viel Mühe damit gegeben. Es war schon so ein hübsches Kalb gewesen."

Brunke, welche Brunke war denn das? Wir hatten immer Kühe mit diesem Namen. Es gab auch noch Liese und Bertha und Rieke - zu diesen Tieren hatte man ein recht persönliches Verhältnis.

„Auf unserem Hof ist viel Betrieb, jetzt kommen schon acht Neubauern zum Dreschen. So viel hat der alte Kasten noch nie leisten müssen; aber wenn man denen nicht hilft, kommen sie nie auf die Beine. Die haben noch gar kein Gefühl für unseren schweren Boden, begreifen nicht, dass man hier immer und immer wieder hacken muss, sonst wächst einem das Kraut bis über die Ohren. Vorige Woche sah ich einen, der hackte im Rückwärtsgehen, wollte die aufgelockerte Erde nicht wieder festtreten - eigentlich wohl ganz vernünftig gedacht, aber doch irgendwie verdreht."

Susanne erinnerte sich, dass ihren Vater immer schon vieles beschäftigt hatte, dass er über Beobachtungen sprach, wenn die Familie beim Essen saß, dass er aber auch stets darauf achtete, Gepflogenheiten einzuhalten und Lebensregeln, die mitunter gar keinen Sinn mehr ergaben.

Plötzlich stutzte sie. Sie war auf eine Seite mit fahriger, krakeliger Schrift gestoßen, es sah aus, als wäre der Schreiber in großer Erregung gewesen.

„Ich soll nicht wieder in die Leitung der Bauernhilfe gewählt werden. Großbauern hätten da nichts zu suchen, hat es geheißen. Wie kann man nur so engstirnig denken? Macht denn der Besitz den sogenannten Kulaken aus oder seine Haltung? Ich arbeite doch mit meinen Händen, und habe meine paar Leute immer als meine Mitarbeiter gesehen, nie als Gesinde. Die Neubauern brauchen doch die Hilfe der Großen, meine Maschinen nutzen etliche kleine Betriebe, und ich soll ein Klassenfeind sein? Es wird mir doch nicht noch so gehen wie Arnold Weber?"

Susanne dachte angestrengt nach. Arnold Weber? Ja, das war auch ein wohlhabender Bauer gewesen, den hatten sie wegen Wirtschaftsvergehen eingesperrt, weil er das ihm auferlegte Soll nicht gebracht hatte. Als er dann wiederkam, war er ein gebrochener Mann. Sein Hof lief danach unter Treuhandschaft. Aber das hatte Vater doch nie zu befürchten, er war ein Fachmann, er wusste, wie er zu wirtschaften hatte und war immer zurechtgekommen, auch unter den Bedingungen des Krieges und in der harten Anfangszeit danach.

An jenem Tag, als man ihn von der Leitung der Bauernhilfe, die er mit gegründet hatte, ausschloss, erinnerte sich Susanne genau. Sie war schon in der Dramaturgie des Stadttheaters beschäftigt und kam nur zum Wochenende nach Rabisdorf. Da war ein Fremder gekommen und hatte dem Bauern ein Schreiben vorgelegt, woraus wohl hervorging, dass der Zentralvorstand der Organisation strikt anordnete, dass ausschließlich *werktätige* Bauern, Gärtner und andere an die Landwirtschaft gebundene Leute in die Leitungen gewählt werden sollten.

Der Vater lachte schallend, er schien das für einen schlechten

Witz zu halten. Der Fremde hatte seinen Auftrag wacker verteidigt, und er tat Susanne dabei irgendwie leid, weil er seine Argumente so wenig überzeugend vortragen konnte. Dem Bauern war er überhaupt nicht gewachsen, und was er da von Klassenstandpunkt und den Erfordernissen der Zeit erzählte, wurde in seinem Munde zu purer Wortkrämerei, von Hermann Baatz mühelos zu entkräften.

Zum Schluss wurde der Mann richtig bockig, aus Rede und Gegenrede entstand Streit, und schließlich sagte der Vater zähneknirschend: „Sie können sich was einbilden! Sie sind der Erste, den ich hier rausschmeiße! Das darf ich ja wohl noch, oder?" - Der andere hatte sich mit wedelnden Armen verteidigt und einen Satz fallenlassen, den Susanne nie wieder vergaß: „Die Situation auf dem Lande ist eine durchaus klassenkämpferische!"

Susanne hatte dieses merkwürdige Wortgefüge oft weitergesponnen: „Das Herbstwetter ist ein durchaus regnerisches." - „Diese Kuh ist eine durchaus milchgebende." Oder: „Mein Husten ist ein durchaus lästiger." - Nein, so war erfahrenen, selbstbewussten Landwirten nicht beizukommen.

An diesem Tag waren alle mit gesenkten Köpfen durchs Haus geschlichen. Der Bauer hatte vor dem großen Schrank gestanden und seinen Zorn mit den Fäusten in das Holz hinein getrommelt. Susanne sah ihn da stehen, das Haar borstig aufgestellt über dem roten Gesicht. Als er sich dann beruhigt hatte, saß er am Tisch, die Hände in ratlosem Nichtstun auf den Knien. Er hatte vor sich hingesprochen, Angehörige und Gesinde blieben stumm. Lediglich die Mutter war zu ihm hingegangen und hatte ihm die Hände gestreichelt, eine hilflose Geste, die er gar nicht zu spüren schien. Sie teilte seinen Schmerz, auch wenn sie ihm das nicht sagen konnte.

Dann war Windberg gekommen, der Viehhändler, der hatte den gleichen Bescheid wie der Bauer erhalten und trug Aufsässigkeit herein: „Das werden wir uns doch wohl nicht gefallen lassen, Hermann, da hauen wir doch aber mit der Faust auf den Tisch, oder was denkst du!"

Susanne erinnerte sich, dass der Mann an diesem Tage unrasiert war und. irgendwie abstoßend wirkte. Sonst war er immer sehr sauber gewaschen und straff gekämmt. Sie senkte den Blick wieder ins Buch und auf die fahrige Schrift.

„Wie kann man auf dem Dorf von Klassenkampf reden", las sie. „Wir sind doch alle eine Familie! Wir waren das immer. Klar gibt es Bauern, Handwerker und Landarbeiter. Auch in der Familie sind nicht alle gleich. Oben am Tisch sitzt der Bauer, unten die Kinder und die Einlieger. Aber zusammen gehören sie doch alle."

Ja, dachte sie, das hat er nie begriffen, bei den kleinen Leuten nicht und auch nicht bei seinen Kindern. Die Zeit war ganz einfach gekommen, wo die unten an den Tischen aufstanden und sich andere Plätze erzwingen wollten, eigene, solche, die ihren Vorstellungen und ihrem Fleiß entsprachen und nicht mehr einer alten Ordnung, die sich für ewig gültig ansah.

Ja, dieser Tag hatte am Anfang aller Schwierigkeiten gestanden, denen sich die Familie Baatz dann gegenübersah.

Susanne war das nur an den Wochenenden deutlich geworden und wenn sie Urlaub hatte. Jedes Mal fand sie den Vater knurriger und die Mutter noch stiller, sie konnte das ewige Lamentieren kaum noch ertragen und suchte sich meist irgendwelche Arbeiten, um sich abzulenken, sie wusch die Gardinen, klopfte die Polstermöbel aus oder nahm sich notwendigen Kleinkram vor, der bisher keinem anderen daheim aufgefallen war.

Susanne blätterte. Ich möchte nicht noch einmal jung sein, dachte sie. Das Alter hat auch seine Vorzüge. Ich muss nichts mehr, nichts! Damals gab es nur Pflichten, und die taten mir weh. Ich war nie das, was man von mir erwartete. Ich sollte das brave Kind sein, die folgsame Tochter, das ideale deutsche Mädchen, stolz, treu, zuverlässig. Mich zu erinnern schmerzt; denn ich war im Grunde immer eigensinnig, nach meinen persönlichen Wegen suchend, und davon ließ ich mich nie abbringen. Auf meine Art bin ich eben doch wie mein Vater. Ich hätte ein Junge sein sollen, dann wäre ich für ihn der geeignete Erbe geworden.

Ja, das war wohl Vaters Hauptschmerz. Kein Erbe. Das drückte ihn schwerer als die gesellschaftlichen Widrigkeiten. Er sah kein Ziel mehr, keine Zukunft. Manchmal geriet er in Panik. Das kam immer wieder vor. Vater hat Stück um Stück seine Welt hergeben müssen. Der älteste Sohn wurde ihm getötet, der zweite sagte sich los von Besitz und Herkommen. Seine jüngste floh in die Stadt, ging zum Theater, zu den Komödianten. Schließlich wurde ihm auch noch die Sicherheit seines Besitzstandes zerstört. Was durch Jahrhunderte Garantie für Wohlstand und Krisenfestigkeit war, wurde plötzlich wertlos. Ich habe das gesehen, erinnerte sie sich, es hat mich nicht gerührt. Trifft mich also ein Teil Schuld am Ende unseres Hofes?

Susanne erschrak bei dem Gedanken. Sie stand auf. Ich muss mit jemandem darüber reden, dachte sie. Elisabeth hat mir das Buch gebracht, sie hat vielleicht darin gelesen. Ich bin damals noch recht jung und unbekümmert gewesen, aber Elisabeth hat die letzten Jahre des Hofes als Erwachsene und aus einer anderen Sicht erlebt und ohne verwandtschaftliche Schranken. Ich will wissen, wie sie heute darüber denkt.

Erst auf der Treppe fiel ihr ein, dass sie weder den jetzigen Familiennamen der Frau noch ihre Wohnung kannte. Sie klopfte an die Küchentür und fragte die Wirtin, ob sie die alte Elisabeth, die vorhin ins Zimmer hochgekommen war, kennen würde, und sie erhielt die gewünschte Auskunft. Draußen spannte sie den Schirm auf und patschte vorsichtig den Fahrweg entlang. In Rabisdorf wird man mit Gummistiefeln geboren, sagten die Einheimischen, wenn Fremde hilflos durch den Schlamm storkelten. Sie als Kind des Dorfes lief jetzt in Stadtschuhen.

Vom Küchenfenster aus sah man ihr nach.

„Jetzt verschweigt sie schon nicht mehr, dass sie aus Rabisdorf gekommen ist", sagte die Wirtin. „Ob sie sich vorher geschämt hat?"

„Wozu?" entgegnete Richard. „Nach den Großbauern fragt doch heute niemand mehr. Jetzt ist alles eins."

„Mir ginge das doch nahe, wenn ich sehen müsste, was aus dem Hof meiner Eltern geworden ist."

„Was ist aus unserem Zuhause geworden?" sagte Richard. „Wer weiß, ob davon überhaupt noch was steht im Sudetenland."

Niemand antwortete. Richards Fragen waren schon zu oft hier erörtert worden.

Elisabeth Friedrich wohnte mit ihrem Bruder in einem der Neubauernhäuser am oberen Dorfende. Seit das Vieh aus dem

Stall war und Wagen und Gerät aus der Durchfahrt, wirkte das Gehöft fast verlassen. Allerlei Kram lagerte in den Abstellwinkeln, der Neubau von 1949 schien im Gegensatz zu den Nachbarhäusern längst alt und vernachlässigt zu sein. Elisabeths Bruder saß hinter dem Stubenfenster und sah hinaus in den Regen. Er wusste auf den ersten Blick, wer diese Frau mit dem unsicheren, suchenden Gang war.

„Hast du etwa die Kulakentochter herbestellt?" knurrte er.

„Was du denkst", erwiderte die Alte.

„Was will sie denn?"

„Frag sie doch selber."

„Ich kann mich hüten!" Er stemmte sich hoch und schlurfte ins Nebenzimmer. Da klopfte es auch schon.

„Nein, was mich das freut!" rief Elisabeth und nahm der Eintretenden Schirm und Regenmantel ab. „Bei diesem Wetter! Setz dich! Kannst gleich einen Hagebuttentee mit mir trinken."

Die Luft in der Stube war dumpf und stickig, ein Gemisch aus Tabakschmauch und Körperdunst.

„Ich muss einfach mal mit dir reden", sagte Susanne. „Du weißt, dass unter den Sachen, die du mir gebracht hast, ein Tagebuch des Bauern war?"

„Ja, ja."

„Hast du drin gelesen?"

Die Alte wiegte den Kopf. „Mal ein bisschen", sagte sie leise.

„Macht ja nichts. Du hast es gehabt, warum solltest du nicht rein sehen? Er hat also aufgeschrieben, wie es mit dem Hof und mit der Familie zu Ende ging. In dieser Zeit warst du noch bei uns im Haus, ich war in der Stadt. Hätte ich vielleicht bleiben und ihnen helfen sollen?"

„Was sind das für Gedanken", sagte Elisabeth und schob ihr einen dampfenden Porzellantopf zu. „Du weißt doch, wie es damals zugegangen ist. Das war die Zeit. Manche haben sie überstanden, manche nicht. Fragst du heute einen in der Genossenschaft, ob sie's wieder haben wollen wie früher, lachen sie dich aus."

„Das weiß ich auch", sagte Susanne. „Darüber rede ich gar nicht. Es wäre Unsinn, etwas zurückdrehen zu wollen. Die Familie

Baatz spielt im Dorf keine Rolle mehr, ist vergessen, das ist die Tatsache. Ob das unsere Schuld war oder die anderer, das will ich gar nicht untersuchen. Ich habe in all den Jahren immer bloß das Äußere gesehen, den Hof, das Dorf, das Land. Jetzt, wo ich älter bin, sehe ich das Kleine, aus dem das Große kommt, also mein Leben, das meines Mannes, das unserer Bekannten. Du bringst mir dieses Tagebuch. Ich lese ein bisschen darin, und mit jeder neuen Seite verschwindet aus meiner Erinnerung der selbstsichere, erfahrene Bauer des großen Hofes hinter dem hilflosen, einfachen Menschen, der mein Vater war. Verstehst du, was ich meine?"

„Aber ja. Nach außen war er sehr selbstbewusst. Aber im Innern? Seine raue Schale kam mir manchmal vor wie ein Schutzschild."

„Du warst jeden Tag mit ihm zusammen. Hast du dieses Innere gelegentlich bei ihm gespürt?"

„Mädchen, Mädchen, was stellst du für Fragen!" rief die Alte und schlug die Hände zusammen. Dann schien sie sich zu besinnen und fuhr leise fort: „Was soll ich drumherum reden? So selten waren die Höfe nicht, wo der Bauer dann und wann bei der Magd unterkroch, ein kleiner Junge, der sich mal wieder ausheulen wollte."

„Mein Vater?" rief Susanne. „Das kann ich gar nicht glauben!"

„Dann glaub es nicht, wenn du meinst, eine alte Frau wolle sich großtun. - Mädchen, wir sind doch beide längst erwachsen. Wollen wir uns Märchen erzählen? Es ist wirklich so, wie ich sage. Da war auch gar nichts dabei, er hat mir sowas reichlich entgolten und schließlich auch seine Frau nicht im Stich gelassen."

„Hat meine Mutter was davon gewusst?"

„Eine gute Bäuerin weiß alles, was sich im Hof tut. Na und? Hätte sie Krach schlagen sollen? Die Familie gefährden? Den häuslichen Frieden? Du darfst das nicht so ernst nehmen. Als ich mit fünfzehn anfing, hat meine Mutter zu mir gesagt: Wenn du in Dienst gehst, hab dich nicht zickig, aber lass dich für alles gut bezahlen, Mädchen, mehr können wir kleinen Leute nicht verlangen."

Sie schlürften ihren Tee. Mein Vater, dachte Susanne, alles hätte ich von ihm geglaubt aber dass dieser Mann, dieser

Eichbaum Liebe an eine kleine Magd verschenkte? In unserer Familie wurde über intime Dinge nicht geredet. Wie man sich in der Welt vermehrt, wie Junges ins Leben und Altes in den Tod geht, das war uns vom Vieh bekannt, und der Schritt von da zum Menschen ist nicht so groß, dass da noch viel Geheimnisvolles bliebe. Wenn ich es recht überlege, so macht mir Elisabeths Geständnis meinen Vater sympathischer.

„Ich bin dir dankbar, dass du mir das erzählt hast, es macht vieles einfacher", sagte sie. „Und du meinst nicht, dass es meine Eltern leichter gehabt hätten, wäre ich nicht weggegangen?"

„Jeder lebt sein eigenes Leben, und man muss es ihm lassen", antwortete Elisabeth. „Die Alten sollten auch nicht so sehr auf Dankbarkeit pochen und zu viel fordern. Das Alter hat seine Last zu tragen wie die Jugend die ihre. Da darf man hier und da eine hilfreiche Hand erwarten; aber im Grunde sollte jeder mit sich allein fertig werden."

„Wie war das zum Schluss?" fragte Susanne. „Es hat geheißen, er sollte in die Genossenschaft und wollte das nicht. Hat er mit euch darüber geredet?"

„Kein Wort! Dazu war er zu stolz."

„Und an seinem Stolz ist er gestorben." Das waren fast die gleichen Worte, die Susanne vor Tagen auf dem Friedhof gebraucht hatte, und auch diesmal bekam sie darauf keine Antwort. Gewiss, wie hatte sie glauben können, der Vater wäre mit seinen wirtschaftlichen Sorgen zu den Hofarbeitern gegangen. Solche Dinge hatte er doch wohl mit Tochter und Schwiegersohn besprochen, die seine Arbeit einmal fortsetzen wollten. Und Susannes Selbstvorwürfe waren sinnlos. Sie hätte nichts ändern können, wäre sie in der schwierigsten Phase im elterlichen Hof gewesen. Sie war zu dieser Zeit längst verheiratet, lebte ihr eigenes Leben, und hätte der Vater wirklich ihre Hilfe nötig gehabt, so wären ein paar Zeilen von seiner Hand sicher nicht zu viel verlangt gewesen, ein Telefonanruf, ein Wort im Vertrauen bei gelegentlichen Besuchen. Aber nein, das ließ sein Stolz nicht zu.

Susanne stand auf. Ihre Fragen waren beantwortet, was wollte sie noch hier?

„Du willst schon gehen?" fragte Elisabeth.

„Ich kann ja wiederkommen, oder du kommst zu mir. Und dann lässt du dir ein paar Minuten mehr Zeit bewilligen als heute Vormittag. Wo ist eigentlich dein Bruder?"

„Ach, der!" sagte Elisabeth.

Als Susanne auf der Straße war, kam Elisabeths Bruder in die Stube zurück. „Ach, der!" äffte er die Schwester nach. „Mit der Kulakentochter auch noch schöntun."

„Lass man, ich hab da auch mein Gutes gehabt", antwortete sie.

„Ausgenutzt haben sie dich. Ihre Launen hast du einstecken müssen."

„Hast du nicht auch Launen eingesteckt?"

„Ja, aber von meinen Genossen."

„Tut das nicht mehr weh, als wenn's vom Klassenfeind kommt?"

Die alte Elisabeth bekam auf ihre letzte Frage keine Antwort.

7

Geteilte Last

Susanne Berger ließ sich auch das Abendessen aufs Zimmer bringen. Sie hatte, kaum dass sie wieder an ihrem Tisch saß, erneut das Tagebuch ihres Vaters aufgeschlagen, um darin zu lesen; aber sie sah den Verfasser dieser Zeilen jetzt in hellerem Licht. Da kämpft ein Mensch darum, etwas zu erhalten, was überholt ist. Ein uralter Kampf ist das. Die Postillione kämpften gegen die Eisenbahn, die Handweber gegen die Webmaschinen, die biederen Krämer gegen die Kaufhäuser. Es waren tragische Kämpfe, viele sind dabei umgekommen, die Zeit ist ungerührt über ihre Gräber hinweggeschritten, die Kämpfer wurden vergessen. Niemand setzte ihnen Denksteine; denn sie standen auf der falschen Seite, auf der Seite der Beständigkeit, und nichts in der Welt hat auf Dauer Bestand. Alles will fortwährend um- und neugestaltet sein; denn auch das schönste, eben fertig gewordene Haus beginnt mit der ersten Minute zu altern, zu vergehen. Wind, Regen und Frost lösen ein Sandkörnchen nach dem anderen aus dem so hart scheinenden Putzmörtel, und eines Tages fallen die letzten Mauern und machen neuen Platz.

Susanne Berger wusste das alles. Sie war eine reife Frau, hatte viel gelesen und Erfahrungen gewonnen. Sie hatte die Fessel ihrer Herkunft schon in den Jugendjahren abgestreift und so ihre Erkenntnisse und Meinungen frei erwerben und ausprägen können. Sie litt angesichts der aussichtslosen Kämpfe ihres Vaters.

Es hatte geklopft. Es würde Liesbeth sein, das Geschirr zu holen. Zu Susannes Erstaunen stand Frank Liebig in der Tür. „Ich wollte nach Ihnen sehen", sagte er. „Sie sind doch nicht krank?"

„Nein, nein", erwiderte sie wie abwesend. „Ich bin nicht krank."

„Dann entschuldigen Sie bitte. Ich dachte - weil Sie schon nicht zum Mittagessen waren und jetzt wieder nicht..."

„Es ist nichts", sagte Susanne. Zu ärgerlich, dass er gerade jetzt kam, jetzt, wo sie so weit weggewesen war. Sie sah aber seine Verlegenheit, sein Zögern, und wollte nicht unhöflich erscheinen. „So kommen Sie doch herein", fuhr sie in versöhnlicherem Ton fort. „Nehmen Sie Platz. Es ist sehr freundlich von Ihnen."

Sie schob das Geschirr zur Seite und wies auf den zweiten Stuhl.

„Ach, Sie haben gelesen", sagte Frank Liebig. „Ich habe Sie gestört?"

„Hat nichts zu sagen. Hier ist ja so viel Zeit für alles."

„Viel zu viel Zeit." Er setzte sich und sah sie an. Erst jetzt fiel ihr auf, dass er graublaue Augen hatte. Die Furchen in seinem Gesicht, die Fältchen um den energischen schmalen Mund waren wohl eingeprägt von mancherlei Ärger und Zorn. Doch sonst? Sicher hatte in seiner Jugend manches Mädchen den Kopf nach ihm gedreht.

„Vielleicht ist es ganz gut, dass Sie gerade jetzt kommen", sagte sie lächelnd. „Sie sehen mich ziemlich aufgewühlt. Vorhin hat mir jemand ein Stück meiner Kindheit nahe gebracht, ein Tagebuch meines Vaters, von dem ich nichts wusste. Damit bin ich beschäftigt, und es macht mich ganz verwirrt. Aber das werden Sie nicht verstehen, Sie wissen ja nichts über mich."

„Sie sind Susanne Berger, geborene Baatz", antwortete er, „die jüngste Tochter einer hiesigen Bauernfamilie, das große Haus hinter der Schäferei."

„Ach, die Wirtin hat's herausgefunden und geplaudert."

„Meine Neugier war zu groß, also sehen Sie der Frau das nach. Ich habe mich mit Ihnen beschäftigt, ist das schlimm?"

„Wieso gerade mit mir? Ich bin so uninteressant."

Er lehnte sich zurück. „Eine Dame in modischem Schwarz kommt in ein vergessenes Gasthaus am Ende der Welt", sagte er. „Sie ist keine belanglose Erscheinung, die man übersehen könnte, sie hat ein gewinnendes Äußeres. Nun stellen Sie sich vor, in diesem Gasthaus am Ende der Welt hockt ein Flüchtling, der sich da zu Tode langweilt, und er kann nicht weg, weil man ihn anderswo einfangen würde mit Netzen aus Verpflichtungen und Ämtern und Funktionen."

„Das klingt wie aus einem Kriminalroman", sagte Susanne.

„Wenn's nur so wäre, dann käme wenigstens Spannung in die ganze Sache. Aber um das abzuschließen: Wundert es Sie, wenn sich der Mensch in seiner Langeweile mit der rätselhaften Dame in Schwarz beschäftigt?"

„Sie haben doch nicht etwa getrunken?"

„Ein doppelter Weinbrand nach dem Essen tut keinem was. Ich nutze nur die Tatsache aus, dass Sie mir hier nicht weglaufen können so wie gestern. Und dann probiert man eben aus, womit man die Dame zum Zuhören bewegen könnte. Ich habe es heute poetisch versucht, nachdem es auf der Bank mit Sachlichkeit und Naturbetrachtungen nicht geklappt hat."

Sie schaute ihn kopfschüttelnd an. „Sie wissen nicht, dass ich mir geschworen habe, keine Bekanntschaften zu schließen. Ich will allein sein. Ausgerechnet an dem Tag, wo dieses Alleinsein beängstigend ist, überrumpeln Sie mich und machen mich meineidig."

„Beängstigend", sagte er nachdenklich. „Das ist das richtige Wort."

„Mir ist an diesem Regentag fast die Decke auf den Kopf gefallen. Ich habe einfach verlernt, etwas allein zu planen. Alle Vorkehrungen kamen von meinem Mann. Sie sind der erste Mensch, dem ich das sage, und ich weiß auch nicht, warum ich das tue. Ich habe Angst vor allem, was auf mich zukommt. Ich fürchte, ich bin lebensuntüchtig ohne ihn. Ich kann mich nur noch treiben lassen."

„Das würde ich nicht als etwas Negatives ansehen, schon gar nicht als Katastrophe", sagte er. „Wehren Sie sich nicht, lassen Sie sich ohne Angst treiben. Irgendwo wird es Sie schon anspülen, und Sie bekommen wieder festen Boden unter die Füße."

„Das ist keine sehr trostreiche Aussicht."

Es klopfte erneut. Liesbeth trat ein, verhielt aber sofort und sagte: „Oh, pardon! Ich wusste nicht, dass Sie Besuch haben."

„Macht gar nichts", sagte Susanne. „Räumen Sie ruhig ab." Sie schwieg, bis das Mädchen aus dem Zimmer war. „Jetzt wird sie in der Küche erzählen, dass Sie hier sind, und die guten Leute denken: Einige Tage weg von ihrem Toten, schon hat sie Unterhaltung."

„Täuschen Sie sich nicht! Liesbeth hat Schweres durchgemacht. Solche Menschen begreifen und verstehen vieles."

„Ach - Sie kennen sie genauer?"

„Ich bin seit einem Monat hier und kenne inzwischen alle Leute vom *Haus am See*."

„Waren Sie zufällig bei der Kriminalpolizei?"

„Nein, ich bin bei der Nationalen Front tätig und habe noch einige ehrenamtliche Verpflichtungen. Ein Multifunktionär, einer, der nie nein sagen konnte, bis es ihm dann endlich die Beine wegzog."

„Zusammengeklappt", sagte sie. „Wie bei meinem Mann."

„Nein, nicht ganz. Ich bin vor dem drohenden Infarkt geflohen, regelrecht davongelaufen, und das nimmt man mir verständlicherweise übel."

„Also Notwehr?"

„Danke für den Strohhalm, den Sie mir reichen", sagte er. „Ich habe mich mit dem Argument gewehrt, dass niemand unersetzlich ist. Wie viele gute Genossen habe ich mit beerdigt, wie viele auch, die sich für unentbehrlich hielten."

„Aber wenn Sie krank sind, hätte man Sie doch zur Kur geschickt, Sie wären gut behandelt und vorzüglich betreut worden. Warum verkriechen Sie sich hier, wo nicht mal eine Arztpraxis in der Nähe ist?"

Er holte tief Luft. „Das ist es eben. Ich bin nicht krank - dem Sinn dieses Wortes nach. Ich habe lediglich eine Grenze erreicht. Ich weiß, wenn ich sie überschreite, geht das Kranksein los. Ich habe aus dem engsten Kollegenkreis jemand so kaputtgehen sehen, das hat mich geschockt, da bin ich weggelaufen."

„Geht denn das einfach so?"

„Alles geht, wenn man den Mut hat, es durchzustehen. Ja, ich habe mir viel schweren Vorwurf anhören müssen. Man redete sogar von Fahnenflucht."

Er starrte in das Licht der Tischlampe. Um seinen Mund lag plötzlich ein harter Zug. Als Chef kann er bestimmt recht energisch sein, dachte Susanne.

„Das klingt bitter", sagte sie. „Wie lange haben Sie denn noch bis zur Rente?"

„Drei lange Jahre; aber es sind inzwischen genügend junge Leute nachgewachsen, besser gebildet, weniger gehemmt von so viel verkorkster Jugend als wir."

„Also haben Sie den falschen Beruf erwählt."

Er hob die Hände. „Mir blieb nicht viel zu wählen." Er setzte sich zurück und schaute zum Fenster, wo der Tag langsam verlosch. „Sie sind als Kind wohlhabender Eltern geboren worden, ich hatte nichts. Meine Eltern waren unbedeutend und recht ärmlich. Den Habenichts nahm niemand zur Kenntnis. Wundert es Sie, dass ich bedenkenlos mit beiden Händen zugegriffen habe, als sich mir endlich die Gelegenheit bot, satt zu werden, erfolgreich und geachtet?

Mein Wissen habe ich mir mühsam und reichlich spät erworben, und mir fehlt noch so vieles, weil die praktische Arbeit tausendmal wichtiger war als Bildung. Mit fünfundzwanzig saß ich zum ersten Mal im Opernhaus. Das war zwar sehr schön, doch ich habe mich gefragt, warum sich die Leute auf der Bühne ansingen müssen."

„Nun sind wir schon mitten im Erzählen", sagte Susanne. „Natürlich komme ich aus anderen Verhältnissen als Sie. Aber hatte ich es darum besser? Für uns hieß es schon als Kinder: Arbeit, Arbeit, Arbeit! - Und keine Widerrede! - Wenn Erwachsene reden, haben Kinder zu schweigen! - Lehrjahre sind keine Herrenjahre. - Was Hänschen nicht lernt, lernt Hans nimmermehr. - Sprüche, Sprüche, lauter Großvatersprüche, uralte, verstaubte Weisheit, die mich aus dem Elternhaus trieb, als ich sie nicht mehr ertragen konnte."

Es tat Susanne gut, auszubreiten, was sich in ihr angehäuft und verhärtet hatte. Es tat auch deswegen gut, weil sie über Leonhard reden konnte. Ach, wenn er doch ihr Lob hören könnte! Er hatte sie nie mit Sprüchen traktiert. Er hatte sie akzeptiert, bereit, Freuden wie Sorgen mit ihr zu teilen. War es verwunderlich, dass sie sich bei diesem Menschen verstanden und geborgen fühlte, dass sie eigene Pläne zugunsten ihrer Gemeinsamkeit aufgab?

„Was haben Sie denn beruflich gemacht?" fragte Liebig.

„War ich jemals im Beruf? Gewiss, ich habe in der Dramaturgie gearbeitet, im Stadttheater. Ich hatte schon immer dafür geschwärmt, war schon als Kind eine kleine Komödiantin. Nun, zur Schauspielerin hat es bei mir nicht gereicht, aber ich wollte trotzdem die Bühnenluft nicht missen. Also wurde ich Sekretärin in der Dramaturgie. Es hat mir gut dort gefallen. Dann lernte ich meinen Mann kennen. Er nahm mich mit Haut und Haaren für sich. Nachdem wir geheiratet hatten, habe ich im Theater aufgehört und daheim Schreibarbeiten ausgeführt, ich hatte, wenn Sie so wollen, mein kleines Schreibbüro. Literarische Manuskripte, Diplomarbeiten, Werbeschriften, eben all die vielen Dinge, die ins Reine zu schreiben sind."

„Sie haben keine Kinder?"

Susanne zögerte einen Augenblick, dann sagte sie: „Nein. Es war uns nicht beschieden. Wir haben jedoch niemals nachgeforscht, woran das gelegen hat. Es wäre uns nie eingefallen, uns etwa daraufhin ärztlich untersuchen zu lassen. Die ganze elende Medizinmechanik, um Dinge zu klären, die nur uns etwas angingen, uns und unsere Liebe. Was hätte es uns geholfen? Vielleicht weckt die Erkenntnis bei dem Betroffenen nichts als Selbstvorwurf. Wir trugen das so besser miteinander. Wir haben ja aus Liebe geheiratet, nicht zum Zweck, Kinder zu zeugen, auch wenn das im Grunde dazugehört."

Eine Weile saßen sie still, dann fragte Frank Liebig: „Ist Ihr Mann auch von hier?"

„Nein! Er kam aus dem Krieg, entsetzlich mager und hilflos wie ein Kind. Stammte aus dem Osten. Ich seh' ihn noch sitzen in seiner ersten eigenen möblierten Stube, an der Wand ein abgetragener Mantel, darunter ein Rucksack voll Kartoffeln. Wir lernten uns im Theater kennen, er war dort Beleuchter; aber er wollte mit Menschen zu tun haben, meldete sich darum zu einem Neulehrerkursus und wurde Berufsschullehrer."

„Und mit diesem Schwiegersohn waren Ihre Eltern einverstanden?"

Susanne schüttelte den Kopf. „Überhaupt nicht. Dass ich diesen Hungerleider heiraten wollte, hat Vater nie verstanden. Was glauben Sie, welche Vorwürfe ich mir anhören musste. Auch später hieß es bei jeder Meinungsverschiedenheit: Was hattet ihr denn? Wir haben euch doch erst auf die Beine geholfen. - Mein Mann sagte nur: Komm! Wir haben uns, mehr brauchen wir nicht! Wir haben auf die Mitgift verzichtet. Nur meiner Mutter zuliebe behielten wir die paar Sachen, die ich von zu Hause hatte."

„Ja", sagte Liebig mit einem Seufzer, „das ist das Denken vieler Leute, die alles haben und glauben, das würde das Leben ausmachen. Aber das Leben ist ganz anders."

Nun schwiegen beide. Frank Liebig hatte den Anfang einer neuen Geschichte erfahren, einer Geschichte, die ihn bewegte. Was sollte er dazu sagen, bevor er das Gehörte gedanklich verarbeiten konnte.

„Oh", sagte Susanne plötzlich, „es ist spät. Es klingt doch nicht unhöflich, wenn ich Sie bitte, dass wir unser Gespräch für heute beenden?"

Liebig stand auf. „Aber nicht doch", sagte er. „Uns bleibt noch so viel Zeit."

Sie gab ihm die Hand. „Danke, dass Sie gekommen sind."

„Ich komme gern wieder, wenn ich darf. Schlafen Sie gut."

„Auf morgen."

Er ging und schloss behutsam die Tür.

Es war erleichternd, sich auszusprechen, und doch fühlte sich Susanne jetzt trauriger als zuvor. Ihr Inneres war aufgewühlt. Sie hatte Dinge zurückgerufen, die lange in ihr verborgen waren und die eigentlich auch nur ihr selbst gehörten. Nun sah sie sich wieder im Mittelpunkt ihrer Gedanken.

In dieser Nacht lag sie lange wach. Sie dachte an ihren Mann, an ihre Verlassenheit. Die Aktivität der letzten Tage war ein krampfhafter Versuch gewesen, ihre Situation zu vergessen, die wichtigsten Erkenntnisse darüber hinauszuschieben, nur um nicht jetzt schon davor zu kapitulieren. Erneut ergriff die Trauer von ihr Besitz. Das war so heftig, dass sie zu sterben wünschte.

Früher hatte der Gedanke an den Tod sie entsetzt. Es war unvorstellbar gewesen, auszulöschen, hinwegzugehen aus der Welt. Mit fortschreitenden Jahren hatte sie begriffen, dass dieses Weggehen der folgerichtige Abschluss jedes Daseins war. Freilich hatte sie ihre Angst nie ganz abstreifen können. Sie stand an der Schwelle zum Alter, und diese Zeit ist schon von manch heimlichem Erschrecken geprägt, wenn man plötzlich sein Herz spürt, das einen Schlag lang verhält, als wollte es die leise Mahnung aussprechen, dass die Jahre vorbei sind, in denen man sich alles zutrauen durfte. Da liegt dann auch der Gedanke nicht mehr so fern, dass es eines Tages ganz verstummen wird, unerwartet und unwillkommen. Aber wir werden nicht gefragt, ob wir ins Leben eintreten wollen, und schon gar nicht, wann uns sein Abschluss angenehm wäre.

Sie lag und lauschte auf die Geräusche, die von draußen an das Haus heran schlugen wie Wellen an eine Insel. Da bellte ein Hund, da kam von weither über die Hügel das Singen einer Diesellok, die Hähne übten ihren Weckruf, und mit dem ersten Dämmerstreif begannen die Vögel, denen die Natur um diese Zeit noch ganz allein gehörte, ihr vielstimmiges Konzert.

Als Susanne ihre Schlaflosigkeit begriff, zwang sie die Gedanken in vernünftigere Bahnen, sie rief sich zur Ordnung. Wer nichts aus sich machen will, wird ein Nichts bleiben, und für den ist es wirklich einerlei, ob er lebt oder nicht. Aber Susanne Berger nahm doch noch Anteil an dem, was um sie her geschah. Es wäre also Torheit, nun einfach aufzugeben und von der Zukunft nichts weiter für sich zu erwarten als Einsamkeit und Beschwernis. Sie wollte heraus aus der nutzlosen Grübelei. Wenn schon ohne Schlaf, dann doch wenigstens mit anderen Dingen im Kopf als Selbstmitleid und Schwarzseherei.

Sie knipste die Nachttischlampe an, griff zum Tagebuch ihres Vaters und blätterte. Sie hatte ursprünglich vorgehabt, Seite um Seite fortlaufend zu lesen, aber sie fieberte vor Ungeduld zu erfahren, wie der Vater zu jenem Schlusssatz „Ich kann nicht mehr!" gekommen war. Sie fand viel zu viele Eintragungen, die ihr belanglos erschienen:

„Meine Kartoffeln stehen prächtig, die Arbeit hat sich gelohnt. Erfahrungen haben halt ihren Wert."

„Jetzt geben sie Richtlinien für die Landwirtschaft heraus. Ich soll mich nach Linien richten! Großer Himmel! Mein Wissen kommt von Vater und Großvater her, ich habe von ihnen den

Instinkt geerbt, den ein Bauer braucht. Ich rieche das Wetter, ich fühle, wann es Zeit ist zu Saat und Ernte. Sind denn die Erfahrungen so vieler Generationen gar nichts mehr, dass man sich oben einfach darüber hinwegsetzt?"

„In Sedingen las ich ein Plakat: 'Auch ohne Gott und Sonnenschein bringen wir die Ernte ein!' - Wer denkt sich bloß solche albernen Zaubersprüchlein aus und verantwortet, dass das auch noch an die Wände gemalt wird? In der Landwirtschaft gibt es doch so viele Unbekannte - und ein bisschen Lotteriespiel bleibt immer."

Susanne blätterte, las hier und dort, verweilte bei Sätzen, die ihr ins Auge sprangen, verwob sie mit eigenen Erinnerungen. Eine Stelle entdeckte sie, bei der sie den Atem verhielt: „Meine Tochter hat mich gefragt, wozu unsere ewige Plackerei gut sein soll, wir hätten doch gar nichts davon. Sie begreift nicht, dass man entweder oben ist oder unten. Auf dem Land heißt oben Bauer sein und unten Knecht. Dieses unreife Küken meint, Ertrag müsste sich auch in Freizeit, Urlaub, Reisen niederschlagen - das hat man ihr wohl in ihrem Theater da eingeblasen. Wir haben gelernt, wenn das Leben köstlich gewesen ist, dann ist es Mühe und Arbeit gewesen. Mein Vater hat mir beigebracht, dass Bauer sein Ehre und Verpflichtung heißt, von den Vorderen überkommenes Erbe zu wahren und zu mehren. Heute sagt mir der Sohn, dies seien überholte Sprüche, eine Tochter denkt nur geschäftlich kalt an das, was auf dem Sparkonto klingelt, und die Jüngste vertritt den Standpunkt, wir würden wohl auch gut mit weniger auskommen. Wird es noch geschehen, dass ich meine eigenen Kinder verfluchen muss? Was sind das für Zeiten!"

Da war er wieder, dieser Vorwurf, aus dem so leicht Schuldbewusstsein erwuchs. Susanne quälte der Gedanke, dass keines der Geschwister versucht hatte, den persönlichen Niedergang des Vaters aufzuhalten. Sie musste sich eingestehen, dass sie gesehen und gespürt hatten, dass es für Hermann Baatz keine gangbare Lösung gab. Hätten sie auf ihn hören sollen? Den aussichtslosen Kampf um die Erhaltung seiner privaten Welt mit ihm aufnehmen und daran genauso scheitern sollen wie er selbst? Er hatte nie begriffen, dass all sein Tun der Zeit von gestern und vorgestern entsprach. Längst drängten Maschinen und Verfahren aufs Land, die der einzelne Bauer nie bezahlen und voll nutzen konnte.

Sie dachte an ihre Großeltern, an den alten Mann mit den Gichthänden, der vor Schmerzen des nachts grauenvoll stöhnte, und die krummgerackerte Großmutter, deren offene Beine nie zuheilten, erinnerte sich, dass sie sich nicht anmerken lassen durfte, wie sehr sie die eitergetränkten Binden und das ewige Salbengeschmier ekelten.

Solche Zukunftsaussichten lockten keinen jungen Menschen, Susanne sagten solche Begriffe wie Ehre und Familientradition nichts mehr. Die waren ihr und den Geschwistern unter der Hakenkreuzfahne wie Heiligtümer präsentiert worden, man hatte sich so lange davor verneigt, bis man begriff, wie hohl und verlogen sie sind. Der Älteste war für sie gestorben, und andere hatten dafür Hab und Gut und Gesundheit verloren.

Was galten uns die abgeklärten Geschichten, dachte Susanne. So versteinte in uns wahrscheinlich das Gefühl für Vaters Sorgen. Wenn alte Leute ewig uneinsichtig bleiben, lässt man sie schließlich gewähren, auch wenn man weiß, dass sie sich selber schaden und den eigenen Untergang beschleunigen. Ruth und ihr Herbert wären geeignete Nachfolger auf dem Hof gewesen, doch die wussten, dass ihr Weizen hier bei uns nicht blühen würde, und liebäugelten mit Gefilden, in denen Geschäftstüchtigkeit und Ellenbogenkraft höher im Kurs stehen als Gemeinsinn und Einstehen für andere.

Plötzlich überkam sie das Gefühl, dass sie dabei war, sich ständig zu rechtfertigen, vor dem Vater wie vor sich selber. Sie konnte ein Argument nach dem anderen für ihr damaliges Handeln hervorkramen, das schlechte Gewissen blieb. Das löste Beklemmung aus. Immer aufs Neue drängte sich die Frage vor, ob sie letzten Endes den Vater nicht doch allein gelassen hatte in seiner Gewissensnot.

Sie blätterte weiter, gierte nach Entschuldigungsgründen oder weiteren handfesten Anklagen. Sie wollte Klarheit, eine Entscheidung, aber sie stieß immer nur auf Alltagsspuren, die langsam aber stetig abwärts führten.

„Jetzt haben sie eine Genossenschaft gegründet", las sie. „Lauter halbtote Neubauernbetriebe. Von uns Eingesessenen ist nur Arthur Eckelt dabei. Es heißt, dass sie die Flächen von denen übernehmen, die nach drüben gegangen sind. Dafür sollen sie ein niedrigeres Ablieferungssoll bekommen, sicher zu Lasten der anderen. Es hat eine Gründungsfeier gegeben, die Mitglieder haben Zettel in die Hand gekriegt, auf denen stand Wort für Wort, was sie in der Aussprache sagen sollten. Vorsitzender ist Paul Endruleit geworden, irgend so ein ostpreußischer Kleinbauer, der früher auf Heideboden gewirtschaftet hat und überhaupt kein Gespür für unsere schwere Schwarzerde zeigt."

Es war hell geworden. Susanne Berger stand auf, ließ sich viel Zeit mit Waschen und Anziehen. Sie betrachtete sich im Spiegel. Sie müsste dringend zum Friseur. Auch die ewig gleiche Trauerkleidung erschien ihr auf einmal eintönig. Das Ritual des Tiefschwarzen stammte noch aus Zeiten, da man den Frauen übelnahm, dass sie nicht mit dem Gatten gestorben waren. Sollten sie für ihre Umgebung wenigstens äußerlich als tot erscheinen.

Sie ging langsam im Zimmer umher, streifte mit leichtem Finger über Tisch und Bettkante. Vaters Tagebuch war zu Boden gefallen. Sie hob es auf und las wahllos die erste Zeile der zufällig aufgeschlagenen Seite: „Hubert Wendtland will mich in die Pfanne hauen."

Wer war denn Hubert Wendtland?

8

Spurensuche

Zum Frühstück ging sie hinunter. Frank Liebig erwartete sie schon und bat sie, sich mit an seinen Tisch zu setzen. Sie hatte nichts dagegen. Die Gäste nahmen diese Neuerung erstaunt zur Kenntnis, doch dann schien diese Angelegenheit für sie abgetan. Die Unterhaltung begann mit der Frage nach der Ersprießlichkeit der Nachtruhe.

„Ich habe lange wach gelegen", sagte Susanne.

„Nanu?"

„Das Tagebuch meines Vaters lässt mich nicht los."

„Die Geister der Vergangenheit", sagte Liebig. Sorglich bereitete er sich den Tee.

„Ich bin in einem Zwiespalt", fuhr sie fort. „Wie weit hat nach Ihrer Meinung die kindliche Dankbarkeit gegenüber den Eltern zu gehen?"

Es schien, als scheute er sich, diese Frage zu beantworten. „Dankbarkeit", sagte er. „Dafür gibt es wohl keine Norm. Wie sieht Dankbarkeit überhaupt aus? Das ist doch nicht nur Fürsorge, das ist doch auch... Fragen Sie mich bitte was Leichteres."

„Denken Sie nie an Ihre Kindheit?"

„Selten. In dieser Zeit habe ich nicht viel gegolten."

„Und die Erinnerungen an Ihre Eltern?"

„Das waren brave Menschen", sagte er. „Ihr Leben war nichts als Schinderei für andere Leute. Sie haben nie den Mut gefunden, dagegen aufzubegehren. So eng hielten sie auch uns Kinder. Da gab es keine Widerrede."

„Sie sagten gestern Abend schon, dass sie es sehr schwer

hatten", warf Susanne ein.

„Vater besaß nicht einmal Klasseninstinkt", erzählte er. „Ich mache ihm das nicht zum Vorwurf, er konnte vieles einfach nicht wissen. Politik lehnte er ab, hatte Angst, aus einer kritischen Haltung könnten der Familie Nachteile erwachsen. Der kleinste Gedanke an Auflehnung wurde aus uns Kindern heraus geprügelt. Dabei liebte er uns, er tat, was er konnte, und die Familie kam bei ihm zu allererst. Daher rührte auch seine krankhafte Sparsamkeit. Bei jedem Groschen, den ich zufällig ergatterte, hieß es: 'Den sparst du dir aber - für später!' - Ich habe das maulend hingenommen, ich aß für mein Leben gern Sahnebonbons und liebte die bunten Stammbuchbilder, von denen man für diesen Groschen einen ganzen Bogen bekommen hätte.

Damals habe ich mir geschworen: Wenn du mal Kinder hast, wirst du ihnen niemals so blödsinnige Anweisungen geben. Sparen muss man dann, wenn man Geld verdient, nicht aber, wenn man es nötig hat. Mein Groschen wanderte in die Büchse und dann zur Sparkasse, und dann hat damit Herr Hitler seinen Krieg finanziert. Mir meine Sahnebonbons weggenommen und zu Schießzeug gemacht! Ich gerate noch heute in Wut, wenn ich mich daran erinnere."

„Und trotzdem", sagte Susanne. „Überlegen Sie nicht manchmal, ob Sie zu wenig für Ihre Eltern getan haben könnten?"

Liebig zuckte mit den Schultern. „Mein Vater ist im Krieg gefallen, gleich zu Anfang in Polen. Unsre Mutter hat bis zu ihrem Tod bei meiner Schwester gewohnt. Ich kann diese Frage nicht beantworten."

„Freilich, dann haben Sie meinen Konflikt nie kennengelernt. Auch ich sollte als Kind immer schon gehorsam sein. Man wollte mich brav haben und liebte mich nur, wenn ich so war, wie sie es wollten. Ich wurde dressiert. Später, in meiner Jugend habe ich dann aufbegehrt, am Ende kam ich aber doch wieder in die Geborgenheit, es war die Geborgenheit meiner Ehe."

„Ja, mit all dem muss man fertig werden."

Eine Weile widmeten sie sich schweigend ihrem Frühstück. Dann begann Susanne das sie bewegende Thema von neuem: „Ich fühle mich nicht ganz frei von Schuld", sagte sie. „Mein Vater sah die Katastrophe auf sich zukommen, und dabei war es im Grunde gar keine Katastrophe, das hätte man ihm behutsam beibringen müssen. Es war nichts weiter als der Abschied vom Besitz, von der Geltung, vom Herkommen, und ohne das alles lässt es sich ja recht gut bei uns leben."

„Und wie hätten Sie das anpacken wollen?"

„Ich weiß nicht. Vielleicht hätte er in dieser Zeit jemanden gebraucht, der ganz einfach bei ihm war."

Liebig dachte eine Weile nach, dann sagte er: „Man sollte nicht immer nach irgendeiner Schuld suchen. Es gibt Dinge, die sind tragisch an sich. Dafür kann niemand Schuld auf sich nehmen."

„Jetzt wollen Sie mir den Strohhalm zureichen wie ich gestern Ihnen", meinte Susanne und winkte der Wirtin. Die Frau kam an den Tisch und erkundigte sich nach der Zufriedenheit ihrer Gäste.

„Sagen Sie, lebt Hubert Wendtland noch?" fragte Susanne.

„Sicher."

„Und er wohnt noch hier?"

„Wo er immer gewohnt hat, im Winkel gegenüber vom HO-Lebensmittelgeschäft."

„Ein alter Bekannter?" fragte Frank Liebig, als sich die Wirtin weggewandt hatte. Susanne schüttelte den Kopf. „Ich hatte gehofft, wir würden heute einen gemeinsamen Spaziergang unternehmen", fuhr er fort.

„Vielleicht später", entgegnete sie.

Sie fand das Haus im ersten Anlauf, entsann sich, dass diese Dorfecke der Jakobswinkel genannt wurde. Als sie sich dem Hoftor näherte, bellte drinnen ein Hund. Es schien ein gefährlich großes Tier zu sein. Susanne hörte eine barsche Frauenstimme, das Bellen ging in ein Jaulen über, dann wurde die kleine Mannstür spaltbreit geöffnet, und eine alte Frau steckte den Kopf heraus.

„Was ist denn?"

„Guten Tag", antwortete Susanne. „Ich möchte zu Hubert Wendtland."

„So?" Das Gesicht überzog sich mit Misstrauen. „Der ist nicht da, der ist überhaupt nicht hier."

„Schade!"

„Wer ist es denn?" rief drinnen ein Mann.

„Sei doch still!" schimpfte die Frau zum Hof hin, da aber erschien schon derjenige, der angeblich gar nicht da war, ein unrasierter alter Griesgram mit ausgefransten Hosenträgern über schmuddeligem Hemd. Er riss die Tür ganz auf, starrte Susanne an und wurde sichtlich bleich. „Was wollen Sie denn?" fragte er mit kratziger Stimme. „Warum kommen Sie ausgerechnet zu mir?"

„Ich möchte mit Ihnen reden", sagte Susanne.

Der Alte ließ die Hände flattern. „Ich habe mit dem Tod Ihres Vaters nichts zu tun", krächzte er. „Außerdem ist die Sache längst verjährt."

Susanne verspürte einen Stich. „Welche Sache?" fragte sie langsam.

Der Mann wand sich wie unter Schmerzen, er begann zu zittern. „Alles ist Verleumdung", stammelte er, „alles! - Gehen Sie doch zu Kannenberg, der war damals..."

„War damals was?"

Es erschien Susanne peinlich, hier so zu stehen und am Tor abgefertigt zu werden. Dass ihr Erscheinen solche Aufregung auslöste, machte sie hellhörig. Trugen da außer ihr noch andere Schuldgefühle mit sich herum? Dieser Wendtland hier und der Kannenberg? Jetzt wollte sie mehr wissen und sagte kühl: „Bei mir ist das Tagebuch meines Vaters aufgetaucht, da steht alles drin, Herr Wendtland, und darüber wollte ich mit Ihnen reden."

Plötzlich trat der Mann zurück in den Hof und schlug die Tür zu.

„Sagen Sie Herrn Kannenberg, dass ich ihn erwarte", rief sie, „Ich wohne im *Haus am See!*"

Drinnen bellte der Hund wieder los, Susanne hörte, wie er gegen die altersgrauen Planken des Tores sprang. Die Festung war also verteidigungsbereit. Aber warum denn nur? Wer so reagiert, hat doch ein schlechtes Gewissen. Die Leute schienen also erfahren zu haben, dass Susanne Berger im Dorf war. Der Mann hatte sofort gewusst, wer ihn zu sprechen begehrte. Barg Rabisdorf ein bitteres Rätsel für sie? Wenn ja, dann wollte sie es um jeden Preis lösen, sie war entschlossen, jetzt nicht nachzulassen, bis sie wusste, was diesen Wendtland, der - soweit sie sich erinnerte - die Raiffeisenkasse verwaltet hatte, so entsetzte.

In ihrer Verwirrung wusste sie im Augenblick nicht, wohin sie gehen sollte. Sie wechselte mehrfach die Richtung, geriet in eine Gasse, die, wie sie plötzlich erkannte, hinter ihrem elterlichen Grundstück entlangführte. Die Bruchsteinmauer war schief und zum Teil eingefallen. Als sie an eine Mauerlücke kam, hielt sie sich am rauen Gestein fest und spähte hinein. Da erkannte sie ihren Ahornbaum. Den hatte sie einst als Wildling gepflanzt und gegen alle Erwachsenen, die im Garten nur Obstbäume duldeten, verteidigt. Wie herrlich groß war er geworden. Ihm zu Füßen musste unterm Kraut das Grab von ihrem Wellensittich Jacky liegen.

„Möchten Sie etwas?" fragte eine junge Frau, die seitwärts Beete hackte.

„Ich schaue nur", antwortete Susanne verlegen. „Dies war nämlich vor langer Zeit unser Garten, und den prächtigen Ahorn dort, den habe ich als Kind gepflanzt."

„Ach!" die junge Frau lächelte. „Dann kommen Sie doch herein, ich hake Ihnen die Pforte auf."

Richtig, die rückwärtige Pforte, wo man heimlich der elterlichen Aufsicht entschlüpfen konnte. Die rostigen Türangeln kreischten, Spinnweben rissen auseinander.

„Guten Tag, ich bin Susanne Berger. Als Mädchen hieß ich Baatz."

„Meine Mutter hat erzählt, dass Sie hier sind", antwortete die junge Frau. „Ich bin die Tochter von Lina Zimmermann, an die werden Sie sich wohl noch erinnern."

„Aber ja. Sie hat doch unserer Elisabeth das Päckchen mit den Sachen meines Vaters gegeben."

Susanne legte beide Hände an den Stamm ihres Ahornbaums.

„Was glauben Sie, wie gern unsre Kinder da hochklettern", hörte sie. „Sehen Sie nur, da oben haben sie sich einen richtigen Sitz gemacht, und der Nistkasten, den sie in der Schule gebastelt haben, hat auch einen Platz gefunden."

„Das freut mich wirklich, mein alter Ahorn."

„Tut es nicht weh, das alles so wiederzusehen, und fremde Leute wirtschaften nun hier, wo Sie Kind waren?"

Susanne verneinte lächelnd. Sie sagte, dass sie sich längst ein anderes Zuhause geschaffen habe, sie mit ihrem Mann, der nun tot war. Es sei einfach schön, dies alles nach so vielen Jahren noch einmal zu sehen, besonders diesen Baum.

Sie ging zurück durch die kleine Pforte in die rückwärtige Gasse. Sie hatte es plötzlich eilig, wieder in ihr Zimmer zu kommen, sie wollte weiterlesen. Dann saß sie an ihrem Tisch, hielt das bewusste Buch mit beiden Händen fest. Sie glaubte, das rote Gesicht des Vaters zu sehen, seine tiefe Stimme zu hören, das mit der Zunge gerollte R, die leicht verschluckten Endsilben. Hermann Baatz hatte die höhere Landbauschule besucht, durfte sich *staatlich geprüfter Landwirt* nennen und schrieb einen flüssigen Stil.

Susanne überflog die Eintragungen.

„Sie haben Offenställe gebaut und das als Erkenntnis moderner Agrarwissenschaft gepriesen. Schon im Sommer haben wir darüber den Kopf geschüttelt. Jetzt sind in den primitiven Bauten die Wasserleitungen eingefroren, und die Kühe stehen da mit Frostschäden an den Eutern. Es ist eine Schande. Oh, diese Schlaumeier!"

Susanne blätterte weiter.

„Man verkehrt mit mir wie mit einem Feind", las sie. „Man setzt sozusagen voraus, dass mein Tun und Trachten dahin geht, dem Staat und dieser Gesellschaft zu schaden. Mit welchem Recht? Habe ich jemals dazu Veranlassung gegeben? Ich werde jetzt in vielen Dingen benachteiligt, mit der Höhe des Ablieferungssolls, mit der Düngerzuteilung, von Maschinenhilfe ganz zu schweigen. Die Förderungen wären vorwiegend für die werktätigen Bauern, heißt es. Ja, bin ich denn nicht werktätig? Ich arbeite doch von früh bis spät!"

Damals warst du Großbauer, das zählte nicht zu den Werktätigen, dachte Susanne. Warum schreibst Du bloß so allgemein? Nichts über Hubert Wendtland, auch nichts über Ruth und ihren Mann. Die saßen doch noch auf dem Hof und hätten dir helfen und an deinen Sorgen teilhaben können. Ja, ich weiß, Herbert hat nie viel von körperlicher Arbeit gehalten, der wollte immer Chef spielen, das wäre ein Großklaus geworden, wie man ihn damals in Witzzeichnungen darstellte. Inzwischen hat er das, was er wollte, der Herr Gutsinspektor in Schleswig-Holstein.

Ihr fiel erneut der Mann mit den ausgefransten Hosenträgern ein. Susanne hatte ihn geblufft. Mit der Andeutung über das Tagebuch, in dem alles aufgezeichnet steht, war sein Erschrecken noch größer geworden. Diesen Schreck würde er weitertragen, zunächst zu dem Herrn Kannenberg. Dieser Name erschien Susanne nicht gerade fremd, doch er weckte auch kein Bild der Erinnerung. Wer war dieser Kannenberg, was hatte er mit Vater zu tun, und wer hatte noch Aufdeckungen durch das Tagebuch des Hermann Baatz zu fürchten?

Das Buch wurde mit einem Male wichtig. Jemand, der angesichts einer Frau den Kettenhund gegen das Brettertor springen lässt, dürfte eventuell auch keine Skrupel haben, sich ein so wichtiges Dokument zu beschaffen. Ob jemand wagen würde, mit dieser Absicht hier einzudringen? Würden sich Liesbeth oder Richard zu solchen Diensten missbrauchen lassen?

Susanne schaute sich um. Wo könnte sie das Buch verstecken? Sie war erregt, fühlte sich an Situationen eines Kriminalfilms erinnert. Da war ein wichtiger Gegenstand in der Lampenschale abgelegt worden. Sie musste lächeln, kam sich auf einmal kindisch vor. Da fiel ihr Blick auf den Roman, in dem sie hatte lesen sollen. Sie streifte den Schutzumschlag ab, umgab damit des Vaters Tagebuch und legte es frei sichtbar auf den Nachttisch.

Sie spielte Theater wie als Kind, wie später als Sekretärin der Dramaturgie, wenn sie auf den Proben für abwesende Schauspieler einsprang. Hier war sie in der Rolle einer Anwältin, die Entlastungsgründe für ihren Mandanten suchte, argwöhnisch beobachtet von wirklich Schuldigen, jedenfalls von solchen, die sie dafür hielt.

Sie rief sich zur Ordnung. Schluss damit! Nicht übertreiben! Abwarten, ob dieser Kannenberg kommt, und dann in Ruhe mit ihm die Dinge bereden. Langsam ging sie hinunter zum Essen.

Frank Liebig stand auf und rückte ihr den Stuhl zurecht. „Ein neuer Gast ist gekommen", sagte er. „Haben Sie schon gesehen?"

Susanne blickte sich um, bemerkte, dass auf ihrem früheren Platz eine Frau saß. Sie hatte ein grobes, fleischiges Gesicht, trug das volle Blondhaar aufgesteckt, Ringe an beiden Händen. Das

Kleid, orangefarben mit großen eingedruckten Blumen wirkte ein wenig aufdringlich.

„Das heißt natürlich, Sie haben inzwischen über eine neue Geschichte für sich nachgedacht", sagte Susanne leise.

„Erraten!" Liebig strich sich über die Oberlippe, als hätte er ein Bärtchen zu glätten.

„Und schon zu Schlüssen gekommen?"

„Schätze, ihr Mann ist Kommissionär, selbständiger Handwerksmeister oder so etwas. Er schickt sie zum Ausspannen hierher, weil es ihm in dieser Einöde ungefährlicher erscheint als in einem Luftkurort."

„Und Sie teilen seine Meinung?"

„Nicht ganz. Die Intimität unseres *Hauses am See* bietet auch Gefahren - aber andere als das Flair eines Kurbades."

„Woher beziehen Sie Ihr diesbezügliches Wissen, wenn man fragen darf?"

„Man beobachtet, hört sich um und zieht seine Schlüsse."

Susanne fuhr durch den Kopf, wie unangebracht solch Geplauder für eine Frau in Trauer war. Fiel das niemandem auf? Das Ehepaar am Fenster hatte Wiesenblumen mitgebracht, der Vater erklärte sie den Kindern. Die beiden anderen Leute saßen stumm voreinander, als hätten sie sich gestritten.

„Sind das dort eigentlich Eheleute?" fragte Susanne.

„Geschwister", antwortete Liebig. „Sie sind im Frühjahr immer hier. Jedes hat seine schöne Rente. Er war Ingenieur und ist geschieden, sie Masseuse, verwitwet. Jetzt wohnen sie zusammen und bedauern sich gegenseitig wegen ihres Alters und ihrer Wehwehchen."

„Ich staune, was Sie alles zusammentragen."

„Die anderen Leute dort haben mit der Stadtwirtschaft zu tun. Im Vertrauen, es sind Gesundheitsfanatiker, die in ständiger Furcht vor Bakterien leben. Die armen Kinder dürfen sicherlich kaum mit anderen spielen, sie könnten sich ja anstecken."

Susanne unterdrückte ein Auflachen, sie legte die Hand auf den Mund. „Sie Auskunftsbüro!"

„Ich sagte ja, ich sammle Geschichten. Was sollte ich denn sonst anfangen? Der Urlaub wird allmählich langweilig. Ganz ohne

Pflichten kann der Mensch nicht sein."

„So gehen Sie doch zurück in Ihren Alltag!"

„Dazu bin ich - ehrlich gesagt - noch zu feige."

Das Essen wurde aufgetragen. Sie aßen dann schweigend. Susanne beschäftigte sich mit ihrem Vormittagserlebnis. Ob mir der Kerl wirklich diesen Kannenberg herschickt? Was sage ich zu dem? Ich weiß ja überhaupt nichts, verfolge vielleicht ganz falsche Wege. Und wenn? Was will ich denn? Etwas über die letzten Jahre meines Vaters erfahren. Und warum? Und danach? Das müsste doch Folgen haben. Ich kann die Zeit nicht zurückdrehen, und wenn ich es könnte, wollte ich das gar nicht. Ich bin doch durch Zufall in dieses Dorf und an das alte Tagebuch geraten. Oder habe ich hierher gewollt? Kam mir Frau Liebrechts Vermittlung gelegen? Hatte ich nicht schon immer damit geliebäugelt, noch einmal durch Rabisdorf zu gehen und auf den Spuren meiner Kindheit zu wandeln?

Auf einmal erschien ihr das Geschehen der letzten Tage ganz folgerichtig, als wäre es geplant gewesen.

Auch Frank Liebig war mit sich beschäftigt. Zurück in den Alltag, hatte die Frau gesagt, wie sieht denn mein Alltag aus? Termine, die einander jagen, Vorgänge die nach Erledigung schreien, Wichtigkeiten die andere Wichtigkeiten verdrängen, keine geregelten Essenszeiten, keine notwendige Entspannung, kein ausreichender Schlaf. Wann klingt die Erregung ab, findet Ausgleich in Zufriedenheit und innerer Ruhe? Kann ich überhaupt jemals richtig zufrieden sein, wo mir die Ereignisse in der Welt wie im eigenen Aufgabenkreis täglich neue Fragen vorlegen, neue Probleme aufbürden?

Susanne wurde das Schweigen bei ihrer gemeinsamen Mahlzeit als erster bewusst. Lag es an ihr? Sie beobachtete Liebig und suchte nach Anknüpfungspunkten für ein Gespräch.

„Sie tragen keinen Ehering?" sagte sie nach einer Weile. „Sind Sie nicht verheiratet?"

Er hob leicht die Schultern, eine Geste der Verlegenheit. „Wir haben uns auseinandergelebt", antwortete er. „Vielleicht habe ich mich nicht genug um meine Frau gekümmert."

„Warum haben Sie sie nicht mit nach Rabisdorf gebracht?"

„Dazu ist es für uns zu spät", sagte er ernst. „Sie hat inzwischen ein eigenes Leben begonnen, davon kann ich sie nicht wegreißen, nur um etwas zu kitten, das nun einmal zersprungen ist. Was soll's? Die Kinder sind aus dem Haus, es gibt kaum noch Gemeinsamkeiten, also?"

„Aber Alleinsein im Alter ist bedrückend", meinte Susanne nachdenklich. „Ich fürchte mich davor, ich würde alles tun, mich mit dem Ehepartner zu versöhnen. Haben Sie keine Angst vor dem Alter?"

„Vieles ist bei mir Abwehr der Angst", sagte er. „Ich lasse sie nicht hochkommen. Aber wollen wir nicht das Thema wechseln? Was zählt schon so ein Irrtum wie eine kaputtgegangene Ehe?"

Liesbeth trug das Kompott auf, fragte nach besonderen Wünschen der Gäste, ging mit dem üblichen freundlichen Gesicht.

„Ich habe nie geglaubt, dass man glücklich sein kann, indem man andere bedient", sagte Susanne.

„O doch, das glaube ich schon", erwiderte er. „Ich meine, ein Leben hat Inhalt, wenn es mehr ist, als sich nähren, kleiden, wärmen und ein bisschen amüsieren. Und nun wollen wir die trüben Gedanken begraben. Ich habe nur noch eine Frage: Darf ich Ihnen heute Nachmittag einen Spaziergang zu meinem Wiesenhang mit den herrlichen Adonisröschen anbieten?"

Susanne dachte einen Augenblick nach, dann sagte sie: „Vielleicht morgen - vielleicht übermorgen. Ich brauche noch ein bisschen Besinnung."

Er stand mit ihr zusammen auf. Ein durch und durch höflicher Mensch, dachte Susanne im Weggehen.

9

Soll Vergangenes ruhen?

Das Zimmer war zurechtgemacht, ein Fensterflügel stand offen, auf dem Nachttisch lag unberührt das Buch. Susanne wäre gern zum Lesen auf die Terrasse hinuntergegangen, doch das hier war kein Roman, mit dem man sich im Liegestuhl die Zeit vertreibt. Diese Schriftzüge brachten ihr den Vater nahe, sie musste alleinbleiben mit ihm.

Sie hatte bisher teilgehabt an seinen Sorgen und Bedenken, auch an seinem Zorn. Jetzt erfuhr sie von seinem Schmerz. „Heute früh kam Bescheid vom Krankenhaus, dass mich meine liebe Frau für immer verlassen hat", stand da. Es war ein Satz in harter, steiler Schrift, die Hände hatten dem Schreiber offenbar nicht gezittert. Der Bauer kennt den Tod, er hat ihn erlebt bei Mensch und Vieh, bei Großeltern, Eltern und Geschwistern. Er ist ein Teil des naturnahen Lebens, der sich nur deshalb so schwer fassen lässt, weil er nicht kalkulierbar ist und einen unerwartet anfällt wie das Hagelwetter, die Dürre oder der gefürchtete Spätfrost.

Ein Wort traf Susanne besonders: ...meine liebe Frau... Hatte es Liebe zwischen ihren Eltern gegeben? War dieses selbstverständliche, vom Vater bestimmte Miteinander Liebe gewesen? Sie hatte es eher als Zweckmäßigkeit empfunden. Jeder im Hof hat seinen Platz und füllt ihn aus. Was die Familie verbindet, sind Umsicht, Eignung, Einordnung. Es gibt Stall und Garten, dazu braucht es die Frau. Es gibt Kinder, die haben die Mutter nötig, und der Bauer ist auf die Gefährtin angewiesen, die zupackt und ihm vor dem Einschlafen die pflichtgemäße

Entspannung bereithält. Aber Liebe? Susanne konnte sich nicht erinnern, dass die Eltern jemals in ihrer Gegenwart Zärtlichkeiten ausgetauscht hatten. Vielleicht war auch das ein Grund, warum sie sich Leonhard so bedingungslos hingegeben und angeschlossen hatte. Er liebte sie. Er hörte sie an, ging auf sie ein, verstand es, ihr zu gefallen, und ihr Miteinander hieß Tändelei, Liebkosung, Innigkeit, alles Dinge, die sie von daheim nicht kannte und sie in eine ganz neue Gefühlswelt hineinwachsen ließen.

Und nun: ...meine liebe Frau... In diesem Wort lag eine innerliche Beziehung, die er sonst niemals ans Licht gelassen hätte. Sie vertrug sich nicht mit dem selbstsicheren Bauern, dem Eichbaum, der voll bewusst das Erbe vieler Generationen verkörperte und allen Wechselfällen des Lebens gewachsen war.

Susanne rief sich jenen Tag ins Gedächtnis zurück, als sie die Nachricht vom Tode der Mutter erreichte. Sie hatte sie tief getroffen, sie war ja nicht vor ihr, sondern vor dem Vater und dem ehernen Gesetz des Hofes geflohen. Die stille Frau war ebenso still aus dem Alltag getreten, wie sie jahrelang darin zu wirken wusste. Sie hatte sich verbraucht in der täglichen Sorge um Mann und Wirtschaft, Kinder und Garten, Wohnung, Waschhaus, Nähmaschine und dem aufreibenden Küchenkram. Sie betreute das neugeborene Kalb, die Glucke und ihre frisch geschlüpften Küken, denen sie des jähen Frostwetters wegen einen warmen Platz in der Küche bereitete, Haferflocken und kleingehacktes Grün zurechtmachte und aufpasste, dass auch ja jedes seinen gerechten Anteil aufpicken konnte.

Susanne sah sich in das Trauerhaus eintreten. Der Bauer hatte nach alter Sitte die Pendeluhr angehalten, in der Stube die Fenstervorhänge zugezogen, ein Bild seiner Frau mitten auf den großen Esstisch gestellt, der die schwere Paradedecke trug, und zwei Kerzen angezündet. Er war plötzlich ein alter Mann und zeigte sich in ungewöhnlicher Milde. Die Tochter drückte er kurz an sich, wandte sich dann sofort dem nächsten Besucher zu. Nach und nach fand sich das halbe Dorf ein. Das war ein Scharren und Hüsteln, ein sanfter Schwall von Verlegenheiten. Sonst hatte man sich untereinander vierschrötig gegeben, laut über Viehpreise geredet, das Wetter und die Politik. Man kannte sich seit der

Schulzeit und hatte Gefühlsdinge einfach weggelacht.

Nun standen sich die alten Kämpen befangen gegenüber, Feiertagsmienen über den guten Tuchröcken, die sie herübergerettet hatten aus einer Zeit, da sie Honoratioren waren und die Gutsknechte noch nicht das Sagen hatten wie jetzt in Genossenschaft und Bauernhilfe und Gemeinderat. Susanne war still umhergegangen und hatte Trinkgläser gereicht. Alles war anders im Elternhaus, das gedämpfte Licht, die Schweigsamkeit, obwohl die Tote noch nicht hergebracht worden war. Es roch sogar anders.

Dann fuhr das Auto vor, der Sarg wurde über die Steinstufen heraufgetragen und im Flur aufgestellt. Irgendwie kam ein Stück Ewigkeit ins Haus, die Gegenwart war plötzlich nach draußen verbannt, wo sie sich austoben konnte und ihre wichtigen Spiele treiben.

Später trafen die Geschwister oben im Gastzimmer zusammen. Erwin, der Student der Agrarwissenschaft, Ruth und Herbert als künftige Eigner des Hofes, dazu Susanne und Leonhard. Man wollte sich ohne den Vater über einige Wichtigkeiten austauschen. Bei solcher Gelegenheit hatte man früher den Auszug des Bauern ins Altenteil besprochen. Da wurden Rechte und Pflichten des Nachfolgers festgelegt und die Abfindungen für die übrigen Familienmitglieder ausgehandelt. Das waren bei aller Geschäftlichkeit stets feierlich wichtige Stunden. Eine neue Generation trat in die Verantwortung ein, sie nahm die Herausforderung der überraschend hereinbrechenden Pflichten an und wurde tätig.

An jenem Tag - das begriff Susanne eigentlich erst jetzt - wurde das Urteil über den Hof gesprochen. „Wenn sich die Verhältnisse nicht ändern, sehe ich hier keine Zukunft für uns", hatte Ruths Mann gesagt und war sofort mit Erwin in Streit geraten, der proklamierte, dass die Landwirtschaft der industriellen Produktionsweise bedarf und diese das genossenschaftliche Eigentum am Boden als dem wichtigsten Produktionsmittel voraussetzte, und dass eine Veränderung der Verhältnisse, wie Herbert sie verstünde, undenkbar und auch nicht wünschenswert wäre.

„Dich haben sie richtig verkorkst", hatte Ruth ausgerufen. Susanne und Leonhard hatten nur zugehört. Sie fühlten sich nicht beteiligt und hätten ein eventuelles Anerbieten, das Anwesen weiterzuführen, mit aller Entschlossenheit zurückgewiesen.

Der Baatzsche Hof besaß damals schon keine Zukunft mehr, doch dem Vater wollten sie das so schonungslos nicht sagen, schon gar nicht, wo im Flur der Sarg stand und sich die noch lebenden Vertreter der Vergangenheit ein Stelldichein gaben. Die Geschwister wurden sich nur in einem Punkt einig: Alles sollte so bleiben wie bisher. Der Bauer blieb der Herr. Er würde weiter entscheiden, wie hier gearbeitet wurde, Ruth war nun die Hausfrau und ihr Mann des Schwiegervaters junger, unwilliger Kompagnon. Der hatte jedoch schon andere Pläne im Kopf, als den einflusslosen Großbauern im fast schon ganz genossenschaftlich arbeitenden Dorf zu spielen.

Ein Windstoß ließ den Fensterflügel klappen und rief Susanne Berger in die Gegenwart zurück. Vor ihr lag das Buch mit jener traurigen Eintragung, der weitere folgten. Es waren zumeist Klagen über die Aussichtslosigkeit, der sich Hermann Baatz nach dem Tode der Frau nun doppelt hilflos gegenübersah. Er litt zunehmend darunter, dass er in Rabisdorf keine Bedeutung mehr besaß.

„Wir brauchen einander doch. Auch die alten, erfahrenen Fachleute werden in der Landwirtschaft benötigt, sonst kann das nicht gut gehen."

„Walter Bornkamp ist dagewesen. Etliche Altbauern wollen eine eigene Genossenschaft vom Typ I gründen. Er hat ausgerechnet, dass jedes Jahr, das sie so miteinander durchhalten, zusätzlich zwanzigtausend Mark auf das einzelne Sparkonto bringen würde. Ich mache da nicht mit, es ist ja nur ein Ausweichen, die halbe Kapitulation, und ich will nicht kapitulieren."

Dabei - das las Susanne aus einzelnen Eintragungen deutlich heraus - hatte der Bauer die Arbeit der Produktionsgenossenschaft aufmerksam und argwöhnisch beobachtet. Jeder Fehler ärgerte ihn. Immer wieder klang sein Unverständnis durch, wie man Leuten, die mit den örtlichen Verhältnissen kaum vertraut waren und sich mitunter am Schwarzerdeboden regelrecht versündigten, Leitungsfunktionen in einem großen landwirtschaftlichen Betrieb überlassen konnte. Immer wieder klagte er: „Meine Erfahrungen, mein Instinkt, hier zu wirtschaften, kommen nicht aus Lehrgängen, die kommen von Generationen vor mir. Alle haben ihre Fehler und ihre guten Beobachtungen gemacht, das ist weitergegeben worden bis heute, nur ich werde es mit ins Grab nehmen müssen!"

Es klopfte, Susanne legte das Buch auf den Nachttisch. „Ja, bitte?"

Ein grauhaariger Fremder trat ein. Er war auffallend adrett gekleidet, deutete eine knappe Verbeugung an und sagte: „Ich störe doch nicht? Mein Name ist Kannenberg. Sie wünschten mich zu sprechen."

Ein Hauch feinen Rasierwassers wehte auf sie zu. Da wusste sie plötzlich: Das ist Schniegel. Natürlich, so nannte man ihn damals, weil er immer geschniegelt und gebügelt auftrat. Er war eine Zeitlang amtierender Bürgermeister von Rabisdorf, anmaßend in seiner politischen Größe, gefürchtet bei allen, die nicht haargenau auf seiner Linie lagen.

„Guten Tag", sagte Susanne und tat dabei sehr fremd. „Nehmen Sie doch Platz!"

Der Mann setzte sich, er war sichtlich bemüht, ein freundliches Gesicht zu zeigen. „Kennen wir uns?" fragte er."

„Ich glaube kaum. Ich bin schon als junges Mädchen von hier fort", antwortete Susanne. „Ihren Namen hörte ich von Herrn Wendtland, er meinte, Sie könnten mir etwas über meinen Vater sagen."

Auf seiner Stirn bildete sich eine steile Falte. „Wollen wir die alten Geschichten nicht ruhen lassen?" fragte er. „Was haben Sie davon, wenn Sie Vergangenes aufrühren?"

„Ich hatte bisher nicht gewusst, dass es hier etwas aufzurühren gibt, Herr Kannenberg. Hätte die Frage nach meinem Vater Herrn Wendtland nicht so erschreckt, wäre ich nie auf den Gedanken gekommen, nachzugraben. Was hat sich denn damals mit meinem Vater zugetragen?"

„Gestatten Sie eine Gegenfrage: Was steht in dem Tagebuch

Ihres Vaters."

„Sehr aufschlussreiche Dinge."

Der Gast straffte sich. „Sind Sie gekommen, um uns Schwierigkeiten zu machen?"

„Ich habe meinem Vater damals nicht geholfen", erwiderte sie. „Jetzt muss ich wenigstens sein Andenken wiederherstellen."

„Es geht Ihnen um die Rehabilitierung eines Toten. Und dafür wollen Sie Lebende in Schwierigkeiten bringen?" eiferte sich Kannenberg plötzlich. „Wir haben damals nur unsere Pflicht getan. Es ging um die Durchsetzung des Sozialismus auf dem Lande. In der Politik muss man konsequent sein, entweder - oder. Halbheiten bringen auch nur halbe Ergebnisse. Sehen Sie das nicht ein, Frau Berger?"

Susanne lächelte. Jetzt hatte sie ihren Besucher da, wohin sie ihn haben wollte.

„Sie müssen mich nicht agitieren", sagte sie ruhig. „Ich weiß, wir sind den einzigen für uns möglichen Weg gegangen - mit aller Konsequenz. Wir haben heute keine Ernährungsprobleme und kennen auch keine bäuerlichen Existenzsorgen. Doch auf diesem Wege hat es Tragödien gegeben, darüber muss man doch reden dürfen, Herr Kannenberg, oder etwa nicht?"

„Wozu soll das gut sein? - Schön, wir haben Fehler gemacht, wer denn nicht? Darüber ist Gras gewachsen. Wir haben dazugelernt. Was soll's also?"

„Wieso sprach Herr Wendtland von einer längst verjährten Sache im Zusammenhang mit meines Vaters Tod? Was hat es mit den Verleumdungen auf sich, die er erwähnt hat? Und dann seine Worte: Gehen Sie zu Kannenberg!"

Der Mann wiegte gequält den Kopf. „Gewäsch", sagte er. „Nichts als Gewäsch! Es wird gefaselt, man hätte Ihren Vater sozusagen in den Tod getrieben."

„Wer ist man?"

Kannenberg fuchtelte mit den Armen. „Die damals hier im Dorf maßgeblichen Genossen", erwiderte er unwillig. „Mehr kann ich dazu nicht sagen. Es ist Unsinn, hören Sie? Alles Unsinn! Das Andenken Ihres Vaters ist nicht lädiert. Niemand zweifelt daran, dass er ein aufrechter Mann war, wenn er auch die Zeichen der

Zeit nicht verstanden hat. Natürlich gab es damals Fronten, wann gibt es die nicht? Wir haben die damals gültige Linie verfolgt, das war korrekt, das wurde von uns erwartet."

Er redete und redete. Immer noch der alte Schniegel, dachte Susanne. Damals wollte er nach oben glänzen, abgestrampelt hat er sich, um in bestem Licht zu erscheinen. Diese Dreihundertprozentigen haben viel Geschirr zerschlagen. Ich kann mir vorstellen, dass er die letzten Einzelbauern schließlich zur Unterschrift trieb, weil sie gegen das superwichtige Gerede nicht mehr ankamen und sich fühlten wie Schulbuben, die ihre Lektion nicht gelernt haben.

„Na schön", sagte sie. „Das wär's dann, Herr Kannenberg."

„Was denn?" fragte er verwirrt.

„Auf meine Fragen wollen Sie nicht antworten, also muss ich zusehen, wie ich sie anderweitig beantwortet kriege. Danke, dass Sie mich besucht haben."

Er stand auf, war verwundert über den abrupten Abbruch ihres Gesprächs. „Und was wird mit dem Tagebuch?" fragte er.

„Ich werde es aufmerksam studieren, immer und immer wieder."

„Geben Sie es mir!"

Susanne sprang hoch. „Aber, Herr Kannenberg! Bei Ihnen kann doch wohl was nicht stimmen!" Sie schüttelte den Kopf. „Es ist das Einzige, woraus ich etwas über das Leben meiner Eltern erfahre, das Wichtigste, was ich von meinem Vater bekommen habe. Es handelt von Dingen, die keinen Außenstehenden etwas angehen. Wie können Sie so etwas verlangen?"

„Es gehörte Ihnen schon nicht mehr", belehrte er sie. „Nach der Republikflucht Ihrer Familie war der Nachlass in Staatsbesitz übergegangen. Durch ein Versehen ist dieses Dokument unerfasst geblieben."

„Ich glaube, Sie sollten jetzt gehen", sagte Susanne eisig.

Sie atmete tief durch, als sich die Tür geschlossen hatte. Ihr Herz schlug heftig. Dieser Schniegel ist sich treu geblieben, dachte sie. Jetzt brauche ich einen starken Kaffee. Sie ging hinunter, blieb aber vor der halb offenen Küchentür stehen. Drinnen hörte sie Kannenbergs erregte Stimme: „So ein scheinheiliges Luder!

Kommt her als angeblich Trauernde, in Wahrheit will sie uns hier aufs Kreuz legen und uns Schwierigkeiten machen!"

Was ihm geantwortet wurde, verstand sie nicht. Sie verzichtete auf den Kaffee, ging wieder hinauf ins Zimmer und öffnete das Fenster ganz weit. Sie brauchte jetzt viel Luft. Unten auf der Terrasse saß Frank Liebig bei der neuangekommenen Dame. Er fügt seiner Sammlung die nächste Geschichte ein, dachte Susanne und verbiss sich das Lachen. Heißt das, wir sind nachher am Abendbrottisch zu dritt? Dazu verspürte sie keine Lust. Sie setzte sich auf den Bettrand und schlug das Tagebuch auf.

„Man will mich zum Aufgeben zwingen", hatte der Vater geschrieben. „Man stempelt mich immer mehr zum Gegner. Mir geschieht Unrecht; aber jetzt wehre ich mich."

Warum dieses unpersönliche *man*? Warum nicht konkret: Der und jener hat so und so gesprochen?

„Nun soll ich mit aller Gewalt in die Genossenschaft, mein Eigentum einbringen und unter Kommando eines fremden Brigadiers meine Einheiten schaffen. Es gibt harte Druckmittel. Ich bekomme jetzt keinen Kredit mehr. Wie bezahle ich meine Leute bis zur Ernte? - Soll ich wirklich klein beigeben? Warum begreifen die denn nichts? Es ist doch wohl etwas anderes, ob man einen Neubauern, der seinen Acker erst seit einer Handvoll von Jahren hat, in die Genossenschaft übernimmt oder einen Bauern, dessen Familie seit 1700 auf ihrer Scholle sitzt. Sie sagen: Wenn du nicht eintreten willst - also, dann bist du gegen den Frieden."

Susanne legte sich aufs Bett und schloss die Augen. Was muss er gelitten haben, dachte sie und geriet über ihre Gedanken in Zorn. Die damals kamen, haben es sich einfach gemacht, sie traten administrativ auf, und solche Leute haben es nicht nötig, sich Gedanken um Gegenargumente oder laut werdende Ängste zu machen. Sie haben ihr Programm, das setzen sie ein, und sie wollen Erfolge sehen, so wie der Gärtner, der nach Vorschrift gepflanzt und gegossen hat, nun selbstverständlich auch ordentlich große Gurken verlangt.

Da gibt es kein Wenn und Aber. Sollte ihn jemand behindern oder sich gar widersetzen, kann es nur ein Feind sein! Du bist nicht bereit, zu unterschreiben? Also bist du gegen den Frieden. Welch scharfsinnige Folgerung! Und das gegenüber einem alten Bauern, der auf seinem Hof sitzt wie in einer Burg, der auf die Sicherheit des Ackerbesitzes baut und sich keines Unrechts bewusst ist. Und gegen den Frieden soll er sein? Wo ihm doch der Krieg einen seiner Söhne entrissen hat, den, auf den er all seine Hoffnungen gesetzt hatte?

So einer fühlt sich als Glied in einer Kette, die mit ihm nicht abreißen soll. Sie kommt von weither aus der Vergangenheit und soll über ihn hinweg in die Zukunft wachsen. Armer Vater, dachte Susanne, wie solltest du aus dieser Bedrängnis einen Ausweg finden?

Sie ließ sich das Abendessen aufs Zimmer bringen, wollte allein bleiben. Kam es ihr nur so vor, oder war Liesbeth kühler als sonst? Fühlte sich etwa das Dorf angegriffen, weil sie den letzten Wegen ihres Vaters nachspürte? Sie ahnte, dass noch Ärger auf sie zukommen würde.

In dieser Nacht hatte sie einen beängstigenden Traum: Sie wurde zusammen mit anderen, ihr fremden Leuten in offener Kutsche durch die Trümmer einer völlig menschenleeren Großstadt gefahren. Verwilderte Hunde liefen heulend nebenher, der Kutscher schlug mit der Peitsche nach ihnen. Es war eine beklemmende Fahrt. Die aufgerissenen, rotgebrannten Wohnhöhlen neben der Straße summierten sich zu bizarren Bildern des Grauens, zumal sich außer den hechelnden Hunden sonst nichts Lebendiges in dieser Szenerie zeigte.

Irgendwann wurde sie munter, blickte ins Dunkel und sann über den Traum nach. Es war töricht, in den Trugbildern eine Bedeutung sehen zu wollen.

10

Gnostika

Am Morgen sah alles anders aus. Das Licht draußen ließ die Träume zergehen wie die letzten Nebelschleier über den Wiesentümpeln. Auch die nachträgliche Erregung vom Besuch des Herrn Kannenberg war abgeklungen. Susanne ging hinunter, sie freute sich auf die frischen Brötchen.

Frank Liebig schien sie schon zu erwarten, er erhob sich so wie am Tage zuvor, begrüßte sie freundlich und gab acht, dass sie auch bequem zum Sitzen kam.

„Ich habe Sie wieder einmal vermisst gestern Abend", sagte er.

„Sie hatten doch Gesellschaft", erwiderte sie. „Oder habe ich mich etwa geirrt?"

„Ganz und gar nicht, doch das waren nicht Sie, Frau Berger."

„Ist das so ein Unterschied?"

„Das werden Sie noch selber beurteilen können." Ein leichtes Kopfnicken zur Tür hin, die neue Dame war eingetreten. Einen kurzen Augenblick blieb sie stehen, als erwartete sie eine Einladung. Als aber nichts erfolgte, setzte sie sich auf den gewohnten Platz. Liebig beugte sich ein wenig vor und raunte: „Heute dürfen Sie mir den gemeinsamen Spaziergang aber nicht ausschlagen. Ich halte gewiss nichts von Vorurteilen; aber diese Frau kann man nicht länger als zwei Stunden ertragen, ich kenne mittlerweile die ganze Familie mit all ihren Plänen, Erfolgen und Krankheiten."

Susanne lachte in sich hinein. „Der Geschichtensammler in der Rolle des Zauberlehrlings", entgegnete sie. „Mit so etwas müssen Sie schon rechnen. Jeder Forscher stößt gelegentlich auf Überraschungen."

„Weichen Sie mir nicht aus", bat er. „Ich habe Ihnen eine über und über blühende Wiese angeboten."

„Also schön."

Das Frühstück verlief unter belanglosen Plaudereien, dann verabredeten sie sich für eine halbe Stunde später. Susanne betrat ihr Zimmer und stellte sich vor den Spiegel. Sie beschaute das schwarze Kleid, das sie nun schon die ganze Zeit über getragen hatte. Sie liebte es, sich immer abwechslungsreich zu kleiden. Jeden Tag etwas anders, je nach Stimmung. Leonhard hatte das gefallen. Könnte er sie jetzt sehen, hätte er bestimmt eine fröhliche Bemerkung auf den Lippen.

„Ich habe die Einladung eines fremden Mannes angenommen", sagte sie laut. „Entschuldige, Hardy!"

Nein, sie wollte nicht in diesem Kleid hinuntergehen, jetzt nicht. Der schwarze Rock und eine dazu passende Bluse, das würde sie jetzt tragen.

„Oh", sagte Frank Liebig anerkennend, als sie ihm gegenüber stand.

„Gehen wir?"

„Aber sicher."

In gebührlichem Abstand gingen sie nebeneinander, dann, als der Wiesenpfad sich verengte, ließ Liebig Susanne vorangehen, wusste er doch, dass sie den Weg kannte. Plötzlich blieb sie stehen.

„Dort drüben bei den Erlen hatte sich, als ich Kind war, eine Frau ertränkt", sagte sie. „Es ist nie herausgekommen, welchen Grund sie dafür hatte. Sie war einfach weggegangen von Mann und Kindern und dort ins Wasser."

„Für Sie muss es hier viele Erinnerungen geben", antwortete er.

„Es sind vor allem Erinnerungen an Menschen."

„Ihre Familie lebte schon lange in Rabisdorf?"

„Seit 1700. Das war meines Vaters Stolz."

„Und Ihre Großeltern?"

„Ich seh' sie noch vor mir, es waren für mich immer schon ganz alte Leute. Mein Großvater hat nur vom Militär geredet. Ohne das wäre er nie aus dem Dorf herausgekommen. Er hatte alles Widerwärtige vergessen und sah seine Dienstzeit wie vergoldet."

Sie standen jetzt dicht beieinander. „Und doch hat das Gold auf Sie nicht abgefärbt", sagte Liebig. „Sonst wären Sie wohl nicht fortgegangen."

„Ich sagte schon, ich konnte das Regiment meines Vaters nicht mehr ertragen."

„Aber Sie haben mir erzählt, auch Ihr Mann hätte alles für Sie geplant und entschieden, also sind Sie doch von einem Regiment unter das andere geraten."

„Sicher. Aber ich hatte doch meine Arbeit. Sie war notwendig und ging mir leicht von der Hand. Ich habe dabei auch etliche beachtenswerte Leute kennengelernt, Wissenschaftler, Autoren, Doktoranden. Sie waren mir dankbar, dass ich ihnen bei ihrer Arbeit half, und auch ich habe davon profitiert. Mein Mann hat das anerkannt, er hat mich gelten lassen. Ja, vielleicht hätte ich mehr erreichen können, wenn ich auch über alles andere allein entschieden hätte. Das habe ich in meiner Ehe verlernt, und ich war darüber, wenn ich es recht bedenke, doch ganz froh. Vielleicht war es Bequemlichkeit."

„Warum haben Sie ihn geheiratet?"

„Können Sie das Rätsel der Liebe lösen?"

Er tat, als hätte er das nicht gehört, stand kopfschüttelnd und sagte: „Sie wurden sozusagen zum Schatten Ihres Mannes."

„Zu seinem glücklichen Schatten, ja!"

„Halten Sie das für vernünftig?"

Sie sah ihn an. „Wir haben uns geliebt", sagte sie. „Eine Frau, die liebt, können Sie doch nicht nach Vernunftgründen fragen."

Sie ging weiter. Liebig folgte ihr mit Abstand. Der Weg hob sich, dort stand die Bank, wo sie die ersten Worte miteinander gewechselt hatten. Susanne setzte sich, sie wies auf den freien Platz. „Ich möchte Ihnen etwas sagen, Herr Liebig."

Langsam ließ er sich neben ihr nieder, sah sie an, und sie erzählte, wie sie durch des Vaters Tagebuch auf alte Geschehnisse gestoßen war und sich Schuldgefühl in ihr breitmachte. Sie berichtete von ihrem Gang zu Hubert Wendtland, von seinem Schreck und dem Besuch von Kannenberg. Sie sprach den

Verdacht aus, dass ein Geheimnis um den Tod ihres Vaters bestünde und dass sie nicht wüsste, wie sie sich verhalten sollte.

Liebig hörte still zu. Er schaute über den See hinweg, hinter dem die Häuser von Rabisdorf wie vor Jahrhunderten lagen. Er wusste, dass es auf dem Land Traditionen gab, die mehr bedeuteten als die Frage nach Eigentum und Veränderung. Es hatte den schwersten Kampf gegen sich selber bedeutet, das aufzugeben, dem jahrhundertealten Herkommen zu entsagen.

Wenn man Verantwortung für ein Erbe trägt, begreift man nicht so schnell, dass nun auf einmal alles anders werden soll. Dass trotzdem auf dem Lande der Weg des Fortschritts und der modernen Produktionsweise beschritten und gemeistert wurde, erschien Liebig auf einmal ungeheuerlich. Die meisten Menschen in der Stadt hatten davon überhaupt nichts mitbekommen, hatten als selbstverständlich angesehen, was doch in Wahrheit erstaunlich war.

„Unser Weg war richtig", sagte Liebig, „das wissen wir beide genau. Wir sollten uns aber wirklich nicht scheuen, einzugestehen, dass sich auch Tragödien abgespielt haben, dass am Rande dieses Weges Gräber liegen. Wir waren keine erfahrenen Sozialisten, viele unserer Erkenntnisse haben wir unter Irrtümern und Verlusten gewonnen."

„Sie beziehen sich ein?" fragte sie.

„Ich war einer von denen, die zu den Bauern gingen und gesagt haben: Wenn du nicht unterschreibst, dann bist du gegen den Frieden."

„Was würden Sie sagen, wenn plötzlich jemand auftauchte, der Ihren Spuren von damals nachgeht und Tatsachen freilegt, die Sie am liebsten ganz vergessen würden?"

„Vor ein paar Jahren hätte ich ihm allerhand Schwierigkeiten bereitet", sagte Liebig. „Heute würde ich versuchen, mit ihm zu reden und zwar ganz offen, und da, wo ich Fehler gemacht habe oder Menschen falsch angefasst wurden, würde ich meine Betroffenheit ehrlich zugeben und zwar auch in meinem eigenen Interesse."

„Danke", sagte sie. „Soll ich Ihnen zuliebe meine Nachforschungen einstellen? Ich würde es tun."

„Tun Sie es nicht. Man darf nicht verdrängen, man muss annehmen, sonst kann sich nichts ehrlich weiterentwickeln. Wer sich zum Ziel bekennt, hat sich auch zu seinem Weg dorthin zu bekennen, und wenn der noch so viel Irrgänge, Fehler und Unrecht aufwies."

„Solche Erkenntnis hätte ich mir für damals gewünscht", seufzte sie. „Mir erscheint das Ende meines Vaters deshalb so schmerzlich, weil er den Untergang ganz bewusst erlebt hat und für seine Probleme keine Lösung sah. Ein Mensch, der sein Leben lang gewohnt war, unter den Honoratioren zu wirken, kann plötzliche Bedeutungslosigkeit nicht ertragen. Er denkt weiter in der Rolle des Verantwortlichen, der Entscheidungen mitzutragen hat. Er nimmt gedanklich an der Leitung teil, wägt ab, zieht Schlüsse. Sie führen aber zu keinem Erfolg, weil ihn niemand anhört. Verschafft er sich Gehör, gilt er als Querulant, als Außenseiter, der sich Urteile anmaßt, die ihm nicht zukommen. Was dann bleibt, ist die Flucht nach innen, und die führt zwangsläufig zu Verhärtung und Vereinsamung."

„Sie sind eine kluge Frau", sagte Liebig.

Susanne fuhr fort: „Wenn das jemandem aus Gründen eines Prinzips widerfährt - nicht aus eigenem Versagen oder wegen sonstiger Schuld - wiegt es doppelt schwer."

„Ich kenne das", sagte er. „Es hat nach dem Kriege Leute gegeben, die ihrer Herkunft wegen in der bisherigen Funktion abgelöst wurden. Sie drängten in irgendeine neue Verantwortung, und wäre es die allergeringste gewesen, sie konnten es einfach nicht ertragen, untätig bleiben zu müssen und nicht gebraucht zu werden. In einigen Fällen haben sich solche Menschen abermals Schritt für Schritt hochgearbeitet und dabei der neuen Gesellschaft nützliche Dienste erwiesen. Das treffendste Beispiel dafür ist ein adliger Oberregierungsrat, der als Pförtner beim demokratischen Rundfunk begann und schließlich der verantwortliche Finanzmann eines Senders wurde."

Eine Rotte Feldsperlinge fiel vor ihnen ein, die Vögel stritten und zausten sich lebhaft, hatten anscheinend gar nicht bemerkt, dass hier Menschen saßen und ihren Kampfspielen stumm zuschauten. Es flatterte und purzelte umeinander, lauthals, gesträubte Erregung. Das ging minutenlang, dann huschte die ganze Gesellschaft ebenso rasch davon, wie sie angekommen war.

Susanne und Liebig, in ihrem Gespräch unterbrochen, saßen eine ganze Weile schweigend. Plötzlich fragte er: „Wie hat Sie eigentlich Ihr Mann genannt?"

Überrascht blickte sie ihn an. „Warum wollen Sie das wissen?"

„Entschuldigen Sie meine Neugier. Aus Kosenamen und Bezeichnungen, die Menschen untereinander gebrauchen, lässt sich viel über sie und die Art ihres Zusammenlebens erkennen."

„Er nannte mich Gnostika."

„Gnostika? Das klingt irgendwie biblisch."

„Ja, die Gnostiker, das war eine religiös-philosophische Strömung im frühen Christentum."

„Und was haben Sie damit zu tun?"

„Er wollte mir einen Namen geben, den bestimmt keine andere trägt, Gnostika ist abgeleitet vom griechischen gnosis, das heißt so viel wie Erkenntnis. Er begründete das damit, dass ich für ihn die Erkenntnis des Weiblichen überhaupt war."

„Das ist ja merkwürdig."

„Wieso? Sie gehören doch der gleichen Generation an wie er. Von den Jungen, die aus dem Krieg kamen, hatten viele zuvor noch nie etwas mit einem Mädchen gehabt, sie waren nur marschiert, und ihre ganze Erotik hatte, wie mir mein Mann erzählte, nur im Weitergeben von eindeutigen Witzen und Versen bestanden."

„Das kann ich nur bestätigen", sagte Liebig. „Wir waren getrennt von den Mädchen erzogen worden und zum Teil unglaublich naiv."

„Sehen Sie? Und nun kam ich, kam unsere Liebe. Das war halt für uns beide Erkenntnis über Erkenntnis. Da gab er mir diesen Namen. Und nun wollen wir weitergehen."

Jetzt gingen sie nebeneinander.

„Gnostika", sagte er kopfschüttelnd.

„Bitte gebrauchen Sie diesen Namen nie", bat sie. „Das ist etwas, was nur mir und meinem Mann gehörte. Ich hätte Ihnen das nie gesagt, wenn Sie mich nicht so plötzlich und überraschend gefragt hätten."

„Die Gedanken sind frei."

Und nun sprachen sie nicht mehr miteinander. Ihr Spaziergang hatte mehr erbracht, als sie ahnen konnten. Susanne hatte sich freigeredet, ihre Bedenken, Ängste und Schuldgefühle jemandem anvertraut, der wirklich zuhörte. Sie wusste jetzt, dass es richtig war, ihre Vergangenheit und die ihres Vaters noch einmal aufleben zu lassen.

Auf einmal standen sie an jenem Hang, den ihr Liebig zeigen wollte, und der ihr so vertraut war. Goldgelb leuchteten die Adonisröschen. Ihre Blütezeit war fast vorbei. In jedem Frühjahr wanderten die Schulklassen hier heraus, die Kinder hörten immer wieder aufs Neue, dass hier der Kalkfelsen dicht unter der Oberfläche lag und Adonis vernalis kalkliebend ist und zu den voll geschützten Pflanzen zählt. Susanne sah Lehrer Wiedemann vor sich, der schon gar nicht mehr merkte, dass er immer den gleichen Vortrag vor den Kindern hielt. Ein bisschen stolz machte es schon, dass der blühende Hang zur eigenen Feldmark gehörte, und trieb man auch sonst gern allerlei Unfug, kein Kind würde diese Blumen pflücken.

„Da braucht man keine Worte", sagte Frank Liebig.

„Adonis vernalis Linné", antwortete Susanne.

„Da staune ich aber."

„Ja, gelernt ist gelernt."

Sie schlenderten auf einem anderen Weg wieder dem Dorf zu. Gnostika, dachte Liebig. Ich werde ihr gegenüber nie ganz unbefangen sein können.

Ein flachlandsträger Bach querte den Weg. Sie lehnten sich über das Brückengeländer. Es war eine tintenschwarze, übelriechende Brühe, die sich aus dem Dorf davon wälzte.

„Großer Gott", sagte Susanne. „Als Kinder haben wir hier gebadet."

„Und jetzt schwimmt da das schlechte Gewissen von Rabisdorf", entgegnete er.

Sie drängte zum Weitergehen. Das schlechte Gewissen, wie wahr. Seinerzeit hatte jeder Bauer jeden Abfall auf den Mist geschüttet und als Dünger für die eigenen Felder genutzt. Heute entließ man alles mit freundlichem Gruß in die Nordsee. Es stimmte schon mit dem schlechten Gewissen, und auch andere Leute wurden davon geplagt, wurden an gewisse Sünden gemahnt, die sie weit entfernt glaubten, die aber jederzeit durch wenige Worte ans Licht gezerrt werden konnten.

„Um auf Ihre Frage von vorhin zurückzukommen, wie Sie sich jetzt verhalten sollen", sagte Liebig. „Ich empfehle abzuwarten. Wenn sich hinter der Aufregung einiger Leute wirklich Schwerwiegendes verbirgt, werden Sie das bald merken. Und was sich auch tun sollte, ich helfe Ihnen."

„Das ist sehr freundlich, aber ich kann so schwer untätig bleiben. Bloß sitzen und abwarten? Ich will doch die Wahrheit wissen."

„Ich bin wie Sie für die Wahrheit, Sozialisten sollten es immer mit der Wahrheit halten, auch dann, wenn sie schmerzlich ist. Aus einer einzigen ungeschickten Lüge spinnt sich rasch ein ganzes Netz zusammen, und dann hängt man drin, schlägt um sich, und wenn man noch einigermaßen glimpflich davonkommt, hat man sich lächerlich gemacht und wirkt unglaubhaft. Streiten wir also miteinander für die Wahrheit."

Das waren natürlich große Worte, passend zu einem Mann, der hinter dem Rednerpult zu Hause war. Liebig meinte es durchaus ehrlich. Aber wie viele Leute hatten es ehrlich gemeint, sie waren durch die neue Zeit herausgehoben und hinter das Rednerpult gestellt worden. Da wollten sie sich beweisen, ganz aufrichtig und bereit, alles zu geben. Aber man kann nur das geben, was man hat. Wo nichts ist, schöpft auch der beste Wille im Nichts, und so wird nur all zu leicht aus gutem Willen Lächerlichkeit. Und wo ehrliche Absicht auf Lachen oder auch nur auf das leiseste Anzweifeln stößt, wird sie bockig, unter Umständen sogar gefährlich.

So war nach dem Kriege manch unbedeutender Mensch in maßgebliche Funktion gekommen - vielleicht nur, weil sich kein anderer bereitfand, diese Funktion zu übernehmen. Wie bequem ist es doch, einem frisch Gewählten freundschaftlich auf die Schulter zu klopfen: Nun mach mal, mein Guter!

Ja, er macht, er überschlägt sich, er holt alles aus sich heraus, er will ja beweisen, dass es keinen Unwürdigen getroffen hat, dass er sich nicht drückt, wo es um das Neue geht, den Fortschritt, das

Große, das so schwer zu machen ist. Er setzt sich voll dafür ein. Ihn jetzt anzuzweifeln, ihn gar auszulachen, ist der Gipfel der Gemeinheit, ist nackte Reaktion, und die duldet er nicht, er wird das Messer ziehen, um dem Guten, Gerechten zum Sieg zu verhelfen.

Auch Liebig hatte so angefangen. Er war nicht stehengeblieben dabei, er hatte sich weitergebildet, war gewachsen und heute ein durchaus ernstzunehmender Gesprächspartner; aber wenn er redete - noch dazu ohne Konzept - kam dann und wann die Dürftigkeit von damals durch, wo man sich wirkungsvolle Begriffe aus der Zeitung, aus Referaten zu eigen gemacht hatte, damit jonglierte und Beifall gewann.

Streiten wir miteinander für die Wahrheit!

Wenigstens hatte er streiten gesagt und nicht kämpfen, wie es sonst üblich ist. Das große Wort Kampf ist allmählich klein und alltäglich gemacht worden. Für alles wird gekämpft, für den Frieden, für steigende Erträge, für eine sinnvoll gestaltete Freizeit, für saubere Straßen und höhere Lebensqualität. Wenn man sich einige dieser Kämpfer näher ansieht, so sind sie Zeit ihres Lebens nicht hinter dem Schreibtisch vorgekommen, sie haben lediglich, ihren nüchternen, selbstverständlichen Alltag mit dem hehren Begriff *kämpfen* gekrönt und ihn damit für sich und andere deutlich aufgewertet.

Susanne beschäftigte sich mit Liebigs großem Satz. Ihr fiel ein, dass Leonhard seine Schüler des Öfteren verwirrt hatte, wenn er ihnen gedankenlos übernommene Floskeln und Allgemeinplätze rot anstrich. Das hatten sie doch so und so oft in der Zeitung gelesen, in Radio und Fernsehen gehört. Nun sagte ihnen ihr Lehrer, dass auch Zeitungsleute und Referenten leicht bequemer Gedankenlosigkeit unterliegen, ja, er gebrauchte sogar den Ausdruck „Rotwelsch der Presse". Deshalb wurde er vor seinen Direktor zitiert und ermahnt, nicht vom Pfad der lehrplanmäßigen Geradlinigkeit abzuweichen, das würde den jungen Leuten nicht helfen, eindeutig Stellung zu beziehen.

Leonhard hatte das freundlich hingenommen. Vorgesetzten widerspricht man nicht, man trägt seine Rüge heim, berichtet dort und verkündet als Schlussfolgerung: Die Schüler sollen denken lernen, nicht kopieren.

Das *Haus am See* empfing sie in gewohnter Vormittagsregsamkeit. Aus der Küche tönte das Klappern von Topfdeckeln und Geschirr, draußen hielt der Lastwagen von der Brauerei, zwei Männer musizierten mit leeren Bierkästen und hohlen Tonnen. Auf der Terrasse saßen die Gäste, lasen oder sogen Sonnenlicht ein. Die neue Dame ließ sich von Richard bedienen. Er rückte ihr den Liegestuhl zurecht, stellte ihr ein Tischchen hin, dass sie bequem das Limonadenglas erreichen konnte. Er tat dies mit betonter Sorgfalt, in seinen Bewegungen lag eine spielerische Eleganz, die Susanne an ihm bisher noch nicht wahrgenommen hatte.

Mit einem Lächeln verabschiedete sie sich von ihrem Begleiter und ging ins Haus. Die Wirtin stand an der Treppe und grüßte mit gleichgültigem Gesicht - oder bildete sich Susanne das nur ein? Freilich, wenn sich einige Leute im Ort durch die hereingeschneite Frau in Schwarz gestört fühlten, musste man darauf wohl auch hier im Hause mit Reserviertheit antworten. Die Dorfleute blieben hier, sie waren Stammgäste, und man würde mit denen auch weiterhin zusammenleben.

Susanne kühlte sich das Gesicht. Auf einmal waren ihr all jene Dinge wieder gegenwärtig, mit denen sie sich beschäftigt hatte. Liebigs Rat, abzuwarten und die Geschehnisse an sich herankommen zu lassen, erschien ihr fast unannehmbar. Viel lieber wäre sie aktiv, würde versuchen, Menschen im Dorf zu finden, die bereit waren zu sprechen, die vielen Fragen zu beantworten, Vorgänge zu enthüllen, die ihr rätselhaft blieben. Das machte sie beklommen, und so fand sie dann auch während des Mittagessens nicht den lockeren Plauderton, den Frank Liebig mochte. Er schien ihre Zurückhaltung nicht zu spüren, sprach über Neuigkeiten aus der Zeitung, die zum Glück ganz weit weg lagen von Rabisdorf und seinen Fragen.

11

Zweifel

Die Wetterkarte hatte mit einem dicken Pfeil heiße Luft aus Nordafrika angekündigt. Die kam als Vorbote des Sommers im Laufe des frühen Nachmittags. Die Leute im Dorf dehnten die Lungen und sahen zum Himmel auf, der von feinen Wolkenbändern überzogen war. „Das fühlt sich nicht gut an", hieß es, und die Gemeindeschwester kam nicht vom Fahrrad herunter, weil etliche Alte nach Kreislaufmitteln verlangten und es sich in der aufkommenden Schwüle so schwer atmen ließ.

Richard hatte ein paar bunte Gartenschirme auf die Terrasse gestellt; aber da die plötzliche Hitze unbeeindruckt darunter kroch, gaben die Gäste der Kühle des Hauses den Vorzug. Solche Wärme war man noch nicht wieder gewöhnt, und um sich wie die Dorfkinder jauchzend ins Wasser zu stürzen, war man nicht mehr jung genug.

Susanne nahm also den erzwungenen Aufenthalt im Zimmer in Kauf, war aber dann doch erleichtert, als es nach einer halben Stunde klopfte und die alte Elisabeth eintrat.

„Das ist eine Demse draußen", sagte die Besucherin und wedelte sich Kühlung zu. Susanne schob ihr den Stuhl zurecht. Elisabeth setzte sich, atmete tief. Ihr Lächeln wirkte etwas verkrampft, als sollte es Unangenehmes überdecken.

„Wie geht es dir?" fragte Susanne.

Die Alte winkte ab. „Ärger", sagte sie, „viel Ärger. Mit meinem Bruder. Ich muss mit ihm umgehen wie mit einem störrischen

Kind. Jeden Tag Streit."

„Da wäre es wohl besser, ihr würdet nicht zusammenwohnen."

Schulterzucken. „Wenn niemand mehr da ist von der Verwandtschaft. Wer sollte ihn denn versorgen? Außerdem ist es das Haus unserer Eltern, und ich möchte auf meine alten Tage auch nicht ganz allein sein."

„Das kann ich dir nachfühlen!" Susanne legte der Besucherin die Hand auf den Unterarm. „Dauernder Streit ist aber auch nicht schön. Worüber streitet ihr denn?"

„Über vieles. Wir sind eben grundverschieden, weißt du? Er kümmert sich um Politik, ich nicht. Ich bin für die Kirche, er nicht. Da ist er richtig bockig. 'Ich hab eben meinen lieben Gott', sag ich zu ihm. 'Willst du mir den wegnehmen? Einen muss man doch haben, wenn ein so recht schöner Tag war, zu dem man hingehen kann und sagen: Dank! Vielen, vielen Dank dafür! - Damit kann ich doch nicht zum Parteisekretär gehen, der würde antworten: Die Partei macht zwar vieles; aber fürs Sonnenwetter brauchst du dich bei uns nicht zu bedanken'. Stimmt das nicht?"

Susanne musste lachen.

„Ich kriege ihn aber auch zu fassen", fuhr Elisabeth fort. „Er leidet darunter, dass nicht immer alles so läuft, wie er es sich ausgemalt hat. Und wenn ich dann sage: Da ist wieder mal dies und das nicht in den Laden gekommen, und Nachbar Klaus rennt vergeblich nach zwei Sack Zement 'rum, dann fährt Brüderlein aus der Haut und beschimpft mich."

Sie ist heute auffallend gesprächig, dachte Susanne, und sie ist doch auch nicht hergekommen, um mir ihren häuslichen Kram aufzutischen. „Wolltest du etwas Bestimmtes von mir?" fragte sie.

Die Alte wiegte den Kopf. „Nimm mir das nicht für übel", meinte sie mit zaghaftem Lächeln, „aber ich wollte dich fragen, ob du mir nicht das Tagebuch zurückgeben möchtest. Mein Bruder macht einen Bärenspuk, weißt du."

„Hab ich mir's doch gedacht!" Susanne stand auf, trat ans Fenster und sah hinaus. „Und warum verlangt er das?" fragte sie, ohne sich umzuwenden.

Elisabeth hob beschwörend die Hände. „Wendtland und Kannenberg sind bei uns gewesen, es ist ziemlich laut zugegangen.

Ich kann dir sagen, von draußen hörte sich das an wie ein Bienenschwarm bei Gewitter. Nun hackt mein Bruder auf mir herum, ich wäre schuld, wenn uralte Sachen im Dorf aufgerührt würden. Und von dir haben sie ganz schlecht gesprochen."

Susanne setzte sich wieder, sie überlegte, sah der Frau gerade ins Gesicht. „Es muss doch etwas geben, was diesen Leuten Kopfschmerzen bereitet. Etwas, das noch nicht bekannt wurde. Hat hier jemand Schwierigkeiten zu erwarten, wenn es aufgedeckt wird?"

„Ich weiß es nicht."

„Das hat mit dem Tod meines Vaters zu tun, nicht wahr? - Elisabeth, ich kann mir nicht vorstellen, dass dein Bruder dir gegenüber keine Andeutungen gemacht hat."

„Über dienstliche Sachen hat er zu Hause nie geredet."

„Außerdem warst du bis zuletzt bei uns im Hof. Du musst doch etwas wissen."

„Bis zuletzt nicht", verteidigte sie sich. „Da stand doch rund um die Uhr der Lautsprecherwagen draußen vor den Fenstern und versuchte, den Bauern mürbe zu brüllen. Zwei Tage lang haben wir das ausgehalten, dann sind wir weggelaufen, auch deine Schwester und ihr Mann. Mehr weiß ich wirklich nicht, und mein Bruder sagt auch nichts. Der schimpft bloß über mich, dass ich dir das Buch gegeben habe."

„Aber ich kann dir nicht helfen", sagte Susanne mit Bestimmtheit, „und ich will auch nicht. Dieses Buch ist das Wichtigste, was ich von meinem Vater bekommen habe. Erkläre das deinem Bruder. Sage ihm, was da drinsteht, sind private Dinge, die sich mein Vater von der Seele geschrieben hat. Die gehen keinen was an. Und wenn er vermutet, da würde was drinstehen, was einigen Leuten gefährlich werden könnte, dann soll er kommen und mir die Karten auf den Tisch packen. Elisabeth, ich will doch um Himmels Willen hier nichts aufrühren oder irgendwen in Schwulitäten bringen, wie dieser Kannenberg behauptet."

„Bitte", sagte die Alte zaghaft.

Susanne griff ihre Hände. „Glaub mir doch", fuhr sie sanft fort. „Es geht mir nicht darum, aus alten Geschichten irgendwas zu machen; aber ich will jetzt wissen, welchen Grund diese Leute haben, sich so zu erregen. Sage deinem Bruder, ich schließe das Buch ganz fest weg, sobald man mir die Wahrheit gesagt hat."

Die Alte blickte traurig, natürlich tat sie Susanne leid.

Elisabeth hatte ihr mit den Sachen eine Freude machen wollen, ohne zu wissen, was sie da hergab. Jetzt hatte sie als Dank diesen Ärger. Und wenn ich mich drein schicke? - überlegte Susanne, wenn ich ihr das Buch gebe und keine weiteren Fragen stelle, was würde es schaden? Die Geschehnisse von damals liegen so weit zurück, und sicherlich tut vielen schon leid, was sie einst veranlasst haben, und sie würden dies und jenes heute ganz anders anfassen.

Vater ist lange tot. Ja, es war qualvoll für ihn, alle Grundsätze, alle Zukunftsträume aufgeben zu müssen, zur Ohnmacht verdammt zu sein ohne eigene Schuld - einfach, weil die Zeitumstände es erforderten. Aber das ist vorbei. Auch wenn Schuldige von einst kämen, zu bekennen und Abbitte zu leisten, wem würde das noch nützen?

Der Wahrheit würde es nützen, und Wahrheit macht frei. Und ich könnte ja auch gar nicht mehr aufgeben, denn nicht nur meine Neugier ist geweckt, auch mein Stolz behauptet sich, meine Mündigkeit. Ich vertrete hier die alte Bauernfamilie, die mit dem Makel des Kulakentums belegt wurde, zu Klassenfeinden erklärt, entehrt durch ein paar Übereifrige und dann schließlich enteignet, ausgestrichen aus dem Buch des Ortes Rabisdorf.

Wir, die Kinder, haben längst bewiesen, dass wir die Zeichen der Zeit verstanden haben. Wir sind auf die Plätze getreten, auf denen man uns brauchte. Und wenn auf den Fragebögen unter der Spalte *Herkunft* das Wort *Großbauernfamilie* steht, darf das für Menschen, die sich in unserer Gesellschaft beweisen, auch nicht die kleinste Spur von etwas Negativem bedeuten.

Was mich schon immer aufgeregt hat, war dieses verwünschte Schubkastendenken. Die Großbauern sind halt Schufte, hatten Schufte zu sein. Las man in einem Buch den Satz: „Großbauer Kunze geht über den Acker", so brauchte man dazu weiter keine Charakterisierung. Der Mensch musste eine negative Type sein. Als Kleinbauer oder Neubauer hätte er brav im Kasten *fortschrittlich* gesteckt, auch wenn es ein Schlawiner war, der seine Ernteerträge listig verschob.

Nein, das will ich korrigiert haben, und zwar sollen mir diejenigen, die damals willkürlich die Schubkästen füllten, heute eingestehen, dass das falsch war. - Susanne ballte die Fäuste und knirschte mit den Zähnen, da wurde ihr bewusst, dass sie nicht allein im Zimmer war. Sie wusste nicht, was sie jetzt noch sagen sollte.

Elisabeth beendete das gespannte Schweigen, indem sie sich langsam erhob und mit ausgebreiteten Händen sagte: „Schade! - Na, macht nichts. Ich werd's ihm schon beibringen, meinem Bruder." Sie schlurfte zur Tür.

„Sag ihm, dass ich nicht daran denke, irgendwem zu schaden", rief ihr Susanne nach. Sie stand eine Weile still im Zimmer, versuchte zu durchdenken, was Leonhard an ihrer Statt getan und gesprochen hätte. Vielleicht hätte er ihre Sorgen einfach weggelacht. Er lachte ja so gern, und er besaß die Gabe, komplizierte Situationen ganz kühl und unbeeindruckt zu betrachten. Einmal hatte ihn jemand beleidigt, Susanne erinnerte sich nicht mehr, womit das geschehen war, sie wusste nur noch, dass damals für einen Augenblick betretenes Schweigen geherrscht hatte und jeder auf einen Ausbruch wartete. Leonhard aber hatte laut aufgelacht und war einfach weggegangen, hatte damit die Situation eindeutig zu seinen Gunsten entschieden.

Sie setzte sich auf den Bettrand. Auf dem Nachttisch lag im fremden Schutzumschlag das Buch des Vaters. Sie durchblätterte es, gelangte zu einer Seite, die ihr bisher entgangen war:

„Julius Wellmann ist mit der ganzen Familie in den Westen gegangen", las sie. „Am Montag früh war der Hof leer. Sie müssen in der Nacht noch das Vieh fortgeschafft haben. Es heißt, ein großes Auto wäre gesehen worden, wie es rückwärts durch den Torbogen fuhr. Sogar die wertvollsten Möbel sind verschwunden. Julius hat auch nicht unterschreiben wollen. Nun, die über die Grenze flüchten, machen ihnen das Aufteilen und Zusammenschmeißen leicht."

Julius Wellmann. Susanne hatte die Familie gut gekannt. Der Mann war klein und drahtig, steckte voller Aktivität, sprach auf jeder Versammlung. Nach Kriegsende hatte er einen Umsiedler mit Frau und zwei Kindern bei sich aufgenommen, der dann Acker aus der Bodenreform bekam und in Wellmanns Garage sein Vieh hielt, jedenfalls so lange, bis er bauen konnte.

„Sie sind wieder bei mir gewesen. Ich könnte bei entsprechender Einstellung in der Genossenschaft sogar Brigadier werden, hat es geheißen. Ich müsste erkennen, dass die Zeit der Einzelwirtschaften vorbei wäre, Erkenntnisse zwängen zum Verändern. Der Staat fordere jetzt den Zusammenschluss. Ich habe geantwortet: Tut nicht immer so, als wäre der Staat ein höheres Wesen. Der Staat sind wir, wir alle, hab ich geantwortet, und ich fordere etwas ganz anderes. Da sind sie gegangen. Ich soll die Sache noch einmal gut überschlafen, haben sie gesagt."

Warum ist er nur nicht eingetreten? fragte sich Susanne. Er musste doch spüren, dass seine Position unhaltbar geworden war. In der Genossenschaft rollten zu dieser Zeit schon die ersten Mähdrescher durchs Getreide, und bei ihm wurde immer noch mit dem Pferdebinder gemäht, von Hand aufgemandelt, eingefahren und mit der alten Maschine gedroschen. Vater war doch ein heller Kopf, er verfolgte die Entwicklung auf der ganzen Welt, und die ging immer mehr zur Technik hin, bei uns in den Genossenschaften und anderswo auf den Feldern der Großen, die immer mehr Kleine fraßen. Die teuren Maschinen verlangen nun mal entsprechende Flächen, also den Zusammenschluss, und dass ein einzelner Bauer da hätte Schritt halten können, war doch illusorisch. Das hat Vater gewusst.

„Wie würde ich vor den Toten meiner Familie dastehen, wenn der Acker, den sie jahrhundertelang bearbeitet, mit ihrem Schweiß gedüngt haben, in den allgemeinen großen Topf käme?"

Die Toten. Susanne kannte dieses Wort und auch die Bedeutung, die der Vater ihm zugemessen hatte. In seinen letzten Jahren hatten die Toten ihn geradezu magisch angezogen. Bei einem Besuch hatte sie gesehen, dass er Listen mit allen Daten seiner Vorfahren aufstellte, ihren erreichten Lebensjahren und - soweit die Kirchenbücher das hergaben - den Ursachen ihres Todes. Dass alternde Menschen oft nur noch nach rückwärts gewandt leben, ist verzeihlich, zumal wenn ihnen die Zukunft Angst macht. Aber die Lebenden sollten sich nicht von den

Gedanken über die Toten beherrschen lassen und damit zu falschen Entscheidungen finden.

Was er da vom Acker geschrieben hatte, stimmte auch nicht. In der Schule hatten sie gelernt, dass um 1850 hier in der sogenannten Separation der gesamte noch vom Mittelalter her zersplitterte Ackerbesitz der Gemeinde aufgenommen, eingeschätzt und anteilig in größeren Stücken neu verteilt worden war. Also beackerte der Vater ganz andere Feldstücke als noch sein Urgroßvater. Auf dem alten Boden von 1700 war nur der Hof geblieben, und den hatte ihm ja niemand nehmen wollen.

Lehrer Wiedemann hatte den Kindern viel über dieses für das Dorf so einschneidende Ereignis erzählt und immer wieder hervorgehoben, dass die Separation notwendig gewesen war und die Leistungsfähigkeit der damaligen Landwirtschaft erheblich gesteigert hat. Die Beharrlichkeit, ja Sturheit der Bauern hatte dieser Reform hinderlich im Wege gestanden. Die längst fällige Flurbereinigung war auf Widerstand und Feindschaft gestoßen, man hatte sie als Gefahr für den Grundbesitz und die Sicherheit des Nahrungserwerbs, schließlich sogar als gottlos hingestellt. Darum wurde sie auch nach Kräften hintertrieben, Pläne verschwanden, Vermessungspflöcke wurden aus dem Acker gerissen, die eingesetzten Kommissäre verprügelt - und welcher Segen war am Ende von dieser Neuerung ausgegangen.

Vater, Vater, dachte Susanne, du hast so viel über die Familie geforscht und zusammengetragen; ist dir nie durch den Kopf gegangen, dass dein eigener Großvater zu seiner Zeit vor ähnlichen Gewissensentscheidungen gestanden haben muss wie du zu der deinen? Vielleicht hat er sich genauso gefragt: Wie stehe ich vor den Toten da? - Er hat sich durchringen müssen und einsehen gelernt, dass die Welt nicht stillsteht, dass der eigene Acker nichts Ehernes ist, nichts Heiliges, sondern ein kostbares Mittel, Brot zu gewinnen, die Menschen zu ernähren. Und wenn man neue Wege entdeckt, dieses Nahrungsangebot zu erhöhen, hat man die Pflicht, sie auch zu nutzen.

Sie klappte das Buch zu. Hätte ich doch damals so viel gewusst wie heute, dachte sie. Ich hätte mit ihm reden können. Erwin wäre dazu vielleicht in der Lage gewesen, er war zwar nicht mehr im

Hof, hat damals studiert; aber er hat doch von den Dingen gewusst und Vaters Situation einschätzen können. Aber wahrscheinlich hätte uns der Bauer gar nicht angehört.

Es klopfte erneut. Hastig legte Susanne das Buch fort. Auf ihren Ruf hin trat ein Mann ein, blieb mit breitem Lachen an der Tür stehen. „Tag, Susi!" kollerte er. Sie erhob sich verwundert, starrte den Besucher an, seine lässige Kleidung, überlegte vergeblich. Das runde, rote Gesicht, das schüttere graue Haar, die derben Arme, nein, sie wusste nicht, wen sie da vor sich hatte. Der Mensch war ihr fremd.

„Ich weiß nicht", antwortete sie ratlos. „Kennen wir uns?"

„Na hör mal", posaunte er. „Im gleichen Schulzimmer haben wir gesessen, denselben Heimweg haben wir gehabt. Na? - Na? - Immer noch nichts? Ja, Mädchen, kannst du dich nicht mehr an Rudi Dammring erinnern?"

„Der Rudi? Ja, sicher. Aber dich hätte ich nie wiedererkannt."

Sie trat auf ihn zu, gab ihm die Hand. Erst bei genauerem Hinsehen dämmerten ihr Ähnlichkeiten mit einem rundgesichtigen, kurzbeinigen Burschen, der einen Igelschnitt trug, ständig aufgeschlagene Knie hatte und immer in den schwarzen Cordhosen vom Jungvolk lief, das Koppelschloss halb durchgewetzt vom vielen Putzen und vom Kriechen über den Kies.

„Das freut mich aber", sagte sie verwirrt. „Setz dich doch, Rudi."

Der Mann redete flott drauflos, er kramte Erinnerungen an angeblich gemeinsam verübte Streiche hervor, sprach über Lehrer und Mitschüler und zählte Schulgeschichten her, die Susanne längst entfallen waren.

„Du wohnst noch hier?" fragte sie.

„Aber ja doch, in unserm Hof, den musst du doch noch kennen. Ich hab die Luise Bittkau geheiratet, die kleine Blonde mit den Grübchen, die mal ihren kleinen Bruder in die Schule mitgebracht hatte, als die Mutter krank war, und dann hat der die ganze Zeit über geblökt, und Lehrer Wiedemann war ganz aufgeregt und hat sie schließlich heimgeschickt. Weißt du das nicht mehr?"

Susanne hob entschuldigend die Hände, sie konnte sich nicht entsinnen; aber sie lachte mit. Erst jetzt schien der Mann ihre Kleidung zu sehen.

„Entschuldige", sagte er und machte auf einmal ein ganz ernstes Gesicht. „Du trägst Trauer. Du hast den Mann verloren, heißt es, und ich erzähle dir hier Anekdoten. Das darfst du mir nicht übelnehmen, hörst du?"

„Aber woher denn!"

„Ich hab das ganz übersehen in der ersten Freude. Ach, Susi, wir haben ewig nichts mehr voneinander gehört. Warst du nicht beim Theater?"

„Ja, in der Dramaturgie, im Büro also; aber das ist auch schon lange her."

„Du bist mir nicht böse?"

„Unsinn!" wehrte sie ab.

„Das würde mir ehrlich leidtun, weißt du? Ich hab nämlich was auf dem Herzen. Sag mal, ist da was dran? Es heißt, du hast ein Tagebuch von deinem Vater?"

„Heißt es das?" fragte sie, und auf einmal hörte sie nicht mehr, was der Mann noch sagte. Der nächste ist gekommen, fuhr es ihr durch den Kopf, sie haben den nächsten vorgeschickt, mich mürbe zu machen. Und der hier versucht es andersherum, mit Lachen und Erinnerung an alte gemeinsame Kumpaneien, die wahrscheinlich niemals stattgefunden haben. Aber das entwaffnet, diese Tour ist durchschlagend, so als ob einem jemand feixend den Fuß in die Tür schiebt, einem burschikos auf die Schulter haut und lospoltert: Jungejunge, wir zwei beide, was? -

Ich müsste eigentlich aufstehen und ihn hinausweisen, ganz entschieden; aber in meiner Schulzeit gab es doch wirklich einen Rudi Dammring, und ich habe auch keine schlechten Erinnerungen an den. So einen wirft man doch nicht beim ersten Besuch nach zig Jahren vor die Tür. Vielleicht ist er wirklich so naiv, und sie nutzen das aus, schicken ihn vor, um es bei mir von der anderen Seite aus zu versuchen, von der freundlich-frechen her, bei der man nicht weiß, wie man das von sich abschütteln soll, ohne dabei gleich unhöflich zu werden.

„Man müsste es denen doch wirklich mal zeigen."

Das war der erste Satz, den Susanne wieder bewusst von ihrem Gast aufnahm, und der verwirrte sie noch mehr.

„Wem sollte man was zeigen?" fragte sie.

„Na, Wendtland und Kannenberg und Seifert und die."

Was sollte denn das nun wieder?

„Wieso? Ich verstehe nicht", meinte sie und schaute ihn verständnislos an.

„Hast du mir denn nicht zugehört? Ich habe gefragt, ob in diesem Tagebuch nichts steht, womit man denen an den Wagen fahren kann. Die waren sich doch damals alle so furchtbar sicher. Denen konnte überhaupt keiner. Aber die Zeiten haben sich geändert, Susi. In Rothendorf, da ist man nach so langer Zeit einem auf die Sprünge gekommen, der hat Schmiergelder kassiert und sich aus beschlagnahmten Häusern die besten Stücke rausgeholt, ganz privat."

„Na, und?"

„Susi, begreif doch! Was hast du damals von den Sachen deiner Eltern gekriegt? Hä? - Also! Wohin sind sie denn verschwunden? Als deine Schwester abgehauen ist, bist du geblieben. Wart ihr anderen denn nicht erbberechtigt? Hä? - Hast du jemals ein Protokoll über die Enteignung zu sehen gekriegt? Keine Spur! - Da hat sich mancher ungestört 'ne goldne Nase gemacht. Jetzt taucht so ein Tagebuch auf. Wär doch interessant, mal nachzuforschen, ob da nicht Sachen drinstehen, die heutzutage den und jenen das Fürchten lehren und ihn zum Reden bringen."

Susanne hatte längst verstanden: Der da kommt gar nicht von Wendtland oder Kannenberg. Der kommt aus einer ganz anderen Richtung. Der bietet mir an, Leuten aus dem Dorf ein Bein zu stellen, Leuten, gegen die er was hat - aus welchen Gründen auch immer. Aber wenn ich mich darauf einließe, hätte Kannenberg ja recht gehabt, als er mich in der Küche als scheinheilig hinstellte und mir Rachegelüste unterschob.

„Du irrst dich, Rudi", sagte sie. „Im Tagebuch meines Vaters stehen rein persönliche Dinge. Nichts anderes. Ja, er hat sich über vieles ausgelassen, auch über manches, das ihn gequält hat. Aber Anklagen gegen bestimmte Leute hat er nicht erhoben, ich habe überhaupt keine Namen darin gefunden."

Dammring ließ die Hände flattern. „Wenn auch, Susi", kollerte er, „mitunter muss man zwischen den Zeilen lesen. Du warst damals nicht mehr hier, verstehst manches vielleicht gar nicht. Leih uns das Buch mal aus, für 'n paar Stunden."

Er ließ suchend den Blick umgehen.

„Wer ist 'uns'?"

„Was? Ach so!" Der Besucher lachte wieder. „Ich meinte Luise und mich."

Susanne schüttelte den Kopf. „Wo denkst du hin! Auch ihr habt Schriftstücke im Haus, die ihr nicht allen Leuten zu lesen gebt. Wenn du jemandem was auswischen willst, musst du dir schon was anderes einfallen lassen."

Der Mann ließ nicht locker. Damals hätte sich manch einer hochgespielt, sagte er, Großschnauzen, die sich Sachen erlauben durften, die mitunter gesetzlich gar nicht statthaft gewesen wären. Heute noch säßen solche da, geehrt und selbstsicher, hätten nie geglaubt, dass ihnen eines Tages mal die Gegenrechnung präsentiert werden könnte.

„Ich kann dir nicht helfen", sagte Susanne. „Ich will dir auch nicht helfen."

„Aber, aber!" Der Mann lachte erneut. Susanne kam es vor, als betrachtete er die für sie so bittere Angelegenheit wie einen Jux. Man wischt halt jemandem eins aus, stellt ihm ein Bein und sagt womöglich noch: Hoppla! Hast du dir weh getan? - Dammring versuchte sie wortreich zu überzeugen, er zählte ihr vor, was dabei für sie herausspringen würde. Sie wäre doch wohl auch nicht mit Glücksgütern überhäuft, niemand hätte etwas zu verschenken, und schließlich stünde ihr davon, was die Eltern in einem langen Leben erarbeiten konnten, ja wohl noch einiges zu. Das alles würde sich ergeben, sobald die Sache erst einmal ins Rollen käme.

„Bist du eigentlich in der Genossenschaft?" fragte Susanne.

„Aber sicher!"

„Würdest du wieder allein wirtschaften wollen?"

„Wo denkst du hin! Wir stehen uns doch nicht schlecht. Darum geht es doch hier gar nicht. Es geht darum, ein paar Leuten, die es verdient haben, eins aufs Dach zu geben. Daran müsste dir doch auch gelegen sein."

„Nein!"

Erst jetzt schien der Mann zu begreifen, dass ihre Ablehnung ernst gemeint war. Er stoppte seinen Redefluss, starrte sie an, sah auf einmal wieder die Trauernde, die er mit seiner Burschikosität belästigte, und kam zur Erkenntnis, dass er die Sache ganz falsch angepackt hatte und dies im Augenblick auch nicht mehr zu reparieren ging.

„Entschuldige bitte", sagte er kleinlaut. „Ich wollte dich nicht kränken, ich meinte nur..."

„Ich hab dich schon verstanden."

Er erhob sich ruckartig. „Na dann - nichts für ungut, Susi, vielleicht ein andermal. Tschüs denn!"

Auf dem Weg zur Tür drehte er sich noch dreimal zu ihr um, nickte lächelnd, aber das blieb pure Verlegenheit. Als sich die Tür hinter ihm schloss, atmete Susanne auf. Ihr Blick fiel wieder auf das Buch, dem alle nachjagten.

Dieser Rudi Dammring hatte einen ganz neuen Gesichtspunkt hereingetragen. Von der geschäftlichen, der finanziellen Seite aus hatte Susanne die Angelegenheit überhaupt noch nicht durchdacht. Natürlich, damals waren Vermögenswerte bewegt worden, und es wäre einleuchtend, dass im Zuge der Enteignung unbefugte Finger zugegriffen hatten. Manches patriotisch leuchtende Feuer birgt nichts als Eigennutz.

Ich möchte zu gern mal bei Wendtlands oder Kannenbergs in die Wohnung schauen, dachte sie. Vielleicht würde ich Vaters geschnitzten Schrank wiedersehen, die schwere Standuhr oder das Ölbild mit der Heidelandschaft. Von dieser Seite aus gesehen, wäre mir die Unruhe der Leute verständlich. Aber darüber kann doch überhaupt nichts in Vaters Tagebuch stehen.

Sie zwängte das Buch in ihre Handtasche. Auf keinen Fall durfte es jetzt hier im Zimmer bleiben. Sie war nun fast überzeugt, dass man versuchen würde, es in die Hand zu bekommen. Susanne stand jetzt zwischen den Fronten, und das ist nie gut.

12

Gewitter im Mai

Sie nahm ihre Tasche zum Abendessen mit hinunter. Die anderen Gäste saßen schon auf den gewohnten Plätzen und nickten ihr einen Gruß zu. Auch die neu angekommene Dame tat das. Frank Liebig stand auf und rückte Susanne den Stuhl zurecht. „Haben Sie auch die Nachmittagshitze verschlafen?" fragte er.

„Nein, ich hatte Besuch."

„Oh, Dame oder Herr?"

„Beides nacheinander. Sie waren hinter etwas her, das ich jetzt sicherheitshalber hier in der Handtasche habe."

„Das Tagebuch."

„Sie sagen es."

Liesbeth brachte das Essen.

„Trinken wir eine Flasche Wein dazu?" fragte Liebig,

„Ist das nicht ein bisschen viel zum Abendbrot?"

„Wir müssen ja nicht gleich wieder auseinander laufen. Unser Wirt hat versprochen, für uns ein bisschen zu musizieren."

Susanne überlegte einen Augenblick, da entschied er für sie: „Also dann Wein. Vielleicht einen roten?"

„Herzlich gern."

Liesbeth nahm das wortlos zur Kenntnis und ging.

Frank Liebig schaute Susanne an, sie las Erwartung in seinem Blick, doch Susanne tat, als hätte sie das nicht verstanden.

Während des Essens redeten sie kaum, sie hoben die Weingläser gegeneinander und widmeten sich sonst ganz ihren Tellern. An den Fenstern gab es einige Aufregung; eins der Kinder hatte sich mit Tomatensoße bekleckert, was dort als mittelschwere Katastrophe gewertet wurde.

„Die Geschichte dieser Familie haben Sie auch studiert?" fragte Susanne.

„Alle Geschichten dieses Hauses", entgegnete er. „Wenn Sie es wünschen, kann ich gelegentlich erzählen."

„O ja, bitte", sagte sie.

Susanne fühlte, dass ihr der Wein schon beim zweiten Glas bis in die Glieder drang. Das tat gut, und sie war Liebig dankbar, dass er diesen Vorschlag gemacht hatte. Als Liesbeth das Geschirr holte, nahm er sein Glas auf, setzte sich zurück und sagte: „Sie verzeihen mir doch meine Neugier, ja?"

Leise berichtete Susanne, was sich am Nachmittag ereignet hatte. Liebig hörte aufmerksam zu und sagte dann: „An der Geschichte scheint also wirklich etwas dran zu sein. Was gedenken Sie zu tun?"

„Ich möchte Ihnen das Buch anvertrauen. Bei Ihnen wird es kaum jemand suchen."

„Darf ich darin lesen?"

„Ich bitte darum." Hastig legte sie die Hand. auf den Mund; denn die neu angekommene Dame trat heran: „Darf ich mich zu Ihnen setzen? Der Tisch am Klavier kommt doch jetzt weg, und da dachte ich..."

„Gewiss", sagte Susanne, obgleich sie lieber abgelehnt hätte. Es gab so viel Wichtiges zu bereden.

Liebig stand langsam auf: „Darf ich bekanntmachen? Frau Nandelstedt, Frau Berger." Sehr begeistert klang das nicht, und der Blick, den er Susanne zuwarf, sprach vernehmlich: Ach, du meine Güte!-

Die Frau trug das gleiche großblumige Kleid wie am Tag, als sie angekommen war, überhaupt, alles an ihr war groß, Gesicht, Hände, Busen. Auch ihr Mitteilungsbedürfnis offensichtlich, denn sie übernahm sofort die Gesprächsleitung, lobte das Essen, die freundliche Bedienung, das ganze *Haus am See* überhaupt, na und dann der nette Herr Richard - aber nein, er wollte ja nicht, dass man Herr zu ihm sagte. Er wäre doch wirklich ein sehr bescheidener Mensch, dieser Richard, schon dass er sich mit seiner Rolle in diesem Haus begnügte. Die Wirtsleute könnten froh sein, dass sie ihn hätten, so umsichtig, wie er wäre, und immer tätig, immer tätig.

Ein paar Leute aus dem Dorf kamen zum Abendschoppen, sie gingen herum und klopften auf die Tischplatten. Frau Nandelstedt musterte sie eingehend, ohne dabei ihren Redeschwall zu drosseln. Da sitzt man nun und nickt, dachte Susanne, man zwingt sich zu Freundlichkeit, anstatt ehrlich zu sagen: Entschuldigen Sie, aber das ist u n s e r Abend, den wollen wir ganz still verbringen, Wein trinken, später etwas Musik hören, und wenn wir miteinander reden, werden es Themen sein, die uns berühren, uns ganz allein. - Aber so? - Höflichkeit kann auch Feigheit sein.

Liesbeth stellte ein drittes Glas auf den Tisch. Frau Nandelstedt machte einen überaus glücklichen Eindruck. Es schien, dass sich in ihr ungeheure Energien angehäuft hatten. Sie musste sich während des bisherigen Alleinseins förmlich aufgeladen haben, nun brach es mit Urgewalt aus ihr hervor. Man kann Welten mit Feuer und Dynamit zerstören, man kann sie auch zerreden - in beiden Fällen bleiben Trümmer.

Susanne fühlte Liebigs Hand an ihrem Arm, er wies mit dem Kopf zur Tür. „Da ist unser Wirt", sagte er, Frau Nandelstedts Redefluss unterbrechend. Susanne wandte sich um. Der Mann ging von Tisch zu Tisch und begrüßte im Vorübergehen die Gäste. Er war hager, mit schütterem Haar, sicherlich ein ganzes Stück älter als seine Frau. Susanne kannte ihn nicht.

„Ein freundlicher Mensch, der Herr Jahns", nahm Frau Nandelstedt ihre Rede wieder auf. „Bloß sprechen kann man mit ihm nicht, er hat nie Zeit, immer Arbeit, immer Arbeit!"

Wenn du doch bloß schweigen wolltest, dachte Susanne, und schreckhaft durchzuckte sie der Gedanke, diese Frau könnte jetzt jeden Tag hier Platz nehmen und auch hier speisen wollen. Wenn das so ist, esse ich ab sofort nur noch auf meinem Zimmer, beschloss sie.

Frank Liebig schien ihre Gedenken zu erraten, er blinzelte,

schüttelte leicht den Kopf, dann wies er zum Klavier hinüber. Dort klappte der Wirt eben den Deckel hoch. „Psst!" machte Susanne.

Für diesen Landgasthof klang das Gebotene recht ordentlich. Der Spieler war ein geübter Amateur, dem die Freude an der eigenen Musik anzumerken war. Es ging dann auch lustig durcheinander, ein bisschen Massenet, ein bisschen Rossini, ein bisschen Mendelssohn, eben all das, was der Mann auswendig fehlerfrei zu spielen wusste und Fingern, die tagsüber zupacken mussten, nicht zu viel abverlangte.

„Göttlich", seufzte Frau Nandelstedt, „göttlich!"

„Psst, still!" machte Susanne erneut. Den erstaunt pikierten Blick nahm sie nicht zur Kenntnis. Sie wäre inzwischen bereit gewesen, unhöflich zu sein.

Der Wirt erntete Beifall. Das Geschwisterpaar am Fenstertisch rief ein paar Wünsche herüber, sie wurden ihnen brav erfüllt. Eine gute Stunde verflog, der Wein ging zur Neige, da kam von außen her ein Geräusch wie Donnergrollen. Dann erschien die Wirtin und sagte: „Da zieht sich etwas zusammen!" Dies war für das Elternpaar Veranlassung, die Kinder hinauszuführen, der Wirt wollte nachsehen, ob alle Fenster und Luken geschlossen waren, und Frau Nandelstedt sagte in plötzlicher Blässe: „Hoffentlich wird es nicht zu arg, zu arg."

„Mag es doch krachen", sagte Susanne. „Diese plötzliche Hitze war beklemmend."

„Schauen wir es uns an", schlug Frank Liebig vor und stand auf.

„Was denn?" rief die Frau. „Doch nicht etwa draußen? Da komme ich nicht mit!"

„Dann gute Nacht!" meinte Susanne. Sie zupfte Liebig am Ärmel, gemeinsam gingen sie durch den Flur zur Terrassentür. Frau Nandelstedt blieb mit verständnislosem Kopfschütteln zurück. Draußen fauchte der Wind durch die Baumkronen, schwere Wolken drängten das letzte Licht aus dem Abendhimmel, ferne Blitze überzuckten das drohend geballte Dunkel. Dann Donner von vielen Seiten. Susanne hielt sich mit beiden Händen an Liebigs Arm. Sie war nicht besonders ängstlich, ja, sie hatte vorhin den ersten Donner geradezu erlösend gefunden, doch spürte sie hier draußen im Rauschen des Windes unter dem bedrohlichen Gewölk doch ein leichtes inneres Beben. Es war der Kitzel einer Gefahr, in die man sich übermütig gestürzt hat, ehe man sie in ihrer letzten Konsequenz richtig einschätzen konnte.

Frank Liebig dagegen schien unberührt zu sein. „Hier heraus traut sie sich nicht", sagte er und kicherte. „Und sollte sie morgen früh auf unseren Tisch zusteuern - ich veranlasse, dass dort ab sofort ein ganz kleiner hingestellt wird, auf den nur zwei Teller passen und an dem nicht mehr als zwei Stühle Platz finden."

Blitz, dann dumpf paukender Donner. Susanne fuhr zusammen. „Ich finde das immer wieder beeindruckend", sagte er ruhig, „diesen Wind, dieses Feuerwerk. Spüren Sie, wie die frische Luft den ganzen Körper belebt? - Gleich wird es regnen, dann gehen wir hinein. Vergessen Sie bitte nicht, mir das Buch zu geben."

Hastig öffnete Susanne die Tasche und zerrte das Buch heraus. Es wurde ihr hier draußen langsam unheimlich, und sie hatte doch vor wenigen Minuten am Tisch noch lauthals gewünscht, es möge nur ordentlich krachen. Aber ihr Begleiter strahlte so viel Kraft, so viel Gelassenheit aus, dass sich dies auf sie zu übertragen schien.

Blitz und Blitz und Donner, der über den Himmel hinweg polterte wie über eine Holzbohlenbrücke. Jetzt kamen auch die ersten harten Tropfen, klatschten auf die Steinplatten der Terrasse, und der Wind führte einen Tanz auf, wilder als zuvor.

Sie retteten sich in den Flur.

„Trinken wir noch eine Flasche?" fragte er.

„Nein, danke, ich möchte nicht."

„Sie fürchten sich doch nicht allein?"

„Ach was, ein bisschen Gewitter."

„Dann wünsche ich eine gute Nacht. Ich werde noch lesen. Auf morgen dann."

Oben an der Treppe gingen sie auseinander. Die Sparlampe im Gang brannte trüb. Im Zimmer angekommen, fühlte sich Susanne plötzlich wieder arg allein. Der Regen trommelte gegen die Scheiben, kalkig zuckte draußen das Licht, und der Donner riss den Himmel in grobe Stücke. Das ist auch ein Teil Verlassenheit, dachte sie, Gewitter und Sturm, beides habe ich nie gefürchtet, wenn Leonhard bei mir war. Da brauchten wir nicht zu reden. Wir saßen und hielten uns, schauten und hörten zu, wie draußen die Natur sprach. Nun ist er schon so weit weg von mir, und ich fange an, wieder auf eigenen Beinen zu stehen - auch mit meinen Ängsten, und es erscheint mir beinahe selbstverständlich, dass ich das kann.

Sie setzte sich auf den Bettrand und starrte zum Fenster, das sich, sekundenlang erhellt, auf ihrer Netzhaut rot einbrannte, dort langsam verglühend wie ein Stück dahinschwindender Erinnerung, dann erneut aufgehellt, einmal stärker, einmal ganz schwach, und der Donner spielte das Spiel getreu mit wie ein Echo.

Sie spürte plötzlich den Wein. Es war ein heiteres Gefühl, sie ließ sich mit weit ausgestreckten Armen nach hinten auf das Bett fallen, und es kam ihr vor, als würde sie langsam in etwas ganz Weichem versinken.

Jetzt wird mein Mitmensch Liebig in Vaters Tagebuch lesen, fuhr es ihr durch den Sinn. Wie mag er das Gelesene auffassen? Er kennt viele Zusammenhänge nicht, weiß nicht, was ich alles weiß. Andererseits war er einer von denen, die zu den Bauern gingen und sagten: Wenn du nicht unterschreibst, bist du gegen den Frieden! - Haben diese Leute damals eigentlich Antworten erhalten? Wenn ja, dann doch wohl nicht solche wie Vaters Niederschriften. Er äußerte sich, wenn er allein war. Vor anderen hätte er ganz anders geredet, noch dazu vor Menschen, die ihm gefährlich werden konnten. Aber wer schreibt, weiß doch, dass das Geschriebene bleibt, dass es also gelesen wird, und Vaters Seufzer: Ich kann nicht mehr! - war doch wohl nicht nur für sich selbst festgehalten worden. Es war ein Zeichen für andere, ein Fingerzeig: Seht her, so habe ich gelitten! Ob er je daran gedacht hat, dass ich, seine Tochter, das einmal lesen würde?

Ich habe Liebig mit diesem Buch ein Stück von mir gegeben. War das richtig? Verdient er solche Offenheit, so viel Vertrauen? - Ich weiß noch so wenig von ihm und werde sicher auch kaum mehr erfahren. Aber ich würde es doch gern. Zwei Wochen vielleicht noch, dann laufen wir wieder auseinander, und jeder geht dem eigenen Zuhause entgegen. Er wird in seinen Aufgabenkreis zurückfinden müssen, und ich werde mich verkriechen, einkapseln, abschließen.

Susanne setzte sich wieder auf. Das Hell-Dunkel-Spiel vor den Fensterscheiben war schwächer geworden, die Donner grummelten sich davon. Sie stand auf, tastete sich bis an die Gardine, drehte den altertümlichen Knebel um und öffnete beide Flügel ganz weit. Die Luft war wie ein frischer Trunk, klares kühles Wasser aus Bergquellen, noch ganz unverdorben. Susanne schloss die Augen und atmete tief durch, sie fühlte sich gereinigt wie nach einem ausgiebigen Bad.

Ach, die Zukunft! Wozu jetzt danach fragen? Noch ist sie nicht da, noch stehe ich an diesem fürchterlichen Grab, in das eine Hälfte meines eigenen Lebens versenkt wurde, weggetan in die Erde wie Abfall, und ich habe das noch gar nicht recht begriffen. Ich stehe ja auch vor dem Grab meiner Familie, das ich fast vergessen hatte. Und wegen dieser Gräber habe auch ich den Blick jetzt nur nach rückwärts gerichtet wie die meisten alten Leute, zu denen ich doch noch gar nicht zähle.

Aber darf ich mich davon einfach abwenden? Den Blick wieder nach vorn nehmen, als wäre hinter mir gar nichts, das mich festhält? Würde das nicht Undankbarkeit bedeuten, Nichtachtung all dessen, was jene, die da liegen, mir fürs Leben gegeben haben? Gewiss, ich danke ihnen viel, doch ich habe mich von ihnen weggewandt und das, was ich von ihnen hatte, zu meiner eigenen Entwicklung genutzt, und die war ganz anders, hat mich zu Zielen geführt, die sie nie verstanden hätten. Auch mit Leonhard wird es mir so gehen, das weiß ich.

Draußen wurde es noch einmal heller. Der Regen fiel jetzt ganz sacht ohne den Wind, der vorhin unter den Donnerwolken getobt hatte. Ein sanfter Vorhang war das nur noch, und Susanne erinnerte sich daran, wie sie als junges Mädchen einmal bei einem solchen Regen nachts aus dem Haus geschlichen und nackt den Gartenweg entlang gerannt war. Ein lausbubenhaftes Gefühl von Freiheit war es gewesen, sich des ganzen Himmels als Brause zu bedienen.

In der Gaststube begann wieder das Klavierspiel. Diesmal waren es Lieder zum Mitsingen. Susanne hörte auch

Männerstimmen, in denen Bierlaune mitschwang. Sie lauschte. Als sie noch jung war, hatten solche Klänge sie angezogen, dort mitzutun, da durfte kein Fest steigen, ohne dass sie dabei war, und wenn Fremde feierten, musste sie sich zwingen, nicht einfach hinzulaufen. Auch jetzt hinderte sie nichts, auf der Stelle hinunterzugehen und sich unter die fröhlichen Gäste zu mischen. Aber sie ging nicht. Sie war nicht mehr jung, und man hätte auch nicht verstanden, dass die Witwe sich in den Kreis von Leuten mischte, die lebten und lachten. Nein, sie war nicht mehr jung, und von denen, die altern, erwartet man, dass sie sich zurückhalten, dass sie die Jungen nicht stören.

Da war Susannes Angst wieder. Was bleibt dem alten Menschen ohne Familie? Die Einsamkeit? Das Heim? Es erschreckte sie, daran zu denken. Ja, bei uns wird viel für die Veteranen getan, vor allem nutzt sie niemand finanziell aus, doch was beginnt ein Mensch, der immer tätig war, im Heim? Was geschieht da mit ihm? Er wird betreut, man kümmert sich um ihn, versorgt ihn, er kann im Kreis der anderen Alten einen unbeschwerten Feierabendalltag verleben. - Aber findet er Liebe? Der Mensch braucht auch Liebe. Er hat sie selber oft überreichlich her geschenkt, nun sitzt er, ein Kranker unter Kranken, in einem Warteraum und weiß den Tag nahe, da sein Name aufgerufen wird und man ihn hinausträgt und ein anderer den leer gewordenen Platz einnimmt.

Wer sich davor bewahren kann, sollte es tun. Nur solange man teilhat am lebendigen Alltag einer Gemeinschaft, vom Kinderkriegen über Schulgang, Beruf, Festlichkeit, Ärger, Klatsch und Schinderei bis zum Altern - nur der lebt doch wirklich. In der Abgeschiedenheit ist ihm vieles weggeschnitten, gefesselte Lebendigkeit, Ausschluss der Öffentlichkeit. Das ist halbe Gefangenschaft. Die alte Elisabeth hält sich ja auch mit aller Kraft hier im Dorf fest. Lieber lebt sie mit ihrem knurrigen Bruder zusammen, erträgt dessen Launen; aber sie ist nicht allein, nicht isoliert, sie kann stündlich hinauslaufen in die bekannten Gassen, mit der Nachbarin schwätzen, im Konsumladen Leute treffen, teilhaben an allem, was ihr seit der Kindheit vertraut ist.

Aber in der Stadt ist man wohl in den eigenen vier Wänden am

Ende verlassener als in einem Heim. Susanne fühlte sich betrübt in ihrer Ratlosigkeit. Ja, das Gewitter hatte sie wie auch die anderen Leute hier erfrischt. Die kehrten zurück ins Licht, in die Fröhlichkeit, sie aber saß in der Erkenntnis eigener Ohnmacht und Vergänglichkeit, und niemand kam, sie da herauszureißen.

Allmählich beruhigte sie sich. Ich muss mir wirklich keine Gedanken um Dinge machen, die mich noch gar nicht bedrängen, die noch zehn, ja vielleicht noch zwanzig Jahre weit vorausliegen, befahl sie sich. Torheit, Torheit. - Da es inzwischen ganz dunkel geworden war, legte sie die Kleidung ab, zog das Nachthemd und den Morgenmantel über und trat leise hinaus auf den düsteren Gang, um zur Toilette zu gehen.

Als sie wieder zurück ins Zimmer wollte, hörte sie ein Geräusch, trat abermals in die Toilettentür und blieb dort ganz schmal und unbemerkbar stehen. Das Geräusch kam von der Zimmertür der Frau Nandelstedt. Von dort her schlich ein Schatten in den Gang, verhielt, lauschte, kam endlich vorbei an der verborgen wartenden Frau und gewann die Treppe. Von unten her erhellte ein Streifchen Licht sekundenlang das Gesicht.

Der nette Herr Richard, durchzuckte es Susanne. Ach, nein, er will ja nicht, dass man Herr zu, ihm sagt, er ist überhaupt ein bescheidener Mensch, ein bescheidener Mensch. Hat er Frau Nandelstedt die Angst vorm Gewitter genommen? Das Gewitter ist lange schon abgezogen, doch Ängste haben ihre Dauer. - Der Richard also. Jeder im *Haus am See* hat seine Geschichte, hatte Frank Liebig gesagt, und er hat sie auch alle studiert. Kennt er Richards Geschichte ganz? Weiß er, dass sie Abschnitte gemeinsam mit der der Frau Nandelstedt hat? Sie erzählt doch so gern. Es muss ihr wohl geradezu Schmerzen bereiten, über gewisse nicht unwichtige Dinge schweigen zu müssen.

Langsam ging Susanne zurück ins Zimmer, sie bemühte sich, kein Geräusch zu machen. Man brauchte nicht zu wissen, dass sie etwas erlauscht hatte und nun Geheimnisse mit Leuten teilte, die davon nichts ahnten. Wenn sie auch sonst für diese Frau Nandelstedt nicht viel übrig hatte, gönnte sie ihr doch den nächtlichen Besuch, sie erschien ihr auf einmal menschlicher. Und Richard? Er war halt dienstbeflissen und tröstete, wenn sie das wollten, alleinstehende Damen.

Noch ein Einsamer, der gegen die Einsamkeit angeht, dachte Susanne. Oder war ihr Verdacht vielleicht ganz falsch? Auch sie hatte vor Tagen abends Herrenbesuch gehabt - doch ob der dann so davongeschlichen war wie eben Richard?

Der Regen hatte sich müde getröpfelt, die Luft legte sich, angefüllt mit Feuchtigkeit, zwischen Häusern und Bäumen zur Ruhe. Es war ganz still draußen. Susanne stellte sich ans Fenster und lauschte in die Stille hinaus. Endlich hatte auch sie sich soweit beruhigt, dass sie sich hinlegen konnte, dann schlief sie ganz fest ein.

13

Auf der Suche nach Trost

Als Susanne früh aufstand, fiel ihr Blick sogleich auf einen Zettel, der an der Zimmertür lag. Hatte sie das Papier in der Nacht dort verloren? Sie ging hin, hob es auf, faltete es auseinander. Zwei Worte in Druckbuchstaben: „Hau ab!" - Sie erschrak. Das war eine Warnung. Jemand musste ihr den Zettel zeitig früh unter der Tür hindurch geschoben haben, jemand, der ihr drohen wollte. Sie las ja auch in Gedanken die Aufforderung „Hau ab" weiter, und die Fortsetzung lautete: „ ...ehe man dir Beine macht".

Sie drehte den Zettel in den Händen. Wer konnte das geschrieben haben, wer es hereingeschmuggelt? So früh am Morgen kam doch keiner hier ins Haus, der da nichts zu suchen hatte. Also gab es unter diesem Dach einen Verbindungsmann zu gewissen Kreisen im Dorf. War es Richard? Heute Nacht, als er von Frau Nandelstedt kam? Aber nein, Susanne hatte den Weg des Schattens im Gang genau verfolgt, der war nicht vor die Tür von Zimmer vier geglitten, der hatte nur gelauscht, ob die Luft rein war und er nach vollzogenem Liebesdienst unerkannt entschlüpfen konnte.

Was nun? überlegte sie. Ich kann doch nicht so tun, als gäbe es dieses Papier nicht und ich hätte es nie bekommen. Ich muss tatsächlich auf der Stelle abreisen oder aber denen, die mich jetzt beobachten werden, ein deutliches Zeichen setzen, dass ich ihre Herausforderung annehme. Es reizte sie, diesen Weg zu beschreiten. So alt war sie noch nicht, dass so etwas sie verschreckt hätte.

Da bot sich eine lockende Bresche: Zu Richard gehen, ihm den Zettel geben und sagen: „Da haben Sie Ihr Eigentum zurück, das Ihnen heute Nacht auf dem Weg von Frau Nandelstedts Zimmer unter meiner Tür durchgerutscht ist!" - Dann hätte er den schwarzen Peter; denn ob er der geheime Bote war oder nicht, die Enthüllung seiner Eskapade forderte doch geradezu, dass er sich rechtfertige. Er würde also alles tun, den Verdacht von sich abzulenken, und sozusagen im Auftrag Susannes den Täter ermitteln müssen.

Nein, das wollte sie sich als letzten Trumpf aufheben. Doch sie war nun wirklich entschlossen, diesen Leuten Paroli zu bieten. Ihr kam der Gedanke, wie sie ihren Gegenschlag wirkungsvoll vorbereiten könnte. Ganz rasch erledigte sie ihre Morgentoilette, ging dann hinunter und verkündete an der Küchentür, sie wollte ein Ferngespräch führen. Da das Telefon im Gang an der Wand befestigt war und alle Türen nach dorthin offenstanden, wusste sie, dass bestimmt etliche Ohren lauschen würden. Sie wählte durch und sprach betont laut: „Volkseigenes Gut Bergengrün? - Hier ist Susanne Berger. Ich möchte bitte meinen Bruder Doktor Baatz sprechen, den Direktor, ganz recht." Eine lange Pause, Susanne glaubte zu spüren, wie das *Haus am See* den Atem anhielt.

„Ja, guten Morgen Erwin, hier spricht Susanne. Entschuldige die frühe Störung, bitte. Ich bin hier in Rabisdorf, ja, du hörst ganz richtig, in Rabisdorf im *Haus am See*. - Erwin, du solltest unbedingt herkommen, ja, das ist ganz wichtig. Hier haben sich Dinge ergeben, die wir miteinander klären müssen. - Ja, das betrifft auch dich, unsere Familie. - Das kann ich dir am Telefon nicht sagen. - Ja, ich weiß, dass du keine Zeit hast, aber übers Wochenende sollte es schon mal möglich sein. Ich brauche dich dringend. - Natürlich bringe ich dich unter. - Nein! Also, nimm dir die Zeit. - Bitte! - Das erkläre ich dir alles, wenn du hier bist. Gut! - Dann bis Sonnabend. Und grüß die Lore von mir. Ja! Auf Wiederhören,

Erwin!"

So! Sie legte auf und straffte sich, schaute sich um in der knisternden Stille. - Jetzt wissen sie Bescheid, und jetzt will ich gleich im Dorf noch ordentlich nachlegen. - Sie zahlte bei der Wirtin, die, Susannes Meinung nach, ein etwas betretenes Gesicht machte. Oder täuschte sie sich?

„Haben Sie für mich übers Wochenende noch ein Zimmer frei?" fragte sie.

„Leider nein, Frau Berger, bei uns ist alles besetzt."

„Aber eine Liege werden Sie doch haben, die können Sie bei mir mit hineinstellen. Ich erwarte nämlich den Besuch meines Bruders."

„Wenn Ihnen das nichts ausmacht?"

„Gar nicht. - Und, Frau Jahns, ich komme heute etwas später zum Frühstück."

Susanne wartete keine Antwort ab, sie ging hinaus, die schriftliche Kampfansage ihrer unbekannten Gegner in der Hand.

Die Leute in der Küche sahen sich an.

„Was hat denn das zu bedeuten?" fragte die Wirtin. „Es haben sich Dinge ergeben? - Wie ärgerlich. Die Frau kommt her, um ihr Leid zu vergessen, und findet statt der erhofften Ruhe Aufregung. Schon diese dauernden Besuche."

„Sie hätte das Tagebuch besser ins Feuer geworfen", sagte Richard.

„Würdest du das Tagebuch deines Vaters verbrennen?" fragte die Kochfrau. „Sicher doch nicht. Ich mache mir jedenfalls so meine Gedanken. Da müssen einige Leute allerhand Dreck am Stecken haben."

„Unsinn!"

„Diese Frau hat sich verändert, seit sie bei uns ist", meinte die Wirtin. „Sie ist viel aufgeschlossener als im Anfang."

„Aber weniger freundlich", warf Richard ein.

„Das kann ich verstehen. Wenn man so bedrängt wird wie sie? Ich wäre da sehr sparsam mit Freundlichkeiten."

„Wenn sie die Besuche nicht empfangen wollte, hätte sie es sagen können. Wir lassen niemand hinauf, wenn es die Gäste nicht mögen", sagte die Kochfrau.

„Dass sie sich verändert hat, stimmt wirklich", sagte Richard. „Sie trägt das schwarze Kleid von den ersten Tagen nicht mehr."

„Ich möchte auch nicht alle Tage gleich herumlaufen", sagte die Wirtin. „Sie kann jedenfalls froh sein, dass sich Herr Liebig ein bisschen um sie kümmert. Er versteht es, die Leute aufzumuntern."

Susanne ahnte nichts von diesem Gespräch, sie vermutete jetzt überall Argwohn. Sie ging mit energischem Schritt den Weg hinauf, entgegen den ersten Häusern. Wo wollte sie eigentlich hin? Sie wollte Trost suchen, Zuspruch. Und dazu lief sie ausgerechnet ins Dorf, aus dem doch dieser gemeine Zettel gekommen war? Gewiss! Sie wollte ja auch kundtun, dass sie sich nicht verjagen ließ! Also erst einmal zu Elisabeth.

Als sie dort in den Hof trat, hackte da der alte Bruder Holz. Er zog den Kopf ein.

„Sie brauchen sich nicht zu verstecken", sagte sie. „Ich möchte zu Elisabeth. Ist sie da?"

Er wies mit dem Beil zur Tür. „In der Küche", knurrte er, nahm einen neuen Klotz auf und drosch mürrisch drauflos. Ihm würde ich sowas zutrauen, dachte sie.

„Ach, du bist es", sagte Elisabeth, als Susanne zu ihr trat. Sie trocknete sich die Hände an der Schürze ab. „Hast du es dir überlegt?" fragte sie.

Susanne hielt ihr wortlos den Zettel hin.

„Was ist das?" fragte die Alte.

„Lies! Das hat man mir heute früh unter der Zimmertür durchgeschoben."

„Moment! Meine Brille." Sie hatschte eilig in die Stube, kam gleich darauf wieder und griff mit ihren abgearbeiteten Händen nach dem Papier.

„Wer kann sowas geschrieben haben?" fragte Susanne.

Schulterzucken. Kopfschütteln. Dann, ein tiefer Atemzug. „Eine Gemeinheit", sagte die Alte und wischte sich die Nase.

„Das ist eine Kampfansage", entgegnete Susanne. „Man will mich mürbe haben, der Störenfried soll aus dem Dorf verschwinden. Und du warst gestern bei mir und hast das Buch holen wollen."

„Aber, Mädchen, du glaubst doch nicht..." stotterte Elisabeth.
„Zu sowas würde ich mich nie hergeben. Ich wäre auch gestern nicht gekommen; aber mein Bruder war ja reinweg dösig."
„Kann er das geschrieben haben?"
„So grade Buchstaben malt er nicht."
„Aber er könnte wissen, vom wem es kommt?"
„Wenn er's weiß, wird er's nicht sagen."
„Wenn ich das der Polizei gebe, kriegen sie es raus, und dann gibt's Ärger. Sowas nennt man groben Unfug, Nötigung, was weiß ich. Da verstehen sie keinen Spaß."
„Gerechter Himmel!" Die Alte schlug die Hände zusammen.
„Jedenfalls habe ich meinen Bruder angerufen, er wird kommen, und dann werden wir die Sache miteinander anpacken. Für den, der das gemacht hat, kommt das dicke Ende noch nach. Mach's gut, Elisabeth!"

Susanne rauschte hinaus, ging wortlos über den Hof hinweg. Der alte Holzhacker sah ihr verblüfft nach. So, dachte sie, der Haken sitzt, das wird die Runde machen. Und hier habe ich Ruhe finden wollen, hier in dem stillen, verschlafenen Rabisdorf, vergessen, abtun das Vergangene. Dabei bin ich reger als zuvor und tiefer im Vergangenen, als es mir lieb ist.

Gern wäre sie jetzt weitergegangen, zu Wendtland, zu Schniegel Kannenberg und am Ende noch zu Rudi Dammring, und bei allen den Zettel auf den Tisch geknallt. Einer von denen musste das eingerührt haben, einer würde vielleicht herumstottern und nervös mit den Händen fuchteln. Und was dann? - Ach, das war wirklich alles Unsinn.

Als sie ins *Haus am See* kam, war da das Frühstück schon vorbei. Sie verspürte auch keinen Hunger, nicht einmal Appetit. Sie wäre am liebsten gleich wieder hinausgelaufen, doch draußen waren die Wege glitschig vom nächtlichen Gewitterguss, und Kraut und Gras hatten sich vollgesogen. Zimmer vier war noch unaufgeräumt, hier hätte sie nur sitzen und vor sich hin grübeln können. Und wenn sie jetzt, den anderen zum Trotz, auffallend gleichgültig durchs Dorf spazierte? Seht her, Leute, ich denke nicht dran abzuhauen! -

Im Treppenhaus traf sie auf Liebig. Der fragte besorgt, warum sie denn nicht zum Frühstück gekommen war. Sie zeigte ihm den Zettel. Er wurde auf einmal ernst, drehte das Papier um und um und sagte dann: „Kommen Sie, wir müssen miteinander reden."

Er führte Susanne hinter das Haus, dort stand ein Schuppen, vor dem Richard beschäftigt war. Er grüßte nicht. Ein Pfad führte in das schmale Kräutergärtchen. Zu Susannes Erstaunen stand dort eine altersgraue, offene Laube, von wo aus man einen hübschen Blick auf das Wuchergrün des Rabisdorfer Sees hatte. Susanne verbarg nicht ihre Überraschung.

„Hier sitze ich bei nassem Wetter, wenn ich es im Zimmer nicht mehr aushalte", erklärte Frank Liebig und wischte den Staub von einem Hocker. „Bitteschön! Ich nehme die Bank."

Susanne setzte sich und sah ihn an.

„Was bedeutet es, wenn Ihr Vater schrieb: 'Ich kann nicht mehr!'?" fragte er.

„Er war halt einfach am Ende."

„Woran ist er eigentlich gestorben?"

„Es hieß, an Herzversagen."

„Haben Sie den Toten noch einmal gesehen?"

„Nein, er kam ja aus der Pathologie, notdürftig zurecht gepackt für die Beerdigung. So nannte das jedenfalls mein Mann. Er wollte nicht, dass ich ihn mir nochmals anschaute, ich sollte ihn lebend in Erinnerung behalten. Der Sarg blieb also zu. Aber warum fragen Sie?"

Keine Antwort. Liebig grübelte mit vorgeschobener Unterlippe. Nach einer Weile erst fuhr er fort: „Und was war danach? Wurden die Erbschaftsangelegenheiten geregelt?"

Sie schüttelte den Kopf. „Drei Wochen nach der Beerdigung ging meine Schwester mit ihrem Mann in den Westen. Der Hof verfiel der Expropriation, wie uns das damals so gesagt wurde. Wir hatten es um diese Zeit ohnehin schwer genug. Es gab Leute, die glaubten, Verwandtschaft mit Republikflüchtigen wäre so etwas wie latente Mittäterschaft. Und mein Mann war immerhin im Schuldienst beschäftigt. Also haben wir uns nicht einmal um persönliche Dinge bemüht, die man uns wahrscheinlich gelassen hätte."

„Ich habe mich eingehend mit dem Tagebuch Ihres Vaters

beschäftigt", sagte Liebig. „Da liegt natürlich viel Tragik drin, zumal man die seinerzeit maßgeblichen Leute bei all ihren Fehlern auch nicht verdammen darf. Natürlich hat es in den Dörfern Gegenaktionen gegeben, Scheunen brannten nieder, Maschinen wurden unbrauchbar gemacht, Vieh verendete. Dass da etliche verantwortliche Leute nervös wurden, ist doch verständlich."

„Es liegt mir fern, irgendwen zu verdammen."

„Freilich wurde dabei mancherorts auch das Kind mit dem Bade ausgeschüttet", fuhr er fort, „und es hat auch genug krumme Sachen gegeben. Auch Funktionäre sind nicht nur von lauteren Absichten getrieben, obgleich man das im Grunde voraussetzen sollte. Wir haben es mit Menschen zu tun, mit Menschen, nicht mit Programmen."

„Mir gefällt, was Sie da sagen." Sie nickte ihm lächelnd zu. „Leider hat man das viele Jahre lang totgeschwiegen, es war eins jener Tabus, die jeder kannte und worüber doch nie offen gesprochen wurde."

„Ja!" Er hob lachend die Hände. „Damals sind ideale Muster festgelegt worden: D e r Sozialist, d e r fortschrittliche Mensch, d e r Beispielgeber, ein Idealtyp so langweilig wie der andere. Schauen Sie mal in die Bücher dieser Zeit, erinnern Sie sich an die Filme: Der Parteifunktionär darf nicht trinken, nicht spielen, beileibe nicht fremdgehen, keine abwegigen Ideen entwickeln, er hat streng liniengemäß zu leben, und alle Privatsachen haben sich dem unterzuordnen. Man sprach gern von der sogenannten Richtfigur."

„Lass uns nicht richten - nur bedauern", sagte sie.

„Wie bitte?"

„Ferdinand Freiligrath, die Schlusszeile seines Gedichts über das Irrenhaus."

„Sie haben aber bösartige Vergleiche."

„Ich kann nichts dafür, dass er diese Zeile ans Ende gerade d i e s e s Gedichts gesetzt hat. Vielleicht darf ich mich mit dem Schlussgedanken eines anderen Gedichts von ihm wieder einschmeicheln? Es lautet: Die Liebe heilt die Welt."

„Schön, wenn es so wäre", seufzte Liebig. „Leider gibt es viel zu viele Gegenbeispiele. Wie oft hat gerade die Liebe den

Kürzeren gezogen. - Und nun haben Sie diesen Zettel da bekommen. Auch nicht gerade ein Zeichen von Liebe, oder? Was gedenken Sie zu tun?"

Susanne blickte ratlos. „Ich werde denen wohl das Buch geben", sagte sie.

„Tun Sie es nicht. Fassen Sie das überhaupt nicht so ernst auf. Diese Sache hier entspringt der heimlichen Angst einzelner Leute. Die haben sie wahrscheinlich jahrzehntelang mit sich herumgeschleppt, plötzlich sehen sie sich wieder mit Tatsachen konfrontiert, von denen sie insgeheim hofften, sie wären von den Anderen längst vergessen worden. Drum schießen diese Leute auch gleich wieder übers Ziel hinaus."

„Aber ich habe ihnen doch gar keine Veranlassung dazu gegeben."

„Versuchen Sie sie zu verstehen. Es waren doch zumeist Proletarier, die auf dem Land in die untersten Funktionen kamen. In ihrem bisherigen Leben waren sie klein gehalten worden, unmündig, hatten nur Befehle auszuführen. Vermutlich hat so einer nie mit Ihrem Vater am gleichen Gasthoftisch sitzen dürfen. Auf einmal waren sie frei - und nicht nur das. Sie besaßen Geltung, hatten Anordnungen zu treffen, Entscheidungen zu fällen. Keiner wollte das wieder verlieren. Darum sind sie auch immer sehr hellhörig gewesen, wenn etwas Bedrohliches auf sie zukam. In diesem Fall ist man leicht geneigt, eingebildete Gefahren überspitzt zu sehen und unangemessen zu reagieren."

„Also müsste man diesen Leuten eigentlich helfen, ihre Angst loszuwerden", sagte sie.

„Das ist eine sehr weise Erkenntnis." Liebig deutete eine Verbeugung an. „Die Hintergründe solcher Angst aufdecken, offen darüber sprechen und mit dem Wissen von heute zu einem versöhnlichen Schluss kommen - für beide Seiten wohlgemerkt. Das kann auch helfen, künftig solche Fehler zu vermeiden."

„Die berühmte Toleranz also", sagte Susanne.

„Aber ja!" fuhr er lebhaft fort. „Wir haben über eine viel zu lange Zeit hinweg Toleranz für eine Schwäche gehalten statt für eine Tugend. Toleranz bedeutet doch Verständnis für den anderen, Achtung seiner Meinungen, auch wenn ich diese nicht teile. Toleranz ist ein Schritt aufeinander zu und zwar ein Schritt mit offenen Händen, nicht mit geballten Fäusten. Man kann im Leben nicht immer bloß auf Konfrontation bauen und Gegensätze aufeinanderprallen lassen."

„Dies ist für uns aber eine Zeitlang Programm gewesen", warf Susanne ein.

„Ja, man hatte Diskrepanzen aufzudecken, sie sollten ausgetragen werden, und das nicht nur zwischen Klassen und Gesellschaften, sondern auch im kleinen, privaten, nachbarlichen Bereich. Man suchte sozusagen nach Feinden. - Da aber jeder von uns etwas Eigenes darstellt und wir uns alle voneinander unterscheiden, sind wir bei aller notwendigen Parteinahme nie ganz in diese oder jene Kategorie zu zwingen. Da gibt es zahllose Brücken, die wir nicht gesehen haben, die man aber notwendigerweise begehen muss, wenn man sich nicht gegenseitig ausrotten will."

„Also doch: Die Liebe heilt die Welt", sagte Susanne.

„Ich habe schon einmal festgestellt, dass Sie eine kluge Frau sind", entgegnete er. „Verzeihen Sie eine Frage: Können Sie auch leidenschaftlich sein?"

Sie lachte hell auf, hielt dann, von der eigenen Lustigkeit betroffen, inne, lehnte sich zurück, sah Frank Liebig an und sagte wie zu sich selbst: „War ich je leidenschaftlich? - Dazu bin ich wohl viel zu früh unter die Fittiche meines Mannes gekommen. Natürlich war das die große Liebe für mich. Ich habe nie daran gezweifelt; aber dafür jede Dummheit begehen? Aus den Ufern treten wie ein übersatter Strom? Das war - leider - niemals nötig, ich fand in meiner Ehe immer den geraden, geräumigen Weg, eine Weite der Zärtlichkeit, die mich nie einengte, mich auch nirgends anbranden ließ und mich so veranlasst hätte, gewaltsam Auswege zu suchen. Ich war immer ein glücklicher Mensch, und sollte ich mein Glück aus Neugier oder Übermut aufs Spiel setzen? Wozu? - Wenn ich jetzt darüber nachdenke, will ich gern eingestehen, dass mir etwas fehlt, doch der Mensch muss nicht alles fordern, muss nicht auf Vollständigkeit bestehen. Ich war glücklich, und die Erinnerung daran bringt sicher noch genügend Nachhall in den Rest meines Lebens, so dass ich weder Reue empfinden muss noch glauben, dass ich etwas versäumt habe."

„Ich würde Sie sehr gern auch Gnostika nennen dürfen", bat er."

„Tun Sie es nicht! Sagen Sie meinetwegen Susanne zu mir, schließlich sind wir doch Freunde geworden - oder sind wir es nicht?"

„Ich danke Ihnen für dieses Wort, Susanne, und ich bin Frank, wenn es recht wäre."

„Es ist recht, Frank. Und nun muss ich Ihnen noch eins sagen: Ich habe meinen Bruder angerufen. Er kommt her."

Er sah sie erstaunt an. „Sie haben in der Republik einen Bruder? Das wusste ich gar nicht."

„Er ist Direktor eines volkseigenen Gutes, sogar Doktor der Agrarwissenschaften."

„Als Großbauernsohn? Alle Achtung! Wie hat er das geschafft?"

„Er hatte wohl am gründlichsten von uns mit dem Hof und der Vergangenheit gebrochen", sagte Susanne und wischte einige Staubflocken vom Tisch. „Aus der sowjetischen Gefangenschaft brachte er andere Ideen von moderner Landwirtschaft mit, als er von daheim kannte. Er hatte in einem guten Kolchos gearbeitet, sich als Gefangener durch seine Kenntnisse sogar eine Art Vertrauensstellung erwerben können. Dort war er der Towarischtsch Jerwin geworden, das erschien ihm wie ein Ehrentitel, den er nie wieder aufgab."

Liebig schmunzelte. Er erinnerte sich eigener Erlebnisse aus dieser Zeit, das waren gute und auch bittere gewesen. Die einen wie die anderen hatten ihn ein Stück geformt, und aus vielen solchen Stücken setzt sich das zusammen, was man die Lebenserfahrungen eines Menschen nennt. Alle sind wir an der Zeit gewachsen.

„Und was erwarten Sie von seinem Besuch?" fragte er.

„Ich weiß es auch noch nicht. Ich hatte plötzlich ein unbändiges Verlangen nach Trost, nach Beistand. Nein, ich habe Ihr Angebot, mir zu helfen, nicht vergessen; doch hier geht es um Familiengeschichten, und. die macht man wohl besser unter sich aus."

„Einverstanden. Aber irgendwas stellt man sich doch vor, wenn man mobilmacht. Vielleicht sind Sie dabei, in ein Wespennest zu stechen."

Sie wusste nicht gleich zu antworten, sah hinaus in das warme Licht, ein sattes Orange vom Hof her, das beinahe unmerklich in das frische Grün der Wiesen überging. Natürlich hatte Frank Liebig recht, und Susanne wünschte einen Augenblick lang, sie hätte dieses Tagebuch nie erhalten und könnte sich hier ganz einfach nur dem Frühling hingeben, eintauchen in jenes Vergessen, das sie ursprünglich in Rabisdorf gesucht und erwartet hatte. Aber das war ein törichter Traum gewesen. Sie wusste doch schon auf der Herfahrt, dass dieses Dorf ungelöste Fragen für sie barg. So etwas kann man verdrängen, vor sich herschieben, aus der Welt bringen lässt es sich nur, indem man sich damit beschäftigt und nach Antworten sucht.

„Vielleicht ist es nur eine Laune, Frank", sagte sie endlich. „Andererseits - ich habe unklare Sachen noch nie gemocht. Ich bin immer dafür gewesen, reinen Tisch zu machen. Vielleicht ist es in meiner Ehe deshalb so gut gegangen, weil wir alles, was zwischen uns trat, beredet und geklärt haben und das möglichst noch am gleichen Tag."

Er schaute auf einmal sehr ernst. „Ich habe gedacht, so etwas gibt es gar nicht", sagte er. „Bei uns hat es oft wochenlang gekriselt. Das war scheußlich, aber jeder hatte sich mit seinem Stolz umgeben wie mit einem Panzer. Ich will mich nicht freisprechen von Schuld. Zwischen manchen Charakteren kann es vielleicht gar nicht klappen, und ehe man das merkt und begreift, ist viel kaputtgegangen."

„Ich habe Sie immer für recht einsichtsvoll gehalten. Hätte sich das bei Ihnen nicht einrenken lassen?"

Er stand auf. „Um den Preis der völligen Unterwerfung - ja. Gehen wir noch ein Stück?"

Die Sonne hatte den Weg entlang der Seewiese schon leidlich aufgetrocknet. Sie folgten ihm, die verbliebenen Pfützen vorsichtig umgehend.

„Hatten Sie eigentlich Anteil am Beruf Ihres Mannes?" fragte Liebig.

„Sicher. Er sprach viel über seine Schüler, besonders, wenn er daheim Arbeiten korrigierte. Bei seinen Exkursionen bin ich oft mitgefahren."

„Welches Fach hat er denn gelehrt?"

„Es war eine landwirtschaftliche Berufsschule, da wurden Feldbauer ausgebildet, Gärtner, Agronomen. Und solche Exkursionen - wissen Sie, Frank - die nutzte Leonhard, mein Mann, um den Schülern etwas mehr Denken als nur Ökonomie, Ertrag und Rentabilität zu vermitteln. Er hat sich um Naturschutz bemüht, wollte Gefühle für die Umwelt wecken. Einer seiner Kernsätze lautete: Ökonomie und Ökologie müssen nicht Gegenpole sein, sie gedeihen beide am besten, wo sie sich ergänzen und gegenseitig befruchten. - Wie finden Sie das?"

Er seufzte. „Hoffen wir, dass sich diesen Satz viele gemerkt haben. Es scheint also, sein Beruf hat ihm Freude gemacht. Ich entsinne mich aber, dass Sie bei unserem ersten Gespräch sagten, man hätte ihn totgespielt. Wie soll ich das verstehen?"

Sie zögerte eine Weile mit der Antwort, dann sagte sie: „Er hatte zuletzt einen Direktor, dem die Erfüllung von Vorschriften und Richtlinien wichtiger war als das gedeihliche Miteinander von Lehrkräften und Schülern. Es gibt Menschen, die denken nur in amtlich genehmigten Kategorien, und die Weiterentwicklung geht für sie ruckartig in Stufen vor sich, stur von einem Lehrplan bis zum nächsten, anstatt die inzwischen gewonnenen Erkenntnisse, die ja jeden neuen Plan vorbereiten und schließlich notwendig machen, vom gesunden Menschenverstand her in die Arbeit einfließen zu lassen. Vorschriften müssen sinngemäß gehandhabt werden, nicht stupide dem Buchstaben nach."

„Das ist nicht neu, als Forderung wohl aber immer noch aktuell."

„Leonhard hat sich gewehrt. Er hatte die Erfahrungen eines Lebens hinter sich und wusste doch vom Instinkt her, wie man Schüler anzufassen und ihnen nützliches Wissen zu vermitteln hat. Dann wurden die Kollegen gegeneinander ausgespielt, das brachte Misstrauen ins Kollektiv, und er zog den Kürzeren. Man nannte diesen Direktor den *lieben Gott* - na ja, und wer die Allmacht hat..."

Frank Liebig schlug erregt die Fäuste gegeneinander.

„Erzählen Sie mir nichts von solchen Allmächtigen", sagte er. „Da prallt jeder Einwand ab. Keine Diskussion bitte! Das wird so und so gemacht, das wird schon irgendwie gehen. Ja, ja, ja, gehen tut vieles!"

„Ich wollte Sie nicht in Zorn bringen", sagte sie.

Er fuhr sich über die Stirn, besann sich, lächelte. „Sie haben ja recht", fuhr er fort. „Man sollte die Allmacht nicht zu ernst nehmen. Die Kraftmeierei mancher Leute ist oft wohl nichts weiter als Ausdruck ihrer eigenen Hilflosigkeit. Lasst euch also nicht blenden! Diese Mitmenschen sind oft auch Bluffer, sie überrumpeln einen und rechnen dann mit unserem Schock. Als sprachloser Partner aber ist man von vornherein im Nachteil. Man sollte lachen, das entwaffnet."

„Dem lieben Gott gegenüber? Aber Frank, haben Sie denn nie wirklich Vorgesetzte gehabt? Die lassen sich doch nicht auslachen."

Er winkte ab. „Mehr als genug, und ich bin ja selber einer gewesen. Das sind auch nur Menschen, sie haben ihre Schwächen und Ängste und dummen Gewohnheiten. Ich kannte einen, der hatte sich dreißig seltene Fremdwörter eingepaukt und machte damit seine Zuhörer regelrecht besoffen. So einen muss man freundlich bitten, doch seine Rede ins Deutsche zu übertragen, das setzt ihn rasch matt; denn dann enthüllt sich meist die Inhaltslosigkeit solcher Worte."

Sie schüttelte den Kopf. „Vorgesetzte haben die Vorschrift hinter sich, wenn sie sich in die Enge getrieben fühlen, nutzen sie die mit aller Konsequenz, und das ist nicht ungefährlich, das wissen Sie doch."

„Jetzt denken Sie auch in Kategorien."

So stritten sie sich den ganzen langen Weg, bis der Blick zur Uhr verriet, dass das Mittagessen wartete.

14

Seehausgeschichten

In der Tür empfing sie die Wirtin. Es wäre ein kleiner Bus gekommen, sagte sie, eine Reisegesellschaft, und ob es ihnen etwas ausmachen würde, sich ausnahmsweise einmal mit ans Fenster zu dem Ehepaar und den beiden Kindern zu setzen. Natürlich hatten sie nichts dagegen.

Susanne war von dem Gefühl beherrscht, dass die Wirtsfrau im Grunde nur zu Frank Liebig gesprochen hatte, nicht zu ihr. Das *Haus am See* schien sich gewandelt und statt Freundlichkeit nur noch sachliche Kühle für sie übrig zu haben; denn auch Liesbeth kam ihr nicht mehr so liebenswürdig wie im Anfang vor, und Richard grüßte kaum noch. Ihr war, als lauerte hinter der vermuteten Abneigung etwas Feindliches. Die Ahnung einer möglichen Gefahr war beklemmend und löste ein leichtes innerliches Zittern aus. Jetzt hätte sie sich bei jemandem anlehnen wollen, sich festhalten an etwas Starkem, das allen Respekt einflößte.

Die kleine Busgesellschaft hatte drei Tische besetzt, die Leute redeten lebhaft miteinander, sprühende Feiertagslaune, die heraus drängte, sich ihrer Umgebung mitteilen wollte. Susanne hielt die Leute für Handwerker mit ihren Frauen, verhielt einen Augenblick und, schaute, dann folgte sie Liebig an den Fenstertisch. Das Ehepaar dort war bereits unterrichtet und also auch schon zusammengerückt. Der Mann stand auf, neigte leicht den Kopf gegen Susanne und sagte: „Zühlke - meine Frau, unsere Kinder."

„Angenehm. Wir stören doch nicht?"

„Keineswegs."

Liesbeth brachte die Suppe. Susanne suchte vergeblich ihren Blick.

„Mahlzeit!"

Obgleich man sich doch längst kannte, gab es am Tisch zunächst kaum Gespräche. Die Kinder saßen beängstigend artig vor ihren Tellern, getreue Produkte der elterlichen Dressur. Susanne wurde an die eigene Kindheit erinnert. Erziehung kann krank machen. In den Augen gesunder Kinder liegt alles Erstaunen über die Wunder der Welt, in diesen Augen aber las Susanne gespannte Ängstlichkeit, etwas falsch zu machen und gerügt zu werden. Der erste Eindruck, als sie bei ihrer Ankunft die Mitgäste gemustert hatte, erhielt seine Bestätigung. Am liebsten hätte sie jetzt an jede Hand eins dieser Kinder genommen, um mit ihnen hinauszulaufen, weg von diesem Haus bis ans Wasser, um sich dort gemeinsam über die davon plumpsenden Frösche zu freuen und sich die Schuhe ordentlich vollzumoddern bis an die Knöchel.

Später tauschten die Männer einige Sportergebnisse aus, davon verstand Susanne nichts. Sie hörte nur heraus, dass diese Zühlkes in der Stadt wohnten, irgendwo draußen im Betongebirge der Peripherie, wo man zwar modern und bequem unterkommt, doch aus den Fenstern wie in Spiegel schaut, die auch wieder nur Beton zeigen. In den Tälern dort ist noch Leben; aber die Gipfel gehören nur gelegentlichen handwerkelnden Kletterkünstlern und den Vögeln.

Dass man da Sehnsucht nach einem Stück Natur bekommt, dass man den lebendigen Erdboden unter den Füßen spüren möchte und dem Rauschen der Bäume nachsinnen, ist verständlich. Warum lassen sie dann nicht wenigstens ihre Kinder ein wenig freier aufwachsen, eine Spur ungestümer, dachte Susanne. Doch selbst die Frau schien gehemmt zu sein, sonst hätte sie doch das Gespräch gesucht oder wenigstens einen gelegentlichen Blickkontakt.

Ob ich versuche, diese Kluft zu überspringen? überlegte Susanne. Aber womit? Belanglosigkeiten führen zu nichts - doch da sind ja die Kinder. Welche Mutter bleibt unberührt, wenn über ihre Kleinen gesprochen wird? Da kam schon Liesbeth mit dem Hauptgang. Die Frau schnitt den Kindern das Fleisch zurecht.

„Ihr seid ja ganz besonders artig", sagte Susanne.

Das Mädchen zog den Kopf zwischen die Schultern, biss sich auf die Unterlippe und schnitt dem Bruder eine Grimasse.

„Na, nicht albern!" mahnte der Vater.

„So war ich früher auch", sagte Susanne. „Das schadet gar nichts."

Die Mutter blickte erstaunt missbilligend.

„Ihr wisst, dass Oma heute kommt, und die mag das gar nicht", belehrte der Vater, „Wenn man gefragt wird, antwortet man anständig."

Damit war jeder Versuch, ins Gespräch, zu kommen, gestoppt. Habe ich denn die Kinder etwas gefragt? überlegte Susanne. Ich habe doch nur eine nette Feststellung getroffen, eine Bemerkung gemacht. Sie blickte Frank Liebig an, der lächelte mit den Augenwinkeln und strich sich mit dem Zeigefinger ein imaginäres Bärtchen glatt.

Wir sind hier wie auf einer Insel, dachte sie. Manchmal kommt von außen her ein Gruß geflattert so wie diese Oma heute Nachmittag. Aber sonst? Seit ich hier bin, hat sich bestimmt unendlich viel in der Welt ereignet. Hier aber nimmt man anscheinend keine Notiz davon. Vielleicht hat der eine oder andere sein Kofferradio oder ein Fernsehgerät im Zimmer? Früh wird an den Tischen die Zeitung gelesen, aber keiner redet über die Meldungen, auch Frank Liebig nicht. Haben die Menschen im *Haus am See* kein Verlangen nach Gedankenaustausch? Oder sind die anderen - mit Ausnahme der Frau Nandelstedt vielleicht - hergekommen, um Stille zu suchen, und sie haben sie auch gefunden - nur ich nicht, weil ich an Frank Liebig geraten bin, der inzwischen das Alleinsein gründlich satt hat.

Sie war froh, als die Mahlzeit zu Ende ging und die Leute sich verabschiedeten.

„Das war ja grauenvoll!" stieß sie hervor.

Liebig wandte sich um und winkte der Bedienung. „Ich hätte gern meinen obligaten Magenlikör", sagte er, und zu Susanne gewandt: „Ich darf Sie doch zu einem Gläschen einladen? - Also, bringen Sie zwei, Liesbeth!"

Er setzte sich auf den Stuhl gegenüber. „Sie müssen den Leuten das nachsehen", sagte er. „Diese Zühlkes üben sich in dem ehrlichen Bemühen, ihre Kinder so zurechtzubiegen, dass sie nirgends anstoßen. Das ist doch was. Ihre Seelen werden sozusagen von Watte umgeben."

„Aber es sind doch moderne Menschen", warf sie ein.

„Was ist modern? Warten sie bis zum Nachmittag. Sie haben ja vernommen, dass die Mutter kommt. Diese nette alte Dame ist das Agens der Familie. Sie wird nicht von modernen Ansichten getrieben, sondern alten, ehernen Normen. Ich erwähnte wohl schon, dass Zühlkes Gesundheitsfanatiker sind. Die Türklinke der Nummer fünf ist mit Mull umwickelt, getränkt mit irgendeiner keimtötenden Lösung. Sie geben ja auch keinem die Hand."

„Und triumphieren dann bei jeder aufkommenden Krankheit über die Nachbarn, ja?"

„Im Gegenteil, schon der kleinsten Erkältung fallen sie zum Opfer und schimpfen dann über die unvernünftig lebenden Mitmenschen, von denen sie tückisch infiziert würden. Ich habe mehrfach mit dem Mann gestritten, er begreift einfach nicht, dass wir Menschen mit unserer Umgebung im Gleichgewicht leben müssen und dass jemand, der steril wohnt, seinem Organismus keine Gelegenheit gibt, rechtzeitig Abwehrstoffe zu entwickeln."

„Haben Sie mit dem Gesundheitswesen zu tun?"

„Die Nationale Front hat mit allem zu tun. Ich habe aber euch viel gelesen. Außerdem ist das doch durchaus einleuchtend: Was man nicht trainiert, kann im Ernstfall kaum klappen."

Sie tranken ihren Likör.

„Und was unternehmen wir heute Nachmittag?" fragte er.

„Was Sie unternehmen, weiß ich nicht. Ich gedenke, mich auszuruhen, langzulegen, ist das nichts?"

„Das war deutlich", sagte er. „Dann wünsche ich eine angenehme Ruhe!"

„Danke vielmals!"

Susanne legte sich angekleidet auf ihr Bett. Der Vormittag mit Frank Liebig hatte sie abgelenkt von den sie bedrückenden Dingen. Jetzt, wo sie allein war, kam ihr augenblicklich wieder jener böse Zettel in den Sinn, mit dem der heutige Tag begonnen hatte. Kampf war ihr angesagt werden, und sie wusste zurückzuschlagen. Längst würde der alte Bruder mit Elisabeth gesprochen haben, und Susannes Antwort machte bereits im Dorf die Runde. Jetzt wartete sie auf den nächsten Schlag.

Von wo und von wem kommt was? sinnierte sie. Dieses Warten ist nicht zu ertragen. Ich will nur Klarheit, und ich kann jetzt auch nicht mehr zurück. Ich will nicht bis an mein Lebensende mit diesen ungelösten Fragen bleiben, also steht mir Rede, und ich lasse euch auch in Ruhe. Ich bin hierher geflohen, aber nun will ich nicht wieder fliehen müssen.

Sie dachte lange nach, biss sich auf die Lippe, ein verlegenes, junges Mädchen. Leonhard hatte sie immer ermuntert, den Alltag aktiv anzugehen. Bei solchen Gesprächen verfiel er leicht in einen schulmeisterlichen Ton. Susanne glaubte, seine Stimme zu hören: „Wir haben es nicht nötig, Ereignissen entgegenzuzittern. Wir können es uns leisten, selbst den Weg zu bestimmen, erste Schritte zu tun, aktiv das Geschehen anzugehen."

Sie musste lächeln, weil sie jetzt plötzlich die dozierende Eigenart seiner Rede begriff, die ihr früher aber nie so recht aufgefallen war. Sie nahm ihre Handtasche aus der Nachttischlade, nestelte ein Foto heraus und sah es an. Sie hatte dieses Bild irgendwann während eines Urlaubs aufgenommen. Leonhard stand am Geländer und schaute vom Hexentanzplatz aus ins Bodetal hinunter. Ach, so ein fotografisches Abbild, so ein Scheinmensch. Man betrachtet ihn und macht ihn in der Phantasie lebendig; aber es ist doch reine Selbsttäuschung.

In den ersten Tagen nach Leonhards Tod waren ihr angesichts solcher Erinnerungen die Tränen gekommen, jetzt blieben ihre Augen trocken. Verzeih, dachte sie, ich fange an, mich von dir zu lösen. Schon habe ich eigene Entschlüsse, werde von einem Tag zum anderen selbstsicherer, ich glaube, sogar meine Angst vor der Zukunft wird geringer, und der Gedanke an das Nachher erscheint mir nicht mehr so furchtbar. Vor mir stehst du, Hardy, immer noch ein bisschen scherzhaft überlegen, auch ein bisschen Zeigefinger: Also, Gnostika, nimm das frisch gewonnene Bewusstsein an und zittere nicht vor möglichen neuen Angriffen, entscheide dich: Entweder von hier verschwinden, oder die bedrückende Wartezeit überspielen.

Womit überspielt man solche Zeit? überlegte Susanne, und

dann fiel ihr ein: Mit Geschichten. - Das *Haus am See* steckt voller Geschichten, hatte Frank Liebig gesagt. Jetzt bedauerte sie doch, dass sie seine Frage nach möglichen Unternehmungen für den Nachmittag so brüsk abgetan hatte. Sie könnte jetzt in der Laube sitzen oder auf der Bank drüben am Spazierweg und zuhören, ganz nach Wunsch der Geschichte der Zühlkes lauschen, der Geschichte der rothaarigen Liesbeth, oder der gewiss recht denkwürdigen Geschichte des Richard, der kein Herr sein will und vom dem sie nur ein streng geheimes Stückchen kannte.

Auf einmal litt es sie nicht mehr im Zimmer. Sie erhob sich und warf einen Blick aus dem Fenster. Die Sonne brütete Dampf aus der Erde, ließ neue Knospen quellen und lockte vieltausend Blüten, sich zu öffnen. Jede Stunde ist vertan, in der man sich verkriecht und nicht teilhat an alledem, was sich draußen tut.

Das Ehepaar Zühlke lag auf der Terrasse und trank mit geschlossenen Augen Sonnenlicht. Die Kinder hatten Buntstifte über den Tisch verstreut und malten ganze Blätter voll mit farbigen Phantasien. Frau Nandelstedt hatte die Füße hochgelegt und strickte an einem Pullover. Sie sah über die an ihr ungewohnte Brille hinweg, es war ein freundlicher, gesprächshungriger Blick, doch Susanne tat, als hätte sie ihn nicht verstanden. Sie ging gemächlich über den mit frischem Kies bestreuten Hof hinweg, dann durch die Pforte im Zaun nach draußen. Da aber wusste sie nicht weiter, sie hatte ja kein Ziel, und sicher würde man sie von drinnen her beobachten, glauben, sie wäre verwirrt, angeschlagen schon, und es bedurfte wohl nur noch weniger Widrigkeiten, sie endlich von hier zu vertreiben.

Also ging sie am Zaun entlang, dort war ein Pfad, der um das Grundstück herumführte, und jetzt erkannte sie auch ein paar Meter höher die altersgraue Laube, wo sie am Vormittag gesessen hatten. Heraus schaute, gemütlich die Ellbogen aufgelegt, Frank Liebig.

„Nennt sich das ausruhen und langlegen?" fragte er.

„Ich bin auf der Suche nach Geschichten", antwortete sie.

„Ach - was für welche sollen das denn sein?"

„Vielleicht zu Anfang die Geschichte von einem gewissen Richard?"

Frank Liebig stemmte sich auf die Laubenbrüstung, kletterte herüber wie ein Lausbub und sprang mit einem Satz herab. Während der letzten Schritte klopfte er sich die Hosen sauber.

„Sie wagen ja tolle Stückchen", sagte sie anerkennend.

„Von Zeit zu Zeit schon noch."

Nun gingen sie also doch wieder nebeneinander wie vor Stunden schon, und gewiss gab es auf der Terrasse lange Hälse und vielleicht auch erneutes Kopfschütteln und dazu die Feststellung, dass die grauschwarz gepunktete Bluse der Dame, korrekt betrachtet, wohl kaum noch etwas mit wirklicher Trauer zu tun hatte.

Die beiden Spaziergänger redeten erst überhaupt nicht, dann begann Liebig ganz unvermittelt: „Also die Geschichte des Richard Steindel."

„Steindel heißt er?"

„Ja!"

Und nun berichtete Frank Liebig über einen Menschen, der in der Tschechoslowakei geboren wurde, und zwar im gleichen Jahr, da dieses Land, verlassen von all seinen Garantiemächten, zerrissen wurde. Die Eltern waren plötzlich Reichsdeutsche im neuen Gau Sudetenland, und das Erste, was das Großdeutsche Reich seinen frisch erworbenen Landeskindern bescherte, war das übersteigerte Hochgefühl, das neue Bewusstsein, der innere und äußere Jubel. Man war nicht mehr nationale Minderheit in einem fremden Staat mit fremder Amtssprache und fremden Beamten, man war erhoben worden über die anderen, die minderen. Vergessen war, dass man jahrhundertelang gut miteinander ausgekommen war im böhmischen Land, wo es heiter zuging mit Blasmusik und Polka und Blumengebinden, und Knödel und Bier hatten den einen so gut geschmeckt wie den anderen.

Jetzt gehörte man zum Herrenvolk, da galt es, gleichgeschaltet mitzutun, also ging Vater Steindel in die Partei und wurde ein Amtswalter, ein Goldfasan, wie man jene Leute in ihren betressten braunen Uniformen nannte. Das lief auf Gesinnungsschnüffelei hinaus, auf Handlangerdienste bei Einsätzen gegen Andersdenkende, gegen Juden, gegen Tschechen, die den anmaßenden Herren den Dienst verweigerten.

Dann bescherte das Reich seinen Bürgern den Krieg, doch davon blieb der Amtswalter Steindel glücklicherweise verschont, denn er hatte wichtige Aufgaben daheim zu lösen. Der kleine Richard genoss die ersten Kinderjahre in aller Fülle und Sicherheit. Er war auch in der Schule geachtet. Dass der Vater inzwischen Schuld auf sich geladen hatte, wusste er nicht, das wurde erst erschreckend deutlich, als der Junge sieben Jahre zählte, das Herrenvolk seinen Raubkrieg verloren hatte und alle Schuld sich rächte.

Zwar warf der Vater die schöne Uniform samt vielen Büchern noch rasch in die Jauchengrube, aber das nützte ihm nichts; denn am anderen Tag kamen bewaffnete Männer mit blauweißroten Armbinden ins Haus, die zerrten Amtswalter Steindel auf die Straße, hielten ihm eine lange, böse Liste vor die Augen, und dann musste er vor ihnen herlaufen zum Friedhof, zitternd vor Furcht, bis ihn etliche Schüsse von seiner Angst erlösten.

Es knallte noch oft in den nächsten Stunden, und Richard hörte die Mutter aus der Kammer schreien. Nachts flüchtete sie dann mit ihm aus dem Dorf, sie rannten sich die Füße blutig, und der weite Weg bis zur Grenze war wie Spießrutenlaufen. Sie wurden bespuckt und geschlagen, und irgendwo kam auch die Mutter um, und der Knabe Richard lief halb irr weiter, bis ihn eine mitleidige Bauernfamilie zu sich auf den Pferdewagen holte, ihm Schutz und Nahrung bot, bis sie endlich in Deutschland waren.

Dort kam er in ein Heim und sein Name auf die Suchlisten vom Roten Kreuz, doch die Tage des Kriegsendes hat er nie überwunden. Er blieb fahrig, in der Schule flogen ihm die Gedanken davon, so dass er nichts Ordentliches lernte. Endlich fand ihn ein Onkel, der ihn mitnahm auf einen langen Wanderweg, rastlos wie ein Fluss, hierhin und dorthin, bis es ihn dann in Rabisdorf ans Ufer spülte.

Er wurde Gemeindearbeiter, aber es gab bald Ärger mit den anderen; denn er war ein Arbeitspferd, er konnte nicht müßig sein, während sich seine beiden Kollegen am liebsten am Schippenstiel festhielten oder Dauerpausen einlegten. Aber was sollte er sonst anfangen? Tätigkeiten, bei denen er denken musste, konnte er nicht bewältigen, vom Denken bekam er Kopfschmerzen. Also sah er sich nach anderen Möglichkeiten um. Das *Haus am See* stand ihm offen, es stand vielen offen, die in ihm Zuflucht suchten, und dort ließ er sich nieder - bis heute.

Während Liebig diese Geschichte erzählte, gingen sie miteinander langsam den Weg entlang, ohne wahrzunehmen, was am Rand der Wiese an Kraut, Blumen und Vogelgezwitscher auf Spaziergänger wartete. Nun verhielt er den Schritt, hob den Arm und zeigte nach oben, wo zwei Gabelweihen ihre Kreise drehten. Susanne folgte seinem Blick, doch sie war noch viel zu erregt, um ruhig den Greifvögeln zuzuschauen.

„Eine traurige Geschichte", sagte sie. „Und warum hat er nicht geheiratet?"

„Es hat noch keine lange mit ihm ausgehalten. Dann und wann überfällt ihn das heulende Elend, dann betrinkt er sich maßlos. Mag er sonst auch freundlich und anstellig sein, der Alkohol macht ihn schrecklich. Ich habe ihn zweimal so erlebt."

„Zu mir ist er jetzt kühl", sagte Susanne.

„Sehen Sie es ihm nach. Er gibt sich sonst sehr nett gegenüber weiblichen Gästen. Ich glaube, Ihr Trauerkleid hat ihn abgeschreckt, er sieht es wie eine Art Uniform, und davor hält er Abstand."

Susanne schaute vor sich nieder. „Ich habe das Gefühl, das ganze *Haus am See* hat sein Verhalten mir gegenüber verändert, seit man weiß, dass ich dieses Tagebuch habe. Auch unsere Liesbeth. Achten Sie mal darauf, Frank."

„Wer Feindschaft erwartet, wird überall welche finden", entgegnete er. „Ich möchte Sie beileibe nicht belehren, Susanne, aber ich glaube, Sie sehen vieles zu einseitig und fällen vorschnell ihre Urteile."

„Sind Sie über Liesbeths Geschichte eigentlich auch so gut informiert?" fragte sie.

„Sie stammt aus einer hiesigen Neubauernfamilie. Sie hatte ein Kind von einem Gast, dessen Namen sie nie preisgeben wollte. Der Mann war ihr nicht wichtig, nur das Kind, und das ausgerechnet musste sie verlieren. Es ist ihr weggestorben, man hat nicht einmal mit Sicherheit feststellen können, woran."

Sie kehrten um. „Hat das *Haus am See* nur traurige Geschichten aufzuweisen?" fragte Susanne.

„Nicht nur, aber die traurigen haben nun einmal das meiste Gewicht. Sie wecken unser Mitgefühl und wirken in uns nach. Über die lustigen wird gelacht, dann sind sie vergessen."

„Und man sollte doch gerade das Heitere bewahren."

„Sie selbst haben doch auch eine traurige Geschichte mitgebracht."

„Und wie steht es mit Ihrer eigenen, Frank?"

„Vielleicht später, Susanne."

Er weicht mir aus, dachte sie. Ja ich weiß, seine Ehe ist zerstört, seine Arbeit hat er hingeworfen, doch das sind nur die äußeren Zeichen, die Ergebnisse von vielleicht langwierigen Entwicklungen und Kämpfen und Zweifeln - darüber muss man doch reden können, wenn man einen ehrlichen, aufmerksamen Zuhörer neben sich weiß. Doch das Gespräch kam nicht wieder in Gang, es war, als wäre eine Tür zugefallen. Wenige Schritte noch, und sie standen wieder vor dem *Haus am See*.

„Nun möchte ich aber doch noch etwas ruhen", sagte Susanne, nickte Liebig zu und ging hinein. Er blieb stehen, überlegte, dann wandte er sich wieder der alten Laube zu. Im Kräutergarten werkelte Richard.

„Frau Berger meint, Sie wären neuerdings ihr gegenüber recht kühl", sagte Liebig. „So kenne ich Sie gar nicht, Richard."

Der Mann drückte den Rücken gerade, er wischte sich umständlich die erdigen Hände an seiner Gartenschürze ab und meinte: „Ich habe Beklemmungen, wenn ich vor ihr stehe. Ich weiß auch nicht, warum. Sie ist sowas Feines. Mit solchen Leuten werde ich nicht warm."

„Sie haben eine gute Beobachtungsgabe, Richard. Irgendwie ist sie eben doch noch die Großbauerntochter. Aber sie weiß es nicht, sie fühlt's nicht. Vielleicht sollte man es ihr sagen."

„Sie wird's übelnehmen, glaube ich."

Liebig hob fragend die Arme, dann drehte er sich um und wandte sich wieder der alten Laube zu, setzte sich so hin, wie er gesessen hatte, als die Frau vorbeigekommen war.

Sie möchte meine Geschichte hören, dachte er. Soll ich ihr mein Leben erzählen? Es ist eine Geschichte der Irrtümer. Schon meine Eltern lebten doch im Irrtum. Sie glaubten, mit strengster Sparsamkeit zu Wohlstand kommen zu können. Alles wurde bei uns daheim zu Geld gemacht. Wir aßen als Kinder kaum eine Kirsche, kaum einen Apfel, der uns im Garten wuchs. Es wurde geerntet und verkauft. Vater wollte das Geld mehren. Bei Kriegsende war er ärmer als zuvor.

Auch meine Kindheit war doch ein Irrtum. Ich spielte begeistert Pimpf und habe die Uniform mit Stolz getragen, bin dann auch ganz folgerichtig freiwillig in den Krieg marschiert. Wieder ein Irrtum. In den Steppen des Ostens ist meine Begeisterung erloschen. Wie trostlos ist die russische Winterweite, wenn man als Feind in ihr weilt, als Verlorener, der von der Heimat träumt wie von einem Paradies, aus dem man für immer vertrieben wurde. Manchmal habe ich die Toten beneidet.

Und nach der Rückkehr? Neue Irrtümer. Meine Ehe, was ist sie denn anders? Ich bin hineingetappt wie ein Blinder und zu feige gewesen, mich früh genug wieder zu verabschieden. Ja, wenn ich so eine Frau wie Gnostika gefunden hätte. Wieder beneide ich einen Toten, diesmal heißt er Leonhard.

Er strich gedankenvoll über das altersgraue Holz der Laubenbrüstung. Ich strahle Optimismus aus und bin doch selber ganz hilflos, dachte er. Meine innere Zerrissenheit ist mir nicht anzumerken. Ich wollte das auch gar nicht, und wenn ich ihr meine Geschichte erzählte, müsste ich Märchen erfinden, und ich will diese Frau nicht belügen. Soll ich zu ihr über den Irrtum meiner Berufe reden? Erst in die Fabrik, wo mich das monotone Stück-um-Stück geradezu verrückt gemacht hat. Ich habe diese Einförmigkeit nicht vertragen, meine Gedanken quollen hinaus ins Leben, und ich konnte mir tausendmal bewusst hersagen, dass solche Arbeit wichtig ist, dass sie getan werden muss und gebraucht wird. Es nützte nichts. Ich habe die anderen beobachtet, die pfiffen sich eins und freuten sich auf Pause und Feierabend, und wenn am Zahltag die Lohntüte stimmte, fühlten sie sich bestätigt und feierten das bei Bier und Bockwurst.

Ich nicht. Ich wollte sehen, dass mein Tun Wirkung in den Menschen zeigt, bin in die politische Arbeit gegangen und unterlag gleich wieder neuen Irrtümern. Ich dachte, wenn die Ideologie stimmt, stimmt auch alles andere. Also lasst uns die Ideologie verkünden, sie durchsetzen mit letzter Kraft, und die Menschen werden uns zuströmen, die Räder werden sich drehen, und eine Fülle von Glück und Wohlstand wird uns überregnen. Ich glaubte an die Allmacht der Ideologie. Aber sie wird nur mächtig, wenn sie sich im Alltag beweist und für jeden greifbar ist. Sie wird glaubhaft durch erfüllte Wünsche - und zwar die kleinen, bescheidenen, wie auch die größeren, die man sich erträumt und dann erspart und zielbewusst erarbeitet. An der Erfüllung seiner Träume misst der Mensch ihren Wert, dann entscheidet er sich für sie - oder wendet ihr enttäuscht den Rücken.

Es war mein Irrtum, das nicht zu erkennen. Ich wurde ein Schwätzer, ich beherrschte die Kunst, mit viel Worten nichts zu sagen, ich tönte: Arbeit, Brot, Frieden! - Ja, ja, ja, das sind die tragenden Grundpfeiler, das Gerüst; aber wer mag schon auf einem Gerüst wohnen? Da gehören Wände hinein, Fußböden und Fenster, bunte Gardinen und Möbel und Bilder, gefüllte Schubladen und viele, viele Blumen und menschliche Wärme vor allem und Lachen und Musik. Das alles aber hat im Alltag ganz profane Namen. Wozu sie aufzählen?

Ja, Gnostika, und da habe ich mich nun abgestrampelt und gewirkt, immer vom Ehrgeiz besessen, meine Sache mehr als gut zu machen, und ich habe manch braven Kerl gemein vor den Kopf gestoßen und viel ehrliches Bemühen nicht erkennen wollen und Ärger auf Arger gehäuft und dabei die eigene Gesundheit ruiniert, und als mir das endlich klar wurde, bin ich einfach davongelaufen.

Diese Flucht ist wahrscheinlich mein bisher letzter Irrtum. Man kann sich als aktiver Mensch nicht auf irgendwelchen Inseln verkriechen, sich aus der Welt zurückziehen. Das Leben ist stärker, es zerrt einen wieder zu sich, und man hat draußen so viel Kleinholz liegen, dass man sich zumindest schämt, sich dort wieder sehen zu lassen. Wir sind viel zu diszipliniert für solche Eskapaden.

Aber was nützt das Bedauern? Man möchte sich manchmal angesichts gewisser Erinnerungen hinstellen, die Arme breiten und ausrufen: O Freunde, was waren das für Zeiten! Die ganze Welt lag mir zu Füßen, und ich habe es nicht gewusst! - Von einem gewissen Alter an schreit man allerdings nicht mehr so frei heraus, was einen bewegt, man beichtet auch nicht mehr gern, und darum, Gnostika, wird die Geschichte des Frank Liebig nicht erzählt werden, nein, sie wird es nicht - jedenfalls vorläufig noch nicht.

15

Kein Alltag ist zu klein

Inzwischen hatte Susanne Ruhe gefunden. Die Gedanken ließen von ihr ab, und sie schreckte von weither in die Wirklichkeit zurück, als Liesbeth an die Tür klopfte und rief, man würde zum Essen gehen. An diesem Abend legte Susanne das letzte Schwarz ab, sie wählte zur grauen Bluse den passenden Rock, und sie musste schmunzeln, als sie sich im Spiegel betrachtete, hatte sie doch damit der Uniform ade gesagt, die Richard so abstieß.

Nun also wieder ein Abendessen, wieder am gleichen Platz wie immer, an den anderen Tischen die bekannten Gesichter, das gleiche Tun. Bruder und Schwester am Fenster im erregten Gespräch, er jedes Mal das Brot zerbröselnd und den Belag als Beikost genießend, sie den Tee in winzigen Schlückchen schlürfend, das schien sich eingeübt zu haben in langen Jahren, eine sinnlos gewordene Mechanik.

Es ist alles so klein, so furchtbar klein, dachte Susanne, und solche Enge habe ich doch schon als Kind gesprengt. Ich wollte Theater, Reisen, Ausstellungen, Öffentlichkeit haben, und Leonhard war vom gleichen Verlangen beseelt. Wird das noch einmal wiederkommen, oder habe ich mich mit solch kleinen Dingen einzurichten, wie sie mir hier vorgespielt werden?

Ein Konzert wäre heute schön, dachte sie, als sie die Treppe hinunterging, und zwar ein richtiges, nicht bloß eine kleine Darbietung unseres Wirts, so brav er auch immer musiziert. Konzert ist mehr, da sind festlich gekleidete Menschen, das hell erleuchtete Foyer, Stimmengemurmel, und dann das Orchester. Ach ja, das waren einige der vielen Glanzlichter unseres Lebens.

Unten stand Richard, verlegen wartend, dass sie ihm die Treppe freigeben würde. Susanne blieb vor ihm stehen. „Sie sind seit ein paar Tagen so verschlossen", sagte sie, den Blick fest auf ihn gerichtet. „Es gibt doch keinen Kummer? Oder doch?"

Er drehte verwirrt die Hände, es wirkte beinahe komisch, „Nein, nein", sagte er.

„Ich bewundere Sie", fuhr Susanne fort. „Sie sind immerzu tätig, man sieht Sie nur beschäftigt. Was würden Ihre Wirtsleute ohne Sie anfangen?"

Endlich lächelte er. „Mir macht es Spaß", sagte er, „und die Zeit vergeht. Aber, entschuldigen Sie bitte, ich muss etwas vom Boden holen."

„Oh, ich wollte Sie nicht aufhalten." Jetzt gab sie ihm den Weg frei, er war mit wenigen großen Schritten oben. Solche Knechtsseligkeit ist mitleiderregend, dachte Susanne - aber nach dem, was er erlebt hat...

Sie kam als Letzte in den Gastraum, warf einen kurzen Blick ringsum. Bei Zühlkes saß eine alte Dame mit am Tisch, das weiße Haar sorgfältig frisiert, funkelnden Schmuck an Hals und Händen. Sonst bot sich das erwartete Bild.

Liebig stand am Tisch, heiter wie immer. „Konnten Sie jetzt schlafen?" fragte er.

„Ja, es hat gut getan. Der Tag war so voll von Eindrücken und neuen Gedanken, das will verdaut sein."

Er lenkte ihren Blick zum Fenster hin. „Sie haben wohl schon bemerkt, dass Oma gekommen ist", sagte er, „Unsere Kleinen sind noch artiger als sonst."

„Merkwürdig. Es heißt doch immer, Omas würden eher etwas erlauben als Eltern, und sie wären nachsichtiger gegenüber den Enkeln als einst bei den eigenen Kindern."

„Ich denke, wir sollten uns zunächst näherliegenden Dingen zuwenden." Er zeigte auf die Gedecke, appetitlich zurechtgemachte Teller, berechnet für Gäste mit einem Bärenhunger. Susanne betrachtete die Köstlichkeiten in offensichtlicher Hilflosigkeit.

Frank lachte, als er ihre Blicke sah. „Ich habe nach der zweiten Woche gefragt, ob man hier unter einer Art Mastvertrag steht", sagte er.

„Sie müssen nicht aufessen. Auf dem Lande kommt schon nichts um."

„Das weiß ich."

Der Wirt betrat den Raum, einen Schreibblock in den Händen. Er nickte nach allen Seiten und sagte: „Darf ich kurz um Ihre Aufmerksamkeit bitten? - Wir haben für übermorgen den Kleinbus zugesagt erhalten. Wer unsere Gepflogenheiten nicht kennt, muss wissen, dass wir einmal im Monat für unsere Gäste eine Fahrt ins Blaue organisieren, damit ihnen hier nicht die Decke auf den Kopf fällt. Die Versorgung unterwegs ist natürlich wieder gesichert. Ich nehme doch an, dass sich jeder beteiligt?"

Auf einmal redeten alle durcheinander, auch die Stimmen der Kinder waren zu hören, dann ein scharfes „Pssst" der Oma.

„Wo soll es denn diesmal hingehen?" fragte die Schwester vom zweiten Fenstertisch her. Susanne fiel erst jetzt auf, welch tiefe, sonore Stimme die Frau hatte.

„Einzelheiten werden nie verraten", sagte der Wirt und blickte nochmals in die Runde. „Ich darf also notieren, dass unsere Gäste ausnahmslos mit von der Partie sind. Soviel darf ich andeuten: Es geht in die Berge."

Frau Nandelstedt klatschte begeistert Beifall.

„In die Berge?" Das war die Oma. „Aber das ist doch wohl nichts für die Kinder."

„Es ist für alle gut", entschied, der Wirt. Niemand widersprach mehr.

„Haben Sie so etwas schon mitgemacht?" wandte sich Susanne an Liebig.

„Aber sicher. Das ist ein kleiner Bus für acht oder neun Personen. Beim letzten Mal waren wir weniger Leute, da fuhr unser guter Richard mit. Er hütete zwei große Picknickkörbe, dann haben wir unterwegs an einem Waldstück Halt gemacht und dort ausgiebig gefrühstückt. Ich denke, die Sache wird Ihnen gefallen."

Auf einmal war der Raum voller Stimmengebrodel. Das

kommende Ereignis musste besprochen werden, und Frau Nandelstedt, die sicher gern mitgeredet hätte, geriet in sichtliche Unruhe und warf ein Senfglas um. Eine Busfahrt, dachte Susanne, nichts weiter, und schon gerät man hier aus dem Häuschen. Natürlich fahre ich mit, ich will mich nicht ausschließen, doch aufregen wird mich das nicht.

Es überkam sie so etwas wie Platzangst. Sie starrte Frank Liebig an. Empfand er denn nicht so wie sie? Er war doch ein Mensch, der sich über Alles Gedanken machte, der die Welt begriff und in ihr Stellung bezog. Litt er nicht unter dieser Enge hier? - Ihre Blicke kreuzten sich. Er nahm verwundert die unverkennbare Spur Angst wahr, die sich in ihrem Gesicht zeigte. „Ist etwas?" fragte er besorgt.

Sie schüttelte den Kopf, überlegte, sagte dann: „Ich habe eine Erkenntnis gewonnen. Wir haben uns aus der Welt zurückgezogen, Sie aus Ihrer, ich aus meiner, und für die anderen hier wird das mehr oder weniger auch zutreffen. Ich fange langsam an zu zweifeln, ob das richtig war."

Ich würde Ihnen beipflichten, wenn das ein endgültiger Rückzug wäre", entgegnete er erleichtert, dass nichts Schwerwiegenderes sie bedrückte. „Wenn man Urlaub macht, entflieht man auch seinem Alltag, aber danach geht man wieder zurück."

„Hm!" Sie stützte das Kinn auf. „Also ist das *Haus am See* nur eine Episode, und sie kommt mir so unbedeutend vor mit ihren vielen Kleinigkeiten. Ich weiß aber, dass mein Hiersein ein Wendepunkt ist, und von einem Wendepunkt erwarte ich Größe, keine Nichtigkeiten."

„Achten Sie das Kleine nicht zu gering", sagte Liebig. „Ich hatte über zu viel Großem das Kleine aus den Augen verloren, das hat mir den Boden unter den Füßen weggezogen. So geht es übrigens vielen Leuten. Die fliegen irgendwo ganz oben und wissen gar nicht mehr, dass der Alltag ein großes Mosaik aus lauter scheinbaren Winzigkeiten ist, die für den Einzelnen ungeheuer wichtig sind und insgesamt das Leben ausmachen. Die Kleinigkeiten, die Sie so anöden, haben mich wieder auf den Boden der Realität zurückgeholt."

„Demnach ist unser *Haus am See* eine Art von Seelensanatorium. Und wer ist der Chefarzt, bitte?"

„Hier ist jeder Arzt und Patient zugleich. Man findet aneinander Genesung. Ist das nicht eine schöne Vorstellung? Man empfängt, aber man hat auch zu geben."

Susanne antwortete nicht. Was Liebig sagte, wollte erst gut durchdacht sein.

„Haben Sie im Dorf das Plakat gelesen?" fragte er nach einer Weile. „Im Gasthaus gibt es einen Lichtbildvortrag vom Kulturbund über die innerasiatischen Sowjetrepubliken. Darf ich Sie dazu einladen? Es wäre ein bisschen große Welt im kleinen Exil."

"Warum nicht?"

Beim Weggehen stellte sich heraus, dass auch die beiden Geschwister vom Fenstertisch das Plakat gelesen hatten und in den Dorfgasthof wollten. So ging man unerwartet zu viert, die beiden Frauen vorweg, die Männer dicht dahinter. Die Dame mit der sonoren Stimme erwies sich als recht unterhaltsam. Sie stellte sich als Ingeborg Weitz vor, entschuldigte sich unterwegs, dass man sich bisher nicht weiter um Susanne gekümmert hatte, aber nach einem solchen Verlust müsse ein Mensch erst wieder zu sich selber finden. Sie müsste das, wäre sie doch vor drei Jahren in der gleichen Situation gewesen. Jedenfalls täte Susanne gut daran, sich nicht zu verkriechen. Sie selbst hätte durch ihre Arbeit als Masseuse immer viel mit Menschen zu tun. Das wäre gut, man begriffe nämlich sehr rasch, dass andere viel schlechter dran wären als man selber. Himmel, wie viel Elend hätte sie schon zu sehen gekriegt.

„Und Ihr Herr Bruder?" fragte Susanne.

„Günter? - Er braucht mich. Seine Frau ist ihm vor Jahren davongelaufen. Ich kann sie verstehen. Na, ich passe auf ihn auf. Wenn ich ihn nicht immer wieder zurechtrücken würde, lebte er bald nur noch für seine Spintisiererei und seine Krankheiten."

„Machst du mich schon wieder schlecht?" rief es von hinten.

„So schlecht, wie du es verdienst!" antwortete die Frau.

Da waren sie schon am Gasthaus. Susanne sah sich plötzlich zurückversetzt in die Kindheit. Damals war dieses Haus das Ziel vieler Wünsche gewesen; denn hier gab es Zuckerbier und herrlich duftende Schmorwürste, und wenn nach der Ernte das Kinderfest war, rannten sie, in den Saal zum Tanzen. Auf der Bühne saßen die Dorfmusikanten, Onkel Sasse, Werner Schlei und der alte Zeisig, den sie wegen seines Grützbeutels Kluterbacke nannten. Die spielten dann wie die Teufel und alle Kinder sangen dazu: „...und mit den Händchen klapp, klapp, klapp, und mit den Füßchen trapp, trapp, trapp. Hüte dich, bewahre dich, dass du keine Schläge kriegst."

Gern hätte sie jetzt in den Saal hineingeblickt, doch es ging ins Vereinszimmer. Hier war ein Bildwerfer aufgebaut, ein Mann beschäftigte sich damit, die Leinwand richtig auszuleuchten, ein anderer, wohl der Vortragende, stellte ihm die Kästchen mit den Diapositiven zurecht. Sie wählten Stuhlplätze an der Seite aus. Susanne entdeckte ein neues Stück Kinderzeit: An den Wänden hingen noch immer die Urkunden der Freiwilligen Feuerwehr und der örtlichen Fußballer.

Allmählich kamen auch noch mehr Leute aus dem Dorf dazu. Susanne übermusterte die Gesichter. Plötzlich rief ihr Blick ein Echo hervor. Eine Frau schoss lachend auf sie los, packte ihre Hände: „Susanne!"

„Lenchen?"

„Aber ja! Ich hab schon gehört, dass du in Rabisdorf bist, habe gedacht: Ob sie denn mal vorbeikommt?"

„Lenchen Weidner", sagte Susanne und erwiderte die Umarmung.

„Ja doch, jetzt heiße ich Thinius. Ach du, wir waren doch Freundinnen. Du musst uns besuchen! Wir haben uns eine Ewigkeit nicht gesehen. Da kommt Margot, die kennst du doch auch noch, und da die Christa." Sie winkte. „He, seht mal!" rief sie. „Die Susanne ist hier!"

Auf einmal war sie umringt von tausend hastigen Fragen, von lachender Neugier. Ihr fiel ein, dass sie an diesen Teil ihres Heimatdorfes überhaupt noch nicht gedacht hatte. Natürlich! Es gab für sie nicht nur Misstrauen und boshafte Zettel in Rabisdorf, da waren alte Bekannte, die sie gern wieder bei sich sahen, manche schon gezeichnet von den Jahren, in die Breite gegangen, abgearbeitet von der Last des ländlichen Alltags, der Sorge um Mann und Kinder und nun wieder beschäftigt mit den Enkeln. Sicher wäre eine große Schwatzrunde daraus geworden, wenn es nicht gebieterisch geheißen hätte: „Wir wollen nun anfangen!"

Der Vortragende nahm sie mit in traumhaft schöne Länder. Sie sahen Bilder aus der Wüste Karakum, den Aralsee, die Gipfel des Pamir, den See Iskanderkul, die vom Alaigebirge herab schäumenden Wasser, das Ferghanatal und die waldigen Hänge des Tienschan. Dazu wurde Musik abgespielt, wie sie aus den Ländern dort herauswuchs, stimmungsvoll, fremdartig und doch anziehend.

Und dann die Märchenstädte. Samarkand, Taschkent und Alma-Ata, Buchara und Duschanbe. Susanne war Frank Liebig dankbar, dass er sie mitgenommen hatte. Die Welt ist groß und schön, man muss ab und zu daran erinnert werden. Sie wusste aber auch, dass sich von diesem Abend an noch eine andere Seite ihres Dorfes für sie auftun würde, und die wollte sie annehmen als ein Geschenk. Ihre Vermutung war richtig; denn die anderen hatten sich inzwischen beraten, und so erhielt sie am Schluss des mit viel Beifall bedachten Vortrags eine Einladung und musste fest zusagen, am folgenden Nachmittag zum Kaffee zu kommen, man würde sich zusammensetzen und ausgiebig miteinander schwätzen.

Die Seehausgäste tranken dann zu viert noch in der Gaststube des Wirtshauses eine Flasche Wein. Die Geschwister stritten sich um einige Details des Vortrages, der Disput wurde mit Erbitterung geführt. Susanne erwartete jeden Augenblick, beide würden gekränkt auseinanderlaufen, doch der Streit verebbte so rasch, wie er angefangen hatte. Mit Frank Liebig konnte sie kein Wort mehr allein reden, denn auch der Heimweg wurde zusammen angetreten, und man verabschiedete sich im Flur des gemeinsamen Heimes mit besten Gutenachtwünschen.

Susanne stand im Zimmer und reckte sich. Was für ein Tag! Sie hätte jetzt Leonhard davon erzählen wollen und seine Meinung dazu hören. Nach dem Abend in der Gaststätte, nach dem Wiedersehen mit den einstigen Freundinnen war sie angefüllt mit Empfindungen, die herauswollten. Doch wem hätte sie das mitteilen sollen?

In der Nacht schlief sie fest und ohne Träume. Sie wurde geweckt durch das Klappern der Gartenmöbel von der Terrasse her. Richard war schon wieder tätig. Susanne nahm sich vor, die Stunden bis zum Mittag zur Erledigung einiger Postschulden zu nutzen, zumal Frank Liebig gesagt hatte, dass er heute früh mit dem Bus in die Stadt wollte, um dort vormittags einiges zu besorgen. Die Erkenntnis, dass man ja nur dreißig Minuten vom Treiben der Großstadt entfernt lebte, kam ihr überraschend. Sie wähnte sich weit fortgereist, und diese Reise schien Wochen zurück zu liegen.

Sie frühstückte heute allein. Die Geschwister grüßten viel freundlicher als sonst, ehe sie sich wieder wie gewohnt hinter ihren Zeitungen verschanzten. Frau Nandelstedt schaute auffallend oft herüber, sie schien auf eine Einladung zu warten, doch Susanne nahm diesen Blick nicht auf, obgleich ihr die Frau irgendwie leid tat. Vielleicht später, sagte sie sich.

Dann saß sie im Zimmer, den Blick nach draußen gerichtet. Sie hatte den Tisch vors Fenster gerückt, legte Adressenbüchlein und Briefpapier zurecht und überlegte, wem sie wohl nun zuerst schreiben müsste, doch noch ehe sie die erste Anrede zu Papier hatte, klopfte es.

„Herein!" rief sie ein wenig unwillig. Sie hörte die Tür hinter sich aufgehen, jemand trat ein. Susanne schaute sich erst um, als ihr die Wortlosigkeit des Besuchers bewusst wurde. An der Tür stand ein älterer Mann, drehte linkisch einen schwarzen Hut in den Händen. Ihm war anzusehen, dass er sich in seiner Gastrolle nicht wohlfühlte. Er trug anscheinend seinen Sonntagsanzug, das sah aus wie eine fremde Haut. Das Gesicht kam Susanne unangenehm vertraut vor.

„Ja? Bitte?" fragte sie, und in diesem Augenblick erkannte sie Hubert Wendtland. Aber ja! Vor einigen Tagen war dieses Gesicht unrasiert gewesen, statt des Anzugs hatte der Mann ein schmuddeliges Hemd und ausgefranste Hosenträger auf dem Leib gehabt. Was musste es ihn gekostet haben, ihretwegen für eine Weile aus dem bequemen Alltagshabit herauszumüssen.

„Ich - äh, ich bin...", stammelte er.

„Guten Morgen, Herr Wendtland", sagte Susanne betont

unbefangen. „Nehmen Sie doch Platz."

Der Mann litt offensichtlich unter dieser Situation. Wie anders war dagegen Schniegel Kannenberg hier eingetreten, selbstsicher, siegesgewiss. Es hatte ihm nichts geholfen. Dem hier würde seine Zerknirschtheit auch nichts helfen, wenn er gleichfalls wegen des Tagebuches kam. Zu gut erinnerte sich Susanne daran, wie sein großer Hund geifernd gegen die Torbretter gesprungen war, vor denen sie gewartet hatte, nichts anderes im Sinn, als mit diesem Mann zu reden, der jetzt vor ihr stand wie ein gescholtener Knabe.

„Aber so setzen Sie sich doch", mahnte sie und nahm ihm den Hut aus den Händen. Sogar einen Schlips hatte er sich eingebunden, das Hemd war grau und zerknittert, der Kragen lappig, doch das war hier halt für viele die Festkleidung, das kannte sie noch von früher.

„Ich habe eine Drohung erhalten", sagte der Mann und nahm auf der vorderen Stuhlkante Platz.

„Ich auch", antwortete Susanne.

„Das kam aber nicht von mir", verteidigte sich der Gast und fuchtelte mit den Händen. Dann nestelte er einen Wisch aus der Jackentasche, strich ihn hastig glatt und legte ihn vor Susanne auf den Tisch. „Hubert, jetzt geht's dir an den Kragen", las sie, holte nun ihren Zettel und legte ihn neben den anderen. Es waren eindeutig unterschiedliche Handschriften.

„Haben Sie Feinde im Dorf?" fragte sie.

Er wiegte den Kopf. „Feinde, na ja, das ist vielleicht zu viel gesagt. Es gibt immer Leute, die einem an den Wagen fahren wollen."

„Ich will das aber nicht", sagte Susanne. „Das kann ich Ihnen versprechen. Sie hätten bei meinem Besuch nicht den Hund von der Kette zu machen brauchen. Das war ganz unnötig, Herr Wendtland. Ich wollte nur in aller Ruhe mit Ihnen sprechen, mehr nicht."

Der Mann rutschte auf der Stuhlkante hin und her. „Wenn Sie wollen, können Sie den Schreibschrank wiederhaben, auch den runden Tisch mit den sechs hohen Stühlen", sagte er. „Mehr habe ich nicht. Das ist damals auch ganz ordentlich aufgeschrieben worden, ich hab quittiert, das müssen die auf der Gemeinde noch in den Akten haben, glauben Sie mir."

„Was soll ich mit den alten Möbeln?" fragte sie und winkte ab. Es schien hier im Ort wirklich nur um irgendwelche Stücke aus dem Baatzschen Hof zu gehen. Plötzlich verstand sie ihr Dorf wieder, begriff die Unruhe, die sie hereingetragen hatte. Da gab es etwas wie ein gemeinsames unterschwellig schlechtes Gewissen. Man hatte vor Jahren Haushalt und Inventar des verlassenen Anwesens verteilt. Wer mochte nicht alles zugegriffen haben, so wohlfeil, wie die Sachen ausgeboten wurden, und im Dorf hatte man nichts von alledem weggeworfen, keinen Teller, kein Hemd, keinen Bettvorleger. Eine große allgemeine Erbschaft war das gewesen, vielleicht hatte es gar noch Neid untereinander gegeben, weil einer ein besseres Stück bekommen hatte als der andere.

Und dann, als der Rausch der Verteilung abklang, gab es mehr und mehr Gewissensbisse. Die Baatzens hatten so lange dazugehört, waren Teil der großen Dorffamilie gewesen, besser gestellt zwar, doch als Menschen, als Nachbarn wohlgelitten und geachtet. Das war etwas anderes als Jahre zuvor die Enteignung des Barons Schulenburg, vor dem man devot die Mütze gezogen hatte und der ewig dem eigentlichen Dorf fern blieb wie ein Gott, der andere Sphären bewohnt als die Sterblichen. Man hatte dessen Schicksal als gerechten Ausgleich empfunden und als völlig in Ordnung angesehen, dass die Sachen aus der Gutsvilla unter die Flüchtlinge aufgeteilt wurden, die ohne jede Habe aus dem Osten her strömten und nun die allergeringste Hilfe aufnahmen wie ein Himmelsgeschenk.

Bei Familie Baatz lagen die Dinge anders. Sie war Teil der Einwohnerschaft, lebte den Alltag mit auf Feld und Weide, bei Bäcker und Kaufmann und des Abends in der Dorfkneipe. Der alte Bauer war tot, na schön, und eine Tochter hatte sich aus dem Lande gemacht, doch es gab noch mehr Baatzsche Kinder, die konnten jederzeit wiederkommen, zumal Eltern und Großeltern oben auf dem Gemeindefriedhof lagen. Sie konnten kommen und Fragen stellen, und waren auch die Jahre hingegangen, das mahnende Gewissen war den Dorfleuten geblieben.

Nun also war wirklich eine Baatz gekommen und fing mit vollem Recht an zu fragen, und das konnte doch nur darum gehen, die mit dem schlechten Gewissen an den Ohren zu ziehen und sie klein und schuldig zu machen. Ja, man hatte sich immer schon gefühlt wie unentdeckte Sünder, deren Verfehlungen aber in irgendeinem großen Buch aufgezeichnet waren bis zu dem Tag, da jemand es aufschlagen und daraus vorlesen würde.

Darum also der Zettel mit dem gebieterischen „Hau ab!" - Und was die Drohung gegen Hubert Wendtland betraf - eigentlich war es ja mehr ein hämisches „Ätsch!" als eine Drohung - so mochte sie von daher gekommen sein, wo sich ein Rest Neid erhalten hatte, und wo man sich daran erinnerte, damals selber weniger gut weggekommen oder gar leer ausgegangen zu sein.

Ganz alltäglicher Dorfhickhack war das und kein bedrohliches Komplott. Oder? - Wendtland zeigte sich ohne Weiteres gefügig, seinen Anteil von der großen Erbschaft herzugeben. Warum diese Voreiligkeit? Wollte er damit für gutes Wetter sorgen, um anderes zu verbergen? Vor Tagen, im ersten Schreck über Susannes Auftauchen hatte er doch ganz andere Argumente zu seiner Verteidigung ins Feld geführt. Da waren Möbel überhaupt nicht zur Sprache gekommen, da hatte es geheißen: Ich habe mit dem Tod Ihres Vaters nichts zu tun!

Ist vielleicht quälend in seinem Unterbewusstsein etwas viel Gewichtigeres vorhanden, etwas, das er für lange Zeit nicht hat sehen wollen? überlegte Susanne. Bestimmten Dingen entflieht man nicht, sie holen einen eines Tages ein und wollen, dass man Rede und Antwort steht.

„Es ist mir nie um die Sachen aus unserem Hof gegangen", beendete Susanne das schon peinlich werdende Schweigen. „Wir - das heißt, mein Mann und ich haben uns längst den eigenen Haushalt eingerichtet, und jetzt bin ich ohnehin Witwe. Ich wollte bei meinem Besuch über den Tod meines Vaters reden, nur darüber."

„Ich weiß nichts", antwortete er finster und starrte auf seine Fäuste.

„Sie haben mir Herrn Kannenberg hergeschickt, der mich bedrängte, das Tagebuch meines Vaters herauszugeben, und darin kann weiß Gott nichts über irgendwelche alten Möbel stehen, Herr Wendtland. Das sehen Sie doch ein, oder?"

Er drehte sich hin und her wie unter einem Schmerz, begriff wohl, dass sein Angebot, den eigenen Anteil aus dem Baatzschen Haushalt herzugeben, nicht verfangen hatte. Auf diesen Fall aber war er anscheinend nicht vorbereitet und schwieg in finstrem Trotz.

„Im Tagebuch meines Vaters steht der Satz: Hubert Wendtland will mich in die Pfanne hauen", sagte Susanne. „Da muss es doch was gegeben haben. Ich wäre froh, wenn Sie mir ein bisschen was erzählen würden. Ich verlange doch weder Rechenschaft, noch will ich Ihnen Schwierigkeiten machen. Begreifen Sie doch, ich will nur Licht, ich möchte klar sehen können als Tochter, nichts weiter."

Sie hatte diese Worte ganz ruhig gesprochen, beinahe sanft, doch sie vermochten nicht, den Besucher aus seinem Dahinbrüten zu wecken. Er fühlte sich unerwartet in die Enge getrieben, dort gab es nur noch stumme Ergebenheit oder wildes Umsichbeißen. Hier aber konnte Hubert Wendtland keinen Hund von der Kette lassen. Er hatte sich herausgewagt aus seiner Festung, nun saß er überraschend in der Falle, angewiesen auf Gnade oder ein zufälliges Wunder.

Er tat Susanne leid. Sie sah jetzt nichts weiter als einen alten, geschlagenen Mann vor sich. Einst war er maßgebend gewesen in dieser Gemeinde. Er hatte mitregiert, ohne seiner Herkunft oder seines Wissens nach ermessen zu können, was er in sicherlich gutgemeintem Eifer ausführte oder in eigener Befugnis veranlasste. Solche Leute waren beflissener gewesen als die, von denen die Anordnungen und Hinweise ausgingen. Sie wollten beweisen, dass das in sie gesetzte Vertrauen keinen Unwürdigen getroffen hatte. Sie begriffen den Klassen- und Parteiauftrag als Lebensaufgabe, die sie noch um vieles besser erfüllen wollten, als von ihnen erwartet wurde.

Armer Hubert Wendtland! Vielleicht ist er nun inzwischen *weg vom Fenster*, wie es so schön heißt. Dann sind die Taten von damals lange vergessen. Er scheint hier nicht mehr zu den Lenkern zu gehören. Vielleicht nimmt man ihn in der Öffentlichkeit kaum noch wahr. Und nun kommt zur bitteren Erkenntnis des *Weg-vom-Fenster-seins* noch jemand, der ihm vergangene Leistungen als

Fehler anlasten will, ihm heute, nach so vielen Jahren Geständnisse abfordert, als gäbe es von damals her noch ungesühnte Verfehlungen oder gar Missetaten.

Susanne fühlte sich auf einmal ebenso hilflos wie ihr Gast. Sie wusste nicht, was sie noch hätte mit ihm reden sollen, also erhob sie sich und sagte: „Ja, das wär's dann wohl, Herr Wendtland. Und jetzt entschuldigen Sie mich bitte, ich möchte noch ein paar Briefe schreiben."

Verwundert stand der Besucher auf, nahm den Hut vom Tisch, nickte, bekam aber kein Wort heraus, und als er zur Tür ging, lag Unsicherheit in seinen Schritten, weil er wohl nicht begriff, wieso er auf einmal so überraschend gnädig aus seiner Zwangslage entlassen war.

Er schloss die Tür behutsam. Susanne wandte sich um und öffnete das Fenster ganz weit. Sie stand und atmete tief durch. Ihre Gefühle waren in diesem Augenblick mehr als zwiespältig. Ich hätte Erwin gar nicht anrufen sollen, dachte sie.

16

Der Kaffeeklatsch

Am Mittagstisch berichtete Susanne von diesem Besuch, von den Gedanken, die ihr dabei durch den Kopf gegangen waren, und sie stellte Frank Liebig erneut die Frage, ob es nicht überhaupt ein Fehler gewesen wäre, die alten Geschichten herausgekramt und einige Leute damit aufgeschreckt zu haben.

„Sie wissen, dass ich nicht dieser Meinung bin", antwortete er.

„Und warum nicht?"

„Sie selbst haben gesagt, dass man diesen Menschen helfen sollte, ihre Angst loszuwerden. Das aber bedeutet, die Dinge offenzulegen. Vielleicht ist dieser Wendtland nicht die geeignete Person, damit anzufangen."

„Was sollte ich also tun?"

„Sie haben Ihren Bruder herbestellt, Susanne. Gehen Sie mit ihm zu dem anderen, zu diesem Kannenberg, er scheint mir der Bedeutendere zu sein. Gebrauchen Sie ein paar Anspielungen, geben Sie ein paar versteckte Hinweise und warten Sie ab, was dabei herauskommt. Wir haben den Vorteil, dass die anderen den

Inhalt des Tagebuches nicht kennen."

Susanne blickte ihn an und fragte: „Wieso ergreifen Sie eigentlich so lebhaft Partei für meine Sache?"

Liebig lächelte ein wenig hilflos. Es schien, als wollte er diese Frage nicht eindeutig beantworten. Endlich sagte er: „Ich habe in meinem Leben etliches Geschirr zerschlagen. Vielleicht bin ich jetzt bemüht, auch mal ein bisschen was kitten zu helfen."

Das klang so selbstquälerisch, dass Susanne betroffen davon war. Sie legte das Besteck ab und fragte: „Sie wollen sagen, es gibt Vergangenes, von dem Sie sich persönlich belastet fühlen?"

Liebig schaute vor sich nieder. „Ich habe hier viel Zeit zum Nachdenken gehabt", sagte er leise. „Die hat mir früher gefehlt. Da trieb es einen von Termin zu Termin, von Aufgabe zu Aufgabe. All das gab sich oft so wichtig, dass nie Muße blieb, sich selber damit auseinanderzusetzen, Das heißt, mögliche Folgen zu überdenken, Wirkungen, die man ausgelöst hat. Es ist ja so bequem, sich hinter Anordnungen zu verschanzen, die andere zu verantworten haben, und die man ausführt, oft stur und auf eine Weise, die anderen wehtut, wenn nicht gar schadet.

„Auch Sie sind halt nur ein Mensch", sagte Susanne.

„Eben, und das vergisst sich so leicht. Dann überspielt man die eigenen Unsicherheiten durch Forschheit und macht lieber etwas kaputt, als auch mal nachzugeben und Härten abzumildern. Schließlich führen viele Wege nach Rom - wenn auch nicht alle, wie man früher behauptete."

„Das heißt, Sie würden heute vieles anders machen, wenn ich Sie richtig verstanden habe."

„Ich würde versuchen, die Dinge realer zu sehen und auch nicht mehr so bedingungslos gehorsam zu sein. Auch Vorgesetzte irren sich und das manchmal ganz erheblich; denn sie sind weiter von der Basis entfernt. Das heißt, man muss Anordnungen durchdenken und dazu selbst - aus den eigenen Erfahrungen und Kenntnissen heraus - Stellung beziehen."

„Das kann Ärger geben.

„Sehen Sie! - Und jetzt kommt meine Frage: Halten Sie es für klug, solchem Ärger ständig auszuweichen?"

Susanne wusste keine Antwort.

„Haben Sie nie an etwas gezweifelt, was oft mit großen Worten von Ihnen gefordert wurde?" fuhr er erregt fort.

„O doch!" sagte sie.

„Eben. Sie haben gezweifelt, aber Sie haben nicht widersprochen. Die Ihnen anerzogene Disziplin, die Furcht vor dem Ärger verhinderten das ersprießliche Streitgespräch, aus dem vielleicht Besseres gewachsen wäre. Die Frucht unseres Gehorsams ist oft Fehlerhaftigkeit und beschert uns am Ende Unlust, Langeweile, Gleichgültigkeit."

„Glauben Sie denn, Sie hätten an den Gegebenheiten etwas ändern können, wenn Sie das früher gewusst hätten?" fragte Susanne.

„Etliche meiner offensichtlichen Fehler wären wohl zu vermeiden gewesen."

„Vielleicht hätte man Sie auch ganz einfach kaltgestellt."

„Na und? - Jetzt habe ich mich selber kaltgestellt - ist da ein Unterschied?"

Dieser Mensch braucht Hilfe, fuhr es Susanne durch den Kopf. Bisher hat immer er versucht, mir zu helfen. Ich hielt ihn für einen Fels, für eine eherne Stütze. Auch jetzt gibt er sich noch den Anschein von Festigkeit, und seine Argumente klingen unumstößlich. Vielleicht aber ist alles ganz anders, und sein Ausforschen der Menschen hier war nichts weiter als die Suche nach möglichem Halt.

Dann hätte er sich mir genähert, um für sich selber Beistand zu finden? Hätte meine äußerlich sichtbare Trauer als Zuflucht gesehen? - Und ich habe das nicht begriffen, bin nicht auf ihn eingegangen. So wie jetzt haben etliche unserer Unterhaltungen geendet, eine Floskel als Schlusspunkt, ein freundliche Adieu, jeder geht seiner Wege, und er hat wieder Trost gefunden für eine Weile, kann sich mit Schicksalen beschäftigen, die schwerer wiegen als sein eigenes.

Aber das ist ein Labyrinth, aus dem er nie herausfinden wird, und er hält doch den rettenden Faden in der Hand, er hat ihn mir gezeigt: Die Hintergründe solcher Angst aufdecken, offen darüber sprechen und mit dem Wissen von heute zu einem versöhnlichen Schluss kommen. - In der kleinen Laube hatte er das gesagt, und eben vorhin noch, seine Empfehlung, die Dinge um Wendtland und Kannenberg und den Bauern Hermann Baatz offenzulegen... Warum um alles in der Welt nutzte er diese Erkenntnisse nicht für sich selbst?

„Frank", sagte sie leise. „Sie haben sich etliche Tage lang geduldig meine Sorgen angehört. Ich bin Ihnen dankbar dafür. Jetzt bitte ich Sie, mich für Wert zu erachten, Ihre eigenen Sorgen zu teilen. Wenn Sie mal auspacken wollen, bitte!"

Er nahm ihre Hand und führte sie lächelnd an die Lippen, es war eine behutsame, fast feierliche Geste, die Susanne unter anderen Umständen mit Lachen quittiert hätte. So näherten sich damals in ihrer Theaterzeit die ältlichen Mimen den Elevinnen, halb Grandseigneur, halb väterlicher Don Juan. Das hier aber hatte nichts Kitschiges, nichts Verstaubtes an sich, das war echt, ein Dankeschön, das nicht ausgesprochen werden muss. Und als wäre dies schon viel zu viel Vertraulichkeit gewesen, erhob sich Liebig, schaute auf die Armbanduhr und sagte: „Vergessen Sie Ihre Verpflichtungen nicht, die Einladung zum Kaffeeklatsch.

„Warum weichen Sie mir aus, Frank?"

„Ich weiche Ihnen nicht aus. Ich habe Sie wohl verstanden, und wenn ich das, was Sie mir da angetragen haben, brauche, komme ich bestimmt darauf zurück."

Er nickte ihr zu und ging. War das eine Unhöflichkeit? Susanne empfand das nicht. Im Gegenteil, sie wusste plötzlich, dass sie ihn getroffen hatte. Jetzt gab es kein Ausweichen mehr, und er flüchtete, weil er darauf nicht gefasst war. Nun, beim Abendessen würde sich zeigen müssen, ob er mit sich ins Reine gekommen war. Fast bedauerte Susanne, den Nachmittag anderswo verbringen zu sollen.

Man grüßte sie, als sie durchs Dorf ging, sie dankte, ohne zu wissen, wem. Lenchens Haus fand sie sofort. Es machte einen freundlichen Eindruck. Die engen Lichtlöcher des alten Bauernhauses waren breiten, blumenbunten Fenstern gewichen, der frische Putz war glatt und sauber. Mitten im Hof, wo früher der große Misthaufen gelegen hatte, erhob sich ein steingefasstes Hochbeet mit Koniferen und den bizarren Blüten verschiedenster Lilien. Ein Hund kam der Besucherin schweifwedelnd entgegen und drängte ihr seinen Kopf liebehungrig in die Hand.

„Du bist ja ein netter Bursche", sagte Susanne.

In der Haustür erschien mit vorgestreckten Händen Lenchen Weidner. „Schön, dass du kommst, wir erwarten dich schon."

„Ich bedanke mich für die Einladung."

Auch im Flur erinnerte nichts mehr an das einstige Dorfhaus, die Wände waren hell getäfelt, ein mannsgroßer Spiegel war neben der Garderobe eingelassen, Auslegeware bedeckte den Fußboden, und für Besucher standen auch schon bequeme Schuhe bereit, niemand tritt gern Straßenschmutz in eine fremde Wohnung.

„Ich hab dich gar nicht gefragt, was du eigentlich arbeitest", sagte Susanne.

„Ich bin Lehrerin, die stellvertretende Direktorin unserer alten Schule."

„Das darf nicht wahr sein."

„Warum nicht?" Die Frau öffnete Susanne die Zimmertür. Hinter dem festlich gedeckten Tisch, auf dem sogar Kerzen brannten, saßen Margit und Christa; das allgemeine Lachen der Begrüßung zauberte alte Zeiten herbei, als man noch so herrlich albern sein und Torheiten begehen durfte, die Erwachsenen für immer verboten sind.

Es duftete nach frischem Kuchen, nach Kaffee, Blumen, verschiedenen Parfüms, ein süßes Gemisch, in dem man versinken konnte, aufgefangen von der Herzlichkeit alter Freundschaften, von tausend *weißt du noch, damals?* - Susanne ließ sich ergreifen, mitzerren, es war schön, einfach nur so davongetragen zu werden. Sie erinnerte sich eines Wunsches, den sie damals oft ausgesprochen hatte: Ich möchte gern viele Menschen zu Freunden haben. -

Sie tranken Kaffee, schmausten, wärmten Erinnerungen auf: „Wisst ihr noch, wie wir der alten Johanna Krüger Baldrian auf den Fußabtreter geschüttet haben, und sie konnte sich dann nicht vor den Katzen retten?"

„Und der Bergschen hatten wir den Namen Icksolde gegeben, weil sie sich mit ihrem dummen Geklatsch Ärger eingehandelt hatte und dann immer sagte: Ick sollte jesaacht haben - ick sollte - ick sollte..."

Susanne erinnerte sich, dass Margot schon immer eine solche Plaudertasche gewesen war, auch ihre runden Apfelbacken von damals hatte sie behalten, und Christas ausgebleichtes Haar war einst tiefschwarz gewesen. Damals hatte sie ganz dicke Zöpfe getragen und war immer in Dirndlkleidern gegangen. Ihr Vater wollte sic echt deutsch-bäuerlich haben und bedauerte dass die Tochter nicht blond und blauäugig geraten war, dem Ideal dieser Zeit entsprechend.

„Könnt ihr euch noch entsinnen, wie sich Trolli Baumbach beim Schützenfest so betrunken hatte und ihn die Burschen in einer Backmolle aufs Dach vom Spritzenhaus gelegt haben?"

Es war das Lachen ihrer Jungmädchenzeit, es trieb die Jahre davon, die dazwischenliegenden Widrigkeiten, die Schmerzen. Aber schöne Sommertage, die längst vergangen sind, erbarmen uns nur noch in Gedanken, und wenn man - wie Susanne - den Kopf voll hatte mit anderen, viel wichtigeren Dingen, behielt die Gegenwart eben doch die Oberhand und drängte sich immer wieder hervor.

Erst nach einer ganzen Weile merkten die Freundinnen, dass Susanne nur mit halbem Ohr zuhörte und auch kaum zu ihren Geschichten von einst beitrug. Sie entschuldigten sich wegen ihrer Unbefangenheit, und dass sie in der ersten Wiedersehensfreude ganz vergessen hatten, welchen Verlust sie erst vor Kurzem erleiden musste.

„Ach was, " sagte Susanne. „Ich bin ja froh, dass ihr mich eingeladen habt. Ich bin euch dankbar, dass ihr mich an so viele schöne Dinge von damals erinnert, zumal ich vom heutigen Rabisdorf bisher so boshaft bedacht worden bin.

„Wieso denn das?"

Sie kramte den Zettel aus der Handtasche und legte ihn auf den Tisch. Die anderen betrachteten ihn kopfschüttelnd.

„Anonyme Schreiber sind Erzfeiglinge", sagte Margot. „Man sollte sie verachten, einfach nicht zur Kenntnis nehmen.

„Wie kommt jemand dazu, so etwas zu schreiben?" fragte Christa. „Du hast doch keinem was getan."

Nun packte Susanne doch noch ihre Geschichte aus. Ja, das mit dem Tagebuch des alten Hermann Baatz hätten sie gehört, und der und jener machte sich wohl deswegen Kopfschmerzen. Aber das seien doch uralte Geschichten, die heute keinen mehr erregen müssten. Sie hätte doch nicht etwa vor, dieser Sache Gewicht beizumessen?

„Ich hab ein bisschen nachgeforscht", sagte Susanne. „Das ist doch nicht verwunderlich. Ich möchte einfach wissen, wie das seinerzeit hier gelaufen ist und was es mit dem Ende meines Vaters und unseres Hofes auf sich hat."

„Man sollte vergangene Schmerzen nicht zurückholen wollen", sagte Lenchen, die Gastgeberin. Sie spähte sorglich in die Tassen, ob noch Kaffee nachzugießen wäre.

„Ich bin auch für Klarheit", entgegnete Margot. „Überlegt doch, so ein Tagebuch. Ich lese gern fremde Sachen, auch Briefe und so was. Ihr nicht?"

„Schön, schön", meinte Lenchen, „aber damit sollte es genug sein. Wir haben uns eingerichtet, jede hat sich was geschaffen, und über die alten Geschichten ist Gras gewachsen. Die Zeit regelt alles. Sie ist ebenso gnadenlos wie die Natur, in beiden zählt nur der Augenblicke Er entscheidet, was jetzt gerade Wahrheit ist. Morgen kann das ganz falsch sein."

„Na, hör mal", protestierte Christa. „Wahrheit muss doch Wahrheit bleiben, oder?"

Lenchen schüttelte beharrlich den Kopf. Sie war es von ihrem Alltagspublikum gewöhnt, dass ihre Worte Gewicht hatten und dementsprechend geachtet wurden. „Wahrheiten sind genauso wenig ewig wie alles andere, was von uns Menschen ausgeht", sagte sie. „Jeder von uns hat sich so und so oft korrigieren müssen, im Kleinen wie im Großen. Und das ist gut so, sonst konnte manch einer verzweifeln.

„Aber auch du wirst mitunter gewünscht haben, über irgendetwas aus der Vergangenheit eurer Familie mehr zu wissen", meinte Susanne.

„Wozu? - Meine Eltern waren kleine Bauern, das war ihre Welt, meine ist die Schule, die sieht anders aus."

„So könnte ich nicht leben!" rief Christa. „Ich denke oft an früher, und da ist auch noch vieles in mir von damals, versteht ihr? Ich erinnere mich an so wichtige Sachen. Ich bin Gärtnerin - weißt du, Susanne, und wie vieles habe ich von meiner Mutter und meiner Großmutter gelernt. Das ist doch nicht einfach weg, weil ein paar Jahre seit damals vergangen sind. Ich verstehe Susanne sehr wohl."

„Schön, schön", sagte Lenchen wieder. Es schien eine Lieblingsfloskel von ihr zu sein und machte sicher längst unter den Rabisdorfer Schülern die Runde. „Natürlich gibt es dann und wann Rückblicke. Jeder von uns hat mitunter Rechenschaft abzulegen - zumindest vor sich selbst: Hast du deine guten Träume wahr machen können? Waren deine Pläne real? - Aber ansonsten sollte man das Alte ruhen lassen."

Susanne blickte sie forschend an: „Auch wenn einen dort Fragen quälen?"

„Ja, auch dann!"

„Aber ich will ganz einfach wissen, wie das damals mit meinem Vater war. Das kannst zu mir doch nicht verwehren, das ist meine ganz persönliche Sache."

„Ich glaube, mir ginge das ganz genauso", sagte Margot.

Lenchen legte die Hände auf den Tisch, sie fragte: „Habt ihr Baatzens euren Vater eigentlich richtig gekannt?"

„Aber ja!" stieß Susanne hervor.

„Er konnte verdammt stur sein."

„Ich weiß."

„Meine Mutter hat bei euch in der Ernte geholfen, die hat manch böses Wort über ihn gesagt."

„Ich auch - drum bin ich ihm ja schließlich weggelaufen."

„Na also! - Dann lass ihn doch in der Vergangenheit."

„Weiß ich, ob wir nicht dazu beigetragen haben, dass er so wurde?"

Lenchen hob die Hände. „Da seht ihr, wohin solche Grübeleien führen!" rief sie. „Ich kann doch nicht die Leiden meiner ganzen Verwandtschaft mitleiden. Das geht über die Kraft eines Einzelnen hinaus. Ich habe schließlich mein eigenes Päckchen zu tragen, oder?"

„Das eigene Päckchen enthebt dich doch nicht der Sorge um andere", ereiferte sich Susanne. „Es gibt so etwas wie Kindespflichten. Mag er gewesen sein, wie er will, in den entscheidenden Monaten damals war er jedenfalls allein mit seinen Ängsten und Grübeleien. Gut, das kann man heute nicht mehr ändern, außerdem ist es - wenn du das so sehen willst - lange verjährt. Ihm kann also nicht mehr geholfen werden; aber mir muss ich helfen. Ich habe ein wichtiges Kapitel meines Lebens aufzuarbeiten, das habe ich bisher nicht gewusst. Hier in Rabisdorf ist mir das klargeworden."

„Schön, schön", abermals legte die Lehrerin die Hände flach auf die Tischplatte. „Das verstehe ich, und wenn wir dir dabei helfen können, lass es uns wissen. Ich will mich auch selbst gern ein bisschen umhören, aber ich glaube nicht, dass mehr dabei herauskommt, als wir alle schon wissen. Hermann Baatz hat sich bis zuletzt gewehrt, als er in die Genossenschaft sollte, schließlich ist er gestorben, und wahrscheinlich starb, er an dieser Frage. Auch seelische Defekte können einen Menschen umbringen. Margot, Christa, was meint ihr?"

Die anderen hoben ratlos die Hände. Sie wussten keine Antwort. Wozu auch? Sie waren hergekommen, um nett zu plaudern, nicht aber um sich mit fremden Problemen herumzuschlagen. Und Susanne? - Lag es nicht viel näher, dass sie im Kreis der alten Freundinnen von ihrem Mann geredet hätte, von ihrer Ehe, statt von dem alten Hermann Baatz, an den man sich doch kaum noch erinnerte? Also wenn schon Geschichten, denn die lebendigen aus dem eigenen Leben, die die andere noch nicht kannte, die des Dorfes, das sie so früh verlassen hatte, die der Kinder und Enkel, die sie selber nicht besaß, schließlich die Begebenheiten des gegenwärtigen Alltags, Berichte über schöne Ferienreisen und künftige Urlaubspläne. Margot sprach das offen aus, niemand hatte etwas dagegen, und so regierte nun bald wieder der alte lustige Ton, sie packten das Geschehen aus, das ihnen vertraut war, was erzählt sein wollte, Publikum brauchte und Echo weckte.

Susanne hörte zu, und was sie hörte, war wie ein weiter, weicher Mantel, gut, sich darin einzuhüllen und alle lauernde Unbill damit von sich fernzuhalten - wenigstens für die Zeit dieses Nachmittags. Dann aber merkte sie, dass dieser weite Mantel aus zahllosen Flicken zusammengesetzt war, manche wohl bunt und schimmernd, manche schäbig, einige aber auch ganz fadenscheinig. Der Alltag ist oft eine Kette, ja ein Netz von scheinbaren Belanglosigkeiten. Was da erzählt wird, plätschert vorüber, man nimmt es zur Kenntnis, um es zu vergessen. Zurück bleibt doch die eigene Last.

Aber es gibt Worte, die sind wie Brücken. Sie erheben sich unvermittelt aus dem Gespräch, spannen einen Bogen über die Fülle der Unterhaltung hinweg; fast hat man sie schon vergessen, da kommen sie wieder herab, finden ihren jenseitigen Pfeiler und sind auf einmal mitten unter uns. Ein solches Wort hatte Susanne vorhin in den Kreis gestellt: Kindespflichten. Bei Christa war es haften geblieben, sie hatte es in sich weitergetragen und damit eigene Fragen geweckt, die plötzlich die übrigen Gesprächsthemen nebensächlich werden ließen.

„Wir haben große Sorgen mit unserer Mutter", sagte sie unvermittelt. „Ihr Starrsinn zerrüttet uns den häuslichen Alltag. Sie stellt Forderungen, die wir nicht erfüllen können, verlangt, dass sich ständig jemand um sie bemüht. Dass ich heute Nachmittag gegen ihren Willen hier hergegangen bin, ist für sie ein Beweis kindlicher Undankbarkeit."

Die Frau sah plötzlich gealtert aus. Susanne machte der verzweifelte Klang in der Stimme der Freundin betroffen. Sie erinnerte sich, dass Christa Kühn als Mädchen immer sehr still gewesen war und die lauten Spiele der anderen mit nachdenklichem Lächeln beobachtet hatte.

Da niemand antwortete, fuhr Christa leise fort: „Wir haben seit Jahren schon nicht mehr wegfahren können. Kürzlich hat Herbert die Nerven verloren und ihr gesagt, wenn sie nicht vernünftig würde, müssten wir sie ins Heim geben. Fragt nicht, was wir uns danach haben anhören müssen. Es war furchtbar."

„Hach, das kenne ich!" rief Margot. „Wir haben das mit einer alten Tante erlebt, die uns ihren Tod an die zehnmal vorgespielt hat, ohne je wirklich zu sterben. Das ganze Haus geriet dann in Aufregung, sie ertrotzte sich damit die Erfüllung aller Wünsche. Zum Schluss, als sie wirklich starb, ist keiner mehr zu ihr gelaufen, weil ihr niemand mehr glaubte, und sie musste die wirkliche Angst ganz allein auskosten."

„Wie weit geht das, was du, Susanne, vorhin die Kindespflichten genannt hast?" fragte Christa.

„Das kann ich dir nicht beantworten. Ich bin vor diesen Pflichten geflohen. Ich habe mir das eigene Leben ertrotzt. Vielleicht bin ich damit schuldig geworden, ich weiß es nicht, ich muss es tragen."

„Dankbarkeitsbeweise dürfen nicht dazu führen, dass man sich versklavt", sagte Lenchen. „Unbillige Forderungen muss man ablehnen, ganz gleich, ob sie von jüngeren oder älteren Angehörigen kommen. Wahrscheinlich seid ihr schon im Anfang zu nachgiebig gewesen."

„Ihr wisst ja selber, dass meine Mutter zu Hause das Regiment hatte. Vater nahm das humorvoll, er nannte sie seinen Feldwebel und war wohl auch glücklich in seiner Rolle. Aber Herbert ist da anders, der lässt sich vieles nicht gefallen und geht einfach hinaus, wenn Mutter anfängt zu keifen. Mitunter habe ich Angst, unsere Ehe könnte doch noch daran zerbrechen.

„Und eure Kinder?" fragte Margot.

„Die lachen und fahren mit dem Motorrad weg, wenn die Oma zu viel befiehlt."

„Schön, schön, weglaufen ist bequem", sagte Lenchen. „Lösen kann man damit nichts. - Ich glaube nicht, dass dir eine von uns etwas Brauchbares raten kann. Gute Worte bleiben Theorie, wenn man sie nicht anzuwenden weiß. So alte Menschen lassen sich nicht mehr umformen. Wenn ihre Forderungen ins Unvernünftige wachsen, muss man sich mit Schwerhörigkeit wappnen und sich ganz einfach ein dickes Fell umhängen. Vor allein sollte man kein schlechtes Gewissen haben, das bringt einen sonst zur Verzweiflung."

„Ja, ja", stieß Christa seufzend hervor. „Ihr habt nie vor solchen Fragen gestanden. Ich will euch damit auch nicht belasten, es musste nur mal aus mir heraus."

Da ging die Tür auf, ein massiger, rotgesichtiger Mann brach ins Zimmer, blieb breitbeinig stehen und kollerte; „Na, ihr Jungfern? - Habt ihr eure Kerls wieder mal schön durchgehechelt?"

Lenchen erhob sich, sagte mit weiter Armbewegung: „Susanne,

das ist Kurt, mein edler Gatte, seines Zeichens Landwirt, Chef der schweren Technik. Ihr anderen kennt euch."

Der Händedruck war schmerzhaft. Susanne biss sich leicht auf die Lippen. Das Auftreten des Hausherrn schwemmte alles davon, was sich im Raum an Sorgen, Problemen und Nichtigkeiten angesammelt hatte. Zugleich aber zerstob auch die vertrauliche Stimmung, die Gemeinschaftlichkeit der alten Freundinnen. Margot erinnerte sich auf einmal an häusliche Pflichten, Christa zog es nun ebenfalls heim, um die Mutter zu besänftigen, und Susanne, die als einzige über unendlich viel Zeit verfügte, wollte nun allein auch nicht mehr bleiben. Es gab einen wortreichen Abschied, Margot wollte das Versprechen haben, dass man sich gelegentlich noch einmal bei ihr daheim treffen würde, die anderen sagten zu, sicherlich mehr aus Höflichkeit als aus Überzeugung.

Draußen war unterdessen überraschend ein Regenschauer niedergegangen, die Pflastersteine im Hof glänzten, die Gartenerde dampfte. Eine Strecke weit gingen sie zu dritt, dann bog Christa ab, ein Stück weiter Margot, und Susanne, die den weitesten, Weg hatte, verspürte die plötzliche Laune, noch in die Seewiese hinunterzugehen und möglichst viel dieser köstlichen feuchtfrischen Luft in sich aufzunehmen.

Ihr Kopf war voll von dem, was sie in den letzten Stunden erfahren hatte. Eigenes Leid, mag es noch so übermächtig erscheinen, wird leichter zu tragen, sobald man begreift, dass sich andere Menschen mit ähnlichen Problemen abmühen. Vielleicht ist dies überhaupt das Wesen der Lebensbewältigung, dass jeder nun einmal seine ganz persönliche Last zu schleppen hat. Wie er das anpackt, entscheidet über seinen Wert, seine Größe, seine Geltung. Also nicht aufgeben, sagte sie sich, und nicht ein Ende sehen, wo noch gar keins ist.

Nun war sie am Rande des Rabisdorfer Sees. Der Weg war nass, doch sie achtete nicht darauf. Sie ging langsam, alle Sinne dem geöffnet, was sie umgab. Starke Düfte hatte der Regen aus dem Grün geweckt, sie wehten durch die Büsche und ließen Susanne für eine Weile vergessen, was sie dann und wann geängstigt hatte. Ich kann den Frühling wieder erleben, empfand sie, so wie damals als Mädchen, kann die Kräfte spüren, die aus der Erde drängen. Das hat mir in der Stadt viele Jahre lang gefehlt.

Sie betrachtete, was am Wege blühte, blieb stehen, sobald sie einen Vogel bemerkte, wünschte, unsichtbar zu bleiben, um die Natur nicht zu stören, nur zu schaue, und sich daran zu erfreuen. Während dieses Spaziergangs überkam sie zum ersten Mal die Gewissheit, dass ihr Leben nun doch aktiv weitergehen könnte, ganz anders als zuvor, aber auch schön und bedeutungsvoll und wert, es anzunehmen.

Dazu würde sie eine Aufgabe brauchen, die sie fesselte und ihr die Tage erfüllte; denn ganz ohne Pflichten ist ein Leben nicht viel wert. Irgendwann will man aufrechnen, will man wissen, ob sich das eigene Tun gelohnt hat, ob auch für andere gut war, dass man auf der Welt gewesen ist. Im ersten Leben hatte Susanne ihrem Mann gehört und er ihr, und diese Gemeinsamkeit hatte geholfen, junge Menschen zu erziehen, ihnen Wissen mitzugeben, das ihnen Nutzen brachte. Und auch sie vermochte mit ihrer so unwichtig erscheinenden Schreibarbeit anderen nützlich zu sein. Das alles war anerkannt worden, und wohl gerade deswegen waren auch so viel ehemalige Schüler mitgegangen auf Leonhard Bergers letztem Weg.

Nun aber würde etwas Neues kommen müssen, etwas, das unter Umständen an das erste Leben anknüpfte - oder auch gar nicht. Vor allem sollte es auch wieder einen Sinn haben, von Nutzen sein und Befriedigung bringen, ihr wie auch jenen Menschen, mit denen sie künftig zu tun haben würde. Sie lächelte. Sie spürte eine stille Freude in sich, und das tat gut.

17

Der Ausflug in die Berge

Frank Liebig kam nicht zum Abendessen. Susanne war enttäuscht. Sie hatte vorgehabt, ihm etwas von jenen Empfindungen abzugeben, die sie bei ihrem Spaziergang durch die regennasse Wiese gewonnen hatte. Nun kam er nicht. Liesbeth, die in gewohnter Emsigkeit servierte, verlor auch kein Wort darüber, dass sie heute eine Portion weniger auf den Tisch zu stellen hatte, und fragen wollte Susanne nicht.

Hing seine Abwesenheit noch mit dem Abschied nach dem Mittagessen zusammen? Ihr fiel ein, dass sie mit dem Gedanken gespielt hatte, heute Abend würde Frank reden müssen, hatte sie doch ganz direkt gefordert, er möchte sich ihr anvertrauen. Und wenn das nicht so war? Bestand nicht auch die Möglichkeit, dass er sich unpässlich fühlte? Wie leicht hat es ein Mann, dachte sie. Er vermisst die Frau beim gemeinsamen Essen, geht vor ihre Tür und klopft an. Aber umgekehrt? Nein!

Sie ging also ins Zimmer hinauf, las noch ein paar Kapitel in ihrem Roman, dann legte sie sich hin. Sie befand, sich in einer merkwürdigen Stimmung. Vor anderthalb Wochen erst war sie hergekommen, eine Ewigkeit schien seitdem vergangen zu sein, und was war ihr in diesen Tagen alles begegnet. Eine unfassbare Wandlung hatte sie erlebt. Zunächst noch ganz in Schmerz und Ratlosigkeit gefangen, hatte sie nur an Einsamkeit gedacht und sich vor Bekanntschaften geradezu gefürchtet. Aber Einsamkeit vermag solches Weh nicht zu heilen, im Gegenteil, sie macht die eigene, missliche Lage nur noch bewusster. Nun war Susanne schon in die neue Umgebung eingewachsen und beschäftigte sich mit Problemen anderer Menschen, als hätte sie davon nicht selber genug.

Und da war Frank Liebig. Sie fragte sich allen Ernstes, ob sie für ihn so etwas wie Zuneigung empfand, freundschaftliche Gefühle, wie man sie für ganz gute Bekannte hegt. Es war eine brennende Frage, vermengt mit ein wenig Schuldgefühl gegenüber ihrem Toten, doch lag in dieser Ahnung von Schuld keinerlei Beklemmung. Auch Leonhard hätte diesen Menschen gemocht. Wäre man sich früher begegnet, Frank Liebig gehörte sicher zu denen, die man jederzeit in die eigene Wohnung bitten würde.

Susanne überlegte, warum die Erkenntnis seiner inneren Hilflosigkeit für sie so bedeutend gewesen war. Im Grunde geht es mich gar nichts an, dachte sie. Und doch, ein Teil meiner Angst war, dass ich jetzt für keinen mehr zu sorgen habe, dass ich überflüssig geworden bin, weil mich niemand mehr braucht. Ist das jetzt anders? - Über dieser Frage schlief sie ein.

Liesbeth klopfte zeitig an die Tür. Susanne fuhr hoch, sie verstand nicht, warum sie heute geweckt wurde. Dann aber, als sie ganz munter war, fiel ihr ein, dass man ja für diesen Morgen die gemeinsame Busfahrt geplant hatte, und sie lachte über ihre Vergesslichkeit.

In der Gaststube wartete Frank Liebig. Er erkundigte sich nach Susannes Wohlergehen, war auffallend gesprächig und amüsant, verlor aber kein Wort über sein Fehlen an der gestrigen Abendtafel. Überhaupt herrschte heute im Gastraum eine fast burschikose Stimmung, es gab Zurufe von Tisch zu Tisch, man empfand sich schon als die künftige Reisegesellschaft, in der das Private zweitrangig wird und jeder von den Anderen Unterhaltung erwartet.

Als sie dann in den Bus kletterten, steigerte sich das noch, zumal man ziemlich eng zusammenrücken musste. Familie Zühlke, die mit den Kindern ganz hinten Platz nahm, hatte zu tun, die quirlige Freude der Kleinen zu dämpfen und bekam dann auch noch die Frau Weitz hinzu. Ihr Bruder sowie Frank Liebig nahmen Susanne zwischen sich, und Frau Nandelstedt kam neben den Fahrer. Sie schien das für eine Auszeichnung zu halten und redete flott drauflos. Liebig sekundierte mit Witz, so fuhren sie schon mit Lachen ab.

Weshalb hat er nichts von gestern Abend gesagt, fragte sich

Susanne. Seine euphorische Stimmung kommt mir auch recht erkünstelt vor. Manch einer verbirgt Unsicherheiten hinter Spaßigkeit, die heitere Maske für das Missbehagen, das nicht ans Licht soll. Er spürt aber, dass ich ihn beobachte, wahrscheinlich fühlt er sich von mir durchschaut. Nun, ich werde nichts fragen, mag er von allein damit anfangen, mag er es lassen - gleichviel.

Bald begannen sich die Geschwister zu streiten. Ihr Leben schien aus lauter Meinungsverschiedenheiten zu bestehen. Frau Weitz zweifelte ihren Bruder fortwährend an, er fühlte sich dadurch zu Recht herausgefordert und blieb ihn nichts schuldig. Dabei wurde offenbar, dass er so gut wie alle Orte kannte, die sie durchfuhren, überall wusste er etwas zu erklären oder erwähnte Begebenheiten, die sich dort zugetragen hatten. Als ihn Susanne nach der Herkunft seines erstaunlichen Wissens fragte, stellte sich heraus, dass er viele Jahre lang als Reiseleiter unterwegs gewesen war. Er entsann sich auch, wo das süffigste Bier ausgeschenkt und die besten Schmorwürste bereitet würden, und die Schwester rief: „Ein richtiger Stromer ist er gewesen. Kein Wunder, dass ihm die Frau weggerannt ist."

Susanne fand das taktlos, doch die anderen lachten darüber, auch Zühlkes Kinder, und sie schnitten wohl dazu auch ihre Grimassen; denn es hieß sogleich hinten im Bus: „Das tut man nicht!" - Fürchterlich, dachte Susanne, was man nicht tut, ist strengstens verboten, das kenne ich. Sie wünschte auf einmal, nicht hier in dieser fröhlichen Gesellschaft fahren zu müssen. Gern wäre sie jetzt allein für sich am Fenster ihres Zimmers gewesen oder draußen auf der Terrasse. Dort musste es jetzt schön sein, so still und ohne das übliche Treiben der Gäste.

Sie wusste selbst nicht zu sagen, weshalb sie nicht in den lockeren Ton der Unterhaltung hineinfand. Sie gönnte den anderen ja auch ihre Unbekümmertheit und war froh, dass niemand das Wort an sie richtete und sie sich darauf beschränken durfte, zuzuhören. Wenn sich ihre Blicke mit denen Frank Liebigs kreuzte, nickte er ihr freundlich zu. Er schien ihr Schweigen nicht zu bemerken.

Warum bin ich überhaupt mitgefahren? Die Frage drängte sich ihr auf. - Ich fahre mit, weil das alle tun. Niemand ist gern

Außenseiter. - Oder fahre ich nicht vielmehr mit, weil Frank fährt? Fühle ich mich ihm schon zugehörig? Womöglich glaube ich, ihn in die Enge getrieben zu haben, warte jetzt auf meinen Erfolg und will ihn bis dahin nicht aus den Augen lassen? Ehrlich, Susanne, es hat dich doch enttäuscht, dass er gestern nicht zum Abendessen kam. Streite das nicht ab, in Gedanken fühlst du dich doch schon ein wenig gebunden! - Welch selbstquälerische Überlegungen, die ich im Grunde doch gar nicht nötig hätte.

Nach einer Weile wurde ihr bewusst, dass sie die Gespräche ihrer Reisegefährten überhaupt nicht mehr verfolgt hatte, und sie begriff nicht, wie man auf jenes Thema gekommen war, zu dem sich gerade die Frau Weitz äußerte: „Als Kind war ich ein richtig hässliches Entlein. Auch später noch. Meine Freundinnen nahmen mich gern mit, weil sie so vorteilhaft von mir abstachen. Einmal habe ich dem Großvater mein Herz ausgeschüttet. Er sah mich an und meinte: 'Weißt du, es gibt schöne Mädchen - und weniger schöne Mädchen. Zu den schönsten gehörst du nicht. Das ist nun mal so, und darüber solltest du dich nicht ärgern. Mach das wett, indem du besonders lebendig bist und dir viel Kenntnisse aneignest. Schönheit vergeht, aber vielleicht wird man den, der dich geheiratet hat, eines Tages um dich beneiden, weil du gut kochen kannst, etwas aus dir machst und Humor besitzt, während sich andere bloß auf ihre Schönheit verließen und mit fünfundvierzig kaum noch was zu bieten haben.' "

„Darin steckt viel Lebensweisheit", sagte Frank Liebig. „Haben sie sich denn daran gehalten?"

„Aber ja. Damit konnte ich was anfangen. Ich habe später so mancher verblühenden Schönheit die Falten wegmassieren sollen; aber das geht ja nun mal nicht so, wie die Damen sich das wünschen. Im Gesundheitswesen lernt man seine Leute kennen, Da erfährt man alles, von den Sünden des Lebens über die geplatzten Hoffnungen bis zu dem, wie es in den Ehen kriselt und kracht."

„Das ist aber was Neues", sagte der Bruder. „Gibt es denn überhaupt Ehen, in denen es klappt?"

„In meiner hat es geklappt", entgegnete Frau Weitz. „Dafür habe ich gesorgt, das weißt du."

„Du hast ihn dir so dressiert, wie du ihn haben wolltest."

Frank Liebig lachte laut auf.

„Warum lachen Sie da?" fragte die Frau. „Ich finde das überhaupt nicht lustige."

„Mir ist dazu etwas eingefallen", antwortete er. „Es gibt ganz bestimmte Ehekategorien, bei denen es klappt. Wollen Sie sie hören?"

„Ja, ja!" rief Frau Nandelstedt. Sie wandte sich um, legte die fleischigen Arme auf die Sitzlehne und machte vor Erwartung große Augen.

„Nummer eins: Die Harmonie-Ehe. Beide Partner gehen voll aufeinander ein", begann Liebig. „Die Charaktere passen zusammen, es gibt keinerlei Reibungsflächen. Das könnte auf die Dauer langweilig sein, aber die beiden merken dass meist nicht."

„Und die zweite?" fragte Frau Nandelstedt.

„Die Toleranz-Ehe. Jeder nimmt den anderen hin, wie er ist. Jeder macht, was er will. Die vollkommene Freiheit."

„Und das soll auf die Dauer gut gehen?" meinte Frau Weitz zweifelnd.

„Ja, wenn keine schwerwiegenden Probleme auftauchen - Krankheit oder sowas. Dann kann sich allerdings zeigen, dass da die hingebungsvolle Liebe fehlt. - Die dritte Kategorie möchte ich als Kontrast-Ehe bezeichnen. Die Partner sind völlig unterschiedlicher Natur. Jeder findet im anderen das, was ihm selber fehlt, sie ergänzen sich also, erleben aneinander immer wieder neue Überraschungen, Das ist sehr kurzweilig und hält bei Atem."

„Es erfordert auch viel Toleranz." Dies war das erste Wort, das Herr Zühlke zur Unterhaltung beisteuerte. Frank Liebig wandte sich zu ihm um und nickte.

„Gewiss. Nur tut in diesem Fall eben nicht jeder, was er will, das würde dann kaum funktionieren, schon gar nicht, wenn Eifersucht ins Spiel kommt. - Nummer vier ist schließlich die Unterwerfungs-Ehe, einer okkupiert den anderen und hält ihn eisern fest. Das geht gut, wenn der Unterworfene ein folgsamer Typ ist, der sich wohlfühlt, wenn er bemuttert wird und allein keine Entscheidungen fällen muss. Wenn er sich wehrt, geht es schief, das weiß ich aus eigener Erfahrung."

„Oho!" machte Frau Weitz.

„Und welche Ehe wäre Ihrer Meinung nach die ideale?" fragte Susanne.

„Das ist eine sehr kluge Frage und nicht ganz leicht zu beantworten. Jeder, in dessen Ehe es klappt, wird seine eigene als die idealste Form ansehen. Ich glaube aber, am höchsten sollte man die Synthese-Ehe werten."

„Hu!" machte Frau Nandelstedt. „Das klingt arg nach Chemie!"

„Synthese, nicht synthetisch", verteidigte sich Liebig. „Beide Partner gelangen, miteinander auf eine höhere Stufe des Zusammenlebens. Ohne den anderen würde das keiner von beiden schaffen. Das heißt, sie sind nur miteinander so denkbar und erreichen somit Sphären, von denen sie vorher keine Ahnung hatten."

„Das ist mir zu hoch", sagte der Bruder der Frau Weitz.

„Ja, du!" rief die Schwester. Du hast Kategorie zwei probiert und die vier erzwingen wollen, es ist gründlich ins Auge gegangen."

Das tut weh, dachte Susanne. Immer wieder tischt sie ihm das auf und stellt ihn bloß, sie hat Franks Philosophien überhaupt nicht begriffen. Ihr Großvater hat ihr geraten, fehlende Schönheit durch Regsamkeit auszugleichen. Warum hat er ihr nicht auch ein paar Hände voll Liebenswürdigkeit empfohlen?

Nun waren sie in den Bergen. Die Straße wand sich zwischen fichtenbestandenen Hängen hinauf. Keiner redete mehr. War es plötzliche Hingabe an die malerische Kulisse draußen - oder ließ sich nun jeder durch den Kopf gehen, in welche Kategorie die eigene Ehe hineingehörte? - Auch Susanne beschäftigte sich mit dieser Frage. Ich wäre so kühn, zu behaupten, dass wir die höheren Sphären erreicht haben, Leonhard und ich, dachte sie. Und wenn nicht dies, so doch ganz bestimmt die Harmonie-Ehe - aber nein, wir waren in vielen Dingen sehr unterschiedlich, da könnte es - halt, eine Spur Unterwerfung gab es doch bei uns auch. E r organisierte, e r veranlasste, e r gab den Ton an; aber ich bin doch nie ein folgsamer Typ gewesen, im Gegenteil, und vielleicht ist Franks Aufzählung überhaupt nur eine Reiseschnurre, ein Scherz, und es gibt im menschlichen Zusammenleben keinerlei Kategorien. Ich muss ihn gelegentlich fragen, woher er diese Philosophie hat.

Vor einer kleinen Gaststätte hielten sie an. Hier war im Garten unter schattenspendenden Bäumen die Mittagstafel vorbereitet. Herr Kraupa, der Bruder der Frau Weitz, stellte sich an die Wagentür und reichte den weiblichen Fahrgästen zum Aussteigen hilfreich die Hand.

„Jetzt will er seinen Ruf aufbessern", sagte die Schwester.

Die Kinder rannten in den Garten, ihr aufgestauter Bewegungsdrang musste sich Luft machen und weckte folgerichtig mahnende Rufe der Eltern.

„Lassen Sie sie doch", riet Frau Nandelstedt.

„Sie könnten sich schmutzig machen oder sich wehtun", antwortete Herr Zühlke.

Irgendwann muss man es ihnen beibringen, wie schlimm diese dauernde Dressur ist, dachte Susanne. Ich könnte das mit gutem Gewissen tun, auch mich hat man gedrillt, bis ich es dann nicht mehr ertragen konnte. Vater hat sich mit solchen Methoden die Liebe seiner Kinder verscherzt. Ja - diese Erkenntnis traf sie spontan - das ist wohl der Hauptgrund, weshalb er schließlich alleinstand. Wir haben ihn geachtet, ihn respektiert, ihm auch weitgehend gehorcht, aber geliebt haben wir ihn letztlich nicht, und ohne Liebe sind auch die Beziehungen zwischen Eltern und Kindern nur halb.

Sie merkte erst jetzt, dass ihr Frank Liebig einen Gartenstuhl anbot.

„Danke!"

„So verträumt?" fragte er.

„Ich beschäftige mich noch mit Ihren Weisheiten in puncto Ehe", erwiderte sie ausweichend. „Was Sie da gesagt haben, ich finde, das sind doch nur die Extremfälle. Ich habe überlegt, ich passe gleichzeitig in jede Ihrer Kategorien hinein."

„Aber sicher. Das ist wie mit den vier menschlichen Charakteren. Die meisten Leute vereinen in sich von jedem etwas. Sie durchleben auch Phasen, in denen ein bestimmter

Charakterzug vorherrscht. Einige Zeit später kann das dann wieder ganz anders sein."

„Geben Sie schon zu, dass das Ganze nur ein momentaner lustiger Einfall von Ihnen war."

„Ich gebe alles zu, was Sie wünschen", sagte Liebig.

„Nun aber mal Schluss mit den Nachdenklichkeiten", brummte Frau Weitz. „Wir sind hier im Grünen, und dort kommt schon die Suppe. Das erfordert Hingabe."

Susanne registrierte, dass Herr Kraupa nicht einmal während der Mahlzeit vor den Sticheleien der Schwester sicher war, dass Familie Zühlke aufmerksam die Teller der Kinder beäugte. Die Tatsache, dass man hier im Freien unter Bäumen aß, von denen womöglich ein Blättchen oder gar ein Räupchen herabfallen könnte, schien ihnen Unbehagen zu bereiten.

Wieder war Susanne der schweigende Teil der Gesellschaft, und ganz wie vorhin schien das den anderen nicht aufzufallen, nicht einmal Frank Liebig, der heute ganz der Allgemeinheit gehörte, gerade so, als wäre er eigens zur Unterhaltung der Gäste engagiert worden. Sie blickte in das Lichtgeflacker der durch das Laub fallenden Sonnenstrahlen. In der Nähe lärmten Vögel. Man saß hier in der friedlichsten Natur, könnte den Sorgenballast einfach abwerfen, doch sie ließ im Augenblick der Gedanke nicht los, dass sie ihren Vater nicht geliebt hatte.

In den letzten Tagen war sie mit ihren Nachforschungen keinen Schritt weitergekommen. Fing sie auch innerlich schon an, ihrer selbstgewählten Aufgabe zu entsagen? Nein, es war nur ein Atemholen vor der großen Auseinandersetzung mit dem Unbekannten. Morgen oder übermorgen würde Bruder Erwin kommen.

Die Zeit jenseits vom *Haus am See* erschien ihr wie ein fernes, unbekanntes Land, das sie würde entdecken müssen, Möglichkeiten finden, sich darin einzurichten. Wie schön, wenn es dort wenigstens ein paar Freunde gäbe, an die sie sich halten könnte. Zwangsläufig endeten diese Überlegungen beim Namen Frank Liebig.

Er spürte nicht, dass sie sich mit ihm beschäftigte, er plauderte, scherzte, nahm das beifällige Echo der anderen auf wie ein

Komödiant seinen Applaus. Die kleine Gesellschaft konnte sich glücklich preisen, einen solchen Begleiter zu haben.

Am Nachmittag fuhren sie kreuz und quer durch das Reich der Felsen und Täler, der Bergwälder und schäumenden Wasser, der unerwarteten Ausblicke. Die Kaffeetafel war an einem Platz bestellt, wo sich alle Ausflüglerströme zu treffen schienen. Hier herrschte Jahrmarktsstimmung, fliegende Händler boten ihre Waren an, vor den Büffets reihten sich Menschenschlangen. Zühlkes Kinder erstürmten einen Freizeitplatz, wo sich das junge Volk an Klettergerüsten, Wippen und Rutschbahnen vergnügte. Die mahnenden Rufe der Eltern verhallten ungehört.

Plötzlich stand das kleine Mädchen unter einem Balken, an dem Griffe zum Entlanghangeln befestigt waren und reckte sehnsüchtig die Arme. Susanne fasste das Kind und hob es hoch. Jauchzend begann die Kleine sich vorwärts zu bewegen, doch sie hatte wohl die eigene Kraft und Geschicklichkeit überschätzt, jedenfalls rutschten die Hände plötzlich aus dem Griff, und ehe noch jemand zuspringen konnte, fiel das Mädchen herab in den Sand.

„So ein Unverstand!" schrie Herr Zühlke und gab dem Kind ein paar Schläge mit der flachen Hand. Das Mädchen weinte heftig los.

„Lassen Sie das bitte!" rief Susanne.

„Sie ist selber schuld", sagte der Vater unwillig. „Was muss sie da hochwollen an diese schmutzigen Griffe."

„Kinder sind immer schuld", erwiderte Susanne. „Sie können sich nicht wehren gegen die Erwachsenen, die immer recht haben."

„Was geht Sie das an?" fragte die Frau. „Was mischen Sie sich in unsere Privatangelegenheiten?!"

In diesem Augenblick trat Frank Liebig zwischen die Frauen. Ruhig sagte er: „Kinder sind keine Privatangelegenheit. Sie sind unsere Zukunft, Frau Zühlke, und dafür sind wir nun mal alle verantwortlich."

„Aber sie hätte sich auch was brechen können!"

„Ein gebrochener Arm heilt leichter als ein gebrochenes Herz", sagte Liebig betont liebenswürdig.

„Also, das ist ja nun wirklich die Höhe", zeterte Herr Zühlke. Er schnappte nach Luft wie ein Karpfen.

Frank Liebig fasste Susanne am Ellbogen, wandte sich mit ihr um und führte sie weg.

„Ich hätte die Kleine nicht hochheben dürfen", meinte Susanne.

„Warum machen Sie sich Vorwürfe? Bei dem weichen Sandboden konnte ja gar nichts passieren."

„Himmel", stieß sie hervor. „Was für verklemmte Menschen sollen bloß aus diesen Kindern werden."

„Verzeihen Sie es den besorgten Eltern."

Auf der Heimfahrt war es nun wesentlich stiller im Bus. Das nützte Frau Nandelstedt aus, sich gründlich leerzureden, doch Antworten bekam sie nur spärlich, die anderen schienen kaum zuzuhören. Auch beim Abendessen blieb nun jeder Tisch wieder für sich, und Susanne ertappte sich bei dem Gedanken, dass der kleine Zwischenfall vom Nachmittag bei Licht betrachtet ganz nützlich gewesen war. Nun hatte man wieder seine Ruhe.

18

Freundschaftliche Belehrung

Susanne wollte noch einmal ins Freie. Als sie auf die Terrasse kam und dort alle Stühle leer fand, beschloss sie, sich hier noch ein Weilchen hinzusetzen. Wenig später kam Frank Liebig heraus, blieb in der Tür stehen, schaute die Frau an, trat dann näher und zog einen Stuhl neben sie. „Immer noch bei der Geschichte von vorhin?" fragte er. „Nehmen Sie die Dinge, wie sie sind, Susanne."

„Aber das tun Sie doch auch nicht", widersprach sie. „Heute Nachmittag haben Sie etwas ganz bewusst nicht hingenommen."

„Um der Kinder willen. Ansonsten hüte ich mich, andere Leute vorschnell zu kritisieren. Es gibt eben unterschiedliche Lebenshaltungen."

„Das allein meine ich nicht", sagte sie. „Ich konnte schon mehrfach erleben, wie Sie sich in Zorn geredet haben, gleich bei unserer ersten Begegnung an dieser Bank war das. Sie haben auch schon von Ihrer Angst gesprochen, und Angst kann eine Triebkraft sein und uns dazu bringen, die Dinge zu ändern, statt sie hinzunehmen."

„Mitunter muss man sich selber ändern, nicht die anderen."

„Wie meinen Sie das?"

Er schaute sie lange an, endlich sagte er: „Ich weiß nicht, ob ich Ihnen das, was mir schon eine Weile auf dem Herzen liegt, sagen soll. Vielleicht bin ich jetzt drauf und dran, mir Ihre Freundschaft zu verscherzen."

„Ihnen ist von vornherein verziehen", antwortete sie rasch.

„Nicht so vorschnell", mahnte er. „Was ich Ihnen sagen will, betrifft schließlich Sie selber."

Sie verschränkte die Arme. „Mich? Da bin ich aber gespannt."

Er hob den Kopf und schaute zum See hinunter. „Ich habe viel mit Menschen zu tun gehabt und traue mir ein einigermaßen treffendes Urteil zu", sagte er. Eine rasche Kopfwendung. „Bei Ihnen kommt es mir so vor, als würden Sie sich nicht zwischen Ihren Mitmenschen sehen, sondern darüber."

„Nanu? Wirke ich hochmütig?"

Er schüttelte den Kopf. „Sie sind etwas Besseres, Susanne. Ja, ich stelle fest, dass Sie Ihre Herkunft nicht verleugnen können. Sie bilden sich ihre Meinung über die Menschen aus einer höheren Sicht, das heißt, Sie erleben nicht mit, Sie sind nicht betroffen, Sie beobachten sozusagen von außen her. Das führt dazu, Äußerlichkeiten überzubewerten und die Leute zu früh abzustempeln."

„Das ist nun aber doch starker Tobak", sagte sie erstaunt.

„Eben. Drum habe ich gesagt, dass Sie mit Ihrer Absolution nicht vorschnell sein sollen. Versuchen Sie mich zu verstehen, ich will Sie beileibe nicht kritisieren. Ich mag Sie doch, Susanne, und gerade darum würde ich Ihnen gern helfen und Sie von Ihrer Außenseitersituation wegholen. Verstehen Sie, wie ich das meine?"

„Nein."

„Vielleicht liegt es daran, dass Sie auch mit Ihrem Mann ein bisschen abseits und für sich gelebt haben. Ich entnehme das dem, was Sie mir erzählt haben. Das war natürlich keine Insel so wie unser *Haus am See*, eine Halbinsel war es aber bestimmt."

Er lachte ein bisschen gekünstelt, doch sie lachte nicht mit.

„Ihr Mann hat Sie verwöhnt", fuhr er hastig fort. „Natürlich, er hat Sie geliebt, und was tut man nicht aus Liebe. Aber er hat Sie dabei eben auch unselbständig gelassen. Sie sollten versuchen, das einzusehen, Susanne. Ich habe schon mehrmals gesagt, dass Sie eine kluge Frau sind, doch es gibt Seiten, die Ihnen ganz einfach fehlen."

„Niemand ist vollkommen", antwortete sie, nur um überhaupt etwas zu sagen. Sie fühlte sich brüskiert.

„Ich will Sie auch gar nicht vollkommen machen", fuhr er eindringlich fort. „Ich bin überhaupt nicht für Vollkommenheit. Die ist irgendwie tot in ihrer unantastbaren Größe. Wenn es mir gelingt, jemanden anzuregen, dass er etwas besser, also vollkommener machen will, habe ich eigentlich alles erreicht, was ich erreichen kann und möchte."

Jetzt fängt er an zu dozieren, dachte sie, und da kann ich ihn fassen. „Nun werden Sie mal konkret, Sie großer Theoretiker", sagte sie.

„Gern!" Er nahm einen tiefen Atemzug. „Sie sind doch viel mit sich allein gewesen, Susanne. Vormittags war Ihr Mann in seiner Schule, Sie blieben ans Haus gefesselt, ohne Kinder, haben vor Ihrer Maschine gesessen und geschrieben - also abseits von den Menschen und ihrem Alltag. Das meine ich. Sie haben darum auch nie für irgendetwas geradestehen müssen so wie viele andere."

Jetzt schaute er beinahe bittend. Er meint es nicht böse, dachte sie, und er hat ja recht. Er hält mir einen Spiegel vor, und was ich da sehe, das bin tatsächlich ich, das bin ich, wie mich vielleicht schon seit langem die anderen gesehen haben, und ich wusste es nicht. Er zeigt mir Seiten meines Selbst - aber das tut man doch nicht, den anderen bis auf die Seele entkleiden.

„Wir sind uns einig gewesen, der Wahrheit die Ehre zu geben", fuhr er leise fort. „Die Wahrheit kann schmerzlich sein, aber lieber eine schmerzliche Wahrheit als eine Flut süßer Lügen. Oder sehen Sie das anders?"

„Lassen Sie mir Zeit, darüber nachzudenken", antwortete sie.

Er sah, dass sie sich getroffen fühlte. Fast reute es ihn, dass er ihr das alles gesagt hatte. „Sind Sie mir gram?" fragte er. „Das täte mir leid. Das habe ich nicht gewollt, Susanne."

„Ich habe ein Paradies verloren", entgegnete sie. „Ich wollte es noch nicht wahrhaben, doch Sie haben es mir nun deutlich gemacht."

„Ja", er nahm ihre Hand. „Ich will Ihnen glauben, dass Sie in einem Paradies gelebt haben. Und ich komme jetzt daher und will es mit ein paar Worten zerstören. Doch wenn man ein Paradies verliert, verliert man noch lange nicht das Leben. Es kann draußen in der kalten Realität noch sehr lebenswert und amüsant sein."

„Ach, Sie Dichter", sagte sie mit einem Seufzer.

Liesbeth kam heraus und nahm die Tischdecken ab. Liebig stand auf und fragte, ob denn für ihn keine Post gekommen sei. Wie es schien, war er froh über die Störung, die willkommene Gelegenheit, das Gespräch zu beenden, was doch noch gar nicht zu Ende war. Wieder lenkt er ab, dachte Susanne, wie immer, wenn es gilt, Farbe zu bekennen. Er ist ja genauso unvollkommen wie ich.

Sie erhob sich in plötzlichem Entschluss und ging ins Haus, ohne sich zu verabschieden. Dann saß sie im Zimmer und lauschte in sich hinein. Ihr war, als würde sie auf etwas warten, was sie aus der Stille herausreißen könnte, ein Zeichen, eine Aufforderung. Ich weiß nicht mehr, was richtig ist, dachte sie. Ich bin ein schwieriger Charakter, ja, ich war es immer. - Aber wenn Frank recht hat, so hätte ich mich ja jahrelang selbst verleugnet.

Bin ich denn wirklich eine verwöhnte Frau gewesen? - Haben wir auf einer - nun ja - auf einer Halbinsel gelebt? - Sicher. Wir brauchten doch auch gar nichts anderes um uns herum. Wir hatten uns. Wir liebten uns. Leonhard hat mich tatsächlich verwöhnt, hat mich verehrt, hat mir alles gegeben, was eine Frau erwartet. Das schönste Kompliment, das er mir machte, war: Es gibt Menschen, von denen man mit Recht sagen kann, wenn sie hereinkommen, geht die Sonne auf. Du bist ein solcher Mensch, Gnostika! -

Ja, und? - Das hat Liebig doch gar nicht angezweifelt. Er wollte mir die andere Seite zeigen und mir beweisen, dass mich Leonhard unselbständig gelassen hat. Ich hatte ein bequemes Leben. War unsere Ehe aber vielleicht eine Verkrüppelung meines *Ich*?

Ich kann Leonhard keine Schuld zumessen, er hat das sicher so nicht gewollt, er war genauso unvollkommen wie ich - aber geschehen ist es wohl, und vielleicht fällt es mir gerade deshalb so schwer, wieder auf eigenen Beinen zu stehen.

Und meine Art, die anderen zu sehen? Bin ich denn wirklich die Großbauerntochter geblieben? Stoße ich vielleicht manche Menschen vor den Kopf? Ein bisschen, na ja. Ich urteile rasch, da hat Frank schon recht, die Zühlkes, die Frau Nandelstedt - auch Wendtland und Kannenberg und Elisabeths Bruder - auf keinen bin ich wirklich zugegangen. Das kann schon zu einseitiger Sicht führen.

Ich habe nie für irgendetwas geradestehen müssen, sagt er. Auch das stimmt, Himmel, dieser Mann sieht einem durch und durch. Und er will mich korrigieren. Warum denn? - Er mag mich, hat er gesagt. Aber weiß er denn, ob ich mich korrigieren lassen will? Wie kommt er dazu? - Und ich habe ihm von vornherein Verzeihung zugesagt. Tut man das, ehe man weiß, worum es geht?

Susanne ging langsam im Zimmer auf und ab. Hardy, Hardy, dachte sie, habe ich dich zu meiner Idealfigur gemacht? Im Anfang waren wir sehr euphorisch. Ich war verliebt und wusste kaum richtig, was das ist. In diesem Zustand fragt man nicht, man gibt sich hin, und was der andere tut, ist richtig. - Später hab ich dich manchmal ein bisschen angezweifelt, gewiss. Aber das blieb meine eigene Sache, und es war auch völlig unwichtig.

Auf einmal kommt nun dieser Frank Liebig und zerrt Sachen ans Licht, die verborgen in mir lagen. Warum tut er das? - Wie kam er denn überhaupt so plötzlich auf dieses Thema? Das geschah doch ganz unvermittelt.

Sie blieb stehen und überlegte. Ihr fiel ein, dass sie ihn unmittelbar vor seiner freundschaftlichen Belehrung an seine eigene Angst erinnert hatte, und das war natürlich eine erneute Mahnung, doch endlich sein Inneres aufzuschließen. Er hatte das nicht getan, wusste vielmehr wieder von sich selber abzulenken und ihr den schwarzen Peter zuzuschieben.

Dass sie das nicht gleich gemerkt hatte. Natürlich! Damit war seinen Vorwürfen das halbe Gewicht genommen. Was sie als schwerwiegenden Hinweis empfunden hatte, war nichts als eine Finte, ein geschickter Dreh, um das Gespräch abwenden zu können. Aber warum tat er das? Gab es in seinem Leben so viele heikle Punkte, dass für ihn nur die Wahl zwischen lügen oder schweigen blieb?

Aber glaubte er wirklich, dass sie seine Taktik nie durchschauen würde? Je mehr Schleier jemand vor seine Geheimnisse zieht, desto größer wird der Anreiz, sie wegzureißen.

Er musste doch wissen, dass er schon viel zu viel Andeutungen gemacht hatte und ihre Anteilnahme geweckt war. Es stimmte ja gar nicht, dass sie neben ihren Mitmenschen her lebte. Sie beschäftigte sich sehr wohl mit dem Geschick anderer Leute, sie beteiligte sich zumindest gedanklich daran und vermochte auch, deren Gefühle nachzuempfinden.

Andererseits war sie natürlich zu raschem Urteil bereit, da hatte er schon recht, und sie wollte darüber auch noch ernsthaft nachdenken. Aber sonst? - Nein, sagte sie sich, ich will alledem nicht zu viel Gewicht beilegen und morgen früh ganz unbefangen tun. Mag er selber davon anfangen, wenn ihm daran etwas liegt. Ich werde sein wie immer.

Aber warum denn bis morgen warten? Ich bin davon gestürmt, als hätte ich mich beleidigt gefühlt, - In plötzlichem Entschluss wandte sie sich zur Tür und ging wieder hinunter. In der Gaststube saßen einige Leute aus dem Dorf, am Fenster noch die beiden Geschwister und allein wie immer die Frau Nandelstedt mit ihrer Handarbeit.

Schade, dachte Susanne, Frank ist nicht mehr hier. Da sah sie den Blick der Frau Nandelstedt auf sich gerichtet, - Auf keinen bin ich wirklich zugegangen! - Susanne trat näher: „Darf ich mich ein bisschen zu Ihnen setzen?"

Das Gesicht der Frau leuchtete auf. „Aber ja, aber ja doch", sagte sie und rückte den zweiten Stuhl zurecht. „Ich weiß nicht, wie es Ihnen geht, aber ich kann nach dem schönen Tag noch nicht schlafen, noch nicht schlafen."

„Schade, dass wir diesen dummen Wortwechsel mit den Zühlkes hatten", meinte Susanne.

„Ach was, ach was, das ist doch längst vergessen. Hat gar nichts zu sagen. Sowas kommt schon mal vor."

„Wie lange werden Sie denn hierbleiben?"

„So ein bis zwei Wochen denke ich. Mein Mann ist bei der Bahn, wissen Sie. Ihm bleiben noch etliche Jahre bis zur Rente. Jetzt hat er eine Kur gekriegt, da habe ich mir gesagt, was sollst du alleine zu Hause, machst du auch mal ein bisschen Urlaub, ein bisschen Urlaub."

„Haben Sie keine Kinder?"

„Zwei sind verheiratet, der Jüngste studiert, ich arbeite halbtags bei uns im Konsum, aber mal will man ja auch was anderes sehen, ja!"

Gründlich danebengetippt mit Ihrer Handwerksmeistergattin, Frank Liebig, dachte Susanne voll innerlicher Genugtuung.

„Und Sie haben Ihren Mann verloren?" fragte die Frau. Susanne nickte nur. „So hat jeder sein Päckchen zu tragen", fuhr Frau Nandelstedt fort. „Wissen Sie, wenn man so hinterm Ladentisch von seinem Kleinstadtkonsum steht, da wird einem viel zugetragen. Und wenn man das so hört, da kann man doch mit seinem eigenen Leben immer noch zufrieden sein. Hat er denn lange leiden müssen, ihr armer Mann?"

„Nein, es kam ganz plötzlich. Herzinfarkt."

„Das kann für Sie immer noch ein kleiner Trost sein, Frau Berger. Was da manch einer durchzumachen hat, schrecklich, schrecklich!"

Susanne wunderte sich, dass Frau Nandelstedts Redefluss sie heute Abend nicht störte. Es war ihr ganz recht, sich fremde Konsumgeschichten anzuhören, Begebenheiten, die ihren eigenen Belangen wohltuend fern lagen. Sicher kam die Frau mit ihren Kunden gut zurecht, für jeden ein paar persönliche Sätze, und schon fühlte er sich beachtet und auch verstanden.

Liesbeth kam und fragte, ob sie noch etwas trinken wollten, aber Susanne verneinte. Sie ist doch nicht weniger freundlich zu mir als im Anfang, dachte sie. Vielleicht habe ich mir einiges hier im Dorf wirklich nur eingebildet.

Um die gleiche Zeit ging Frank Liebig noch draußen spazieren. Er befand sich im Zwiespalt. Hatte er Susanne mit seiner Offenheit beleidigt oder nicht? Er glaubte doch, sie schon so gut zu kennen, dass sie ihm seine Worte nicht übelnehmen würde. Andererseits - woher nahm er sich das Recht, sie erziehen zu wollen? - Sicher war es nun seine Pflicht, die Sache wieder einzurenken. Und wenn sie ihn morgen gar nicht anhörte? - Also, Herr Liebig, da sind Sie aber wirklich ein bisschen zu weit gegangen!? - Das würde er sich brav anhören, alles würde er sich anhören, nur wenn sie stumm blieb, wenn sie sich gar an einen anderen Tisch setzte, dann hatte er sich alles verscherzt.

Vom Feld her kamen ihm Leute entgegen und grüßten. Er dankte kurz. Man würde ihn für unfreundlich oder für zerstreut halten. Und wenn! Auf einem halbhohen Weidenstumpf ließ er sich nieder. Plötzlich überfiel ihn eine wichtige Frage: Was empfinde ich für sie? Er erschrak, als ihm das so unvermittelt in den Sinn kam. Und die Antwort? - Welch törichtes Spiel! Er war kein junger Springer mehr, er war ein gesetzter Mann wenige Jahre vor der Rente.

Aber keine Ausflüchte, Frank Liebig, was empfindest du für sie? - Nun ja, ich freue mich, wenn ich sie sehe, und jetzt laufe ich vor ihr weg, weil unsere Bekanntschaft eine Stufe erreicht hat, an der es so leichthin wie bisher nicht mehr weitergeht. Wir haben uns gegenseitig schon zu vieles offenbart, so wie man es mit guten Freunden hält. Jetzt wäre Zeit, sich zu verabschieden, wegzufahren und einander in netter Erinnerung zu behalten.

Willst du das, Frank Liebig? - Nein, natürlich will ich das nicht. Ich wollte, dass mir Gnostika auch weiterhin bliebe, nicht nur hier im *Haus am See*, auf dieser Insel, fernab vom eigentlichen alltäglichen Leben. Das aber verlangt, sich zu erklären, und das wiederum geht nicht, weil diese Frau in Trauer ist, und das hat man als anständiger Mensch zu respektieren.

Frank Liebig war sich klar darüber, dass er in dieser Hinsicht fast schon ein paar Schritte zu viel getan hatte. Der Versuch, das Paradies ihrer Erinnerungen fragwürdig zu machen, war immerhin heikel genug. Er hatte begonnen, dem vergötterten Toten einen Teil seiner imaginären Größe zu nehmen, und er kannte ihn doch nur von ihren Erzählungen her. Wenn ihr das bei einigem Nachdenken richtig klar wurde, hatte er verspielt.

Ach, warum musste ausgerechnet diese Frau in Trauer sein? - Da trifft man einen Menschen, der alles mitbringt, was man sich von einem Partner für die späten Lebensjahre erhofft, und man muss ihn laufenlassen, weil man sich aus Pietätsgründen oder Schicklichkeit nicht erklären darf. Abwarten aber bedeutet, dass bald jeder in eine andere Richtung davonläuft, und dort wartet vielleicht einer, der weniger Zurückhaltung übt und all jene Fragen kühn zu seinen Gunsten entscheidet. Wer kann einem da raten?

Frank Liebig war immer für klare Entscheidungen gewesen,

jetzt kam er sich feige vor. Er stand auf, klopfte sich die Hose sauber und ging gemächlich zurück. Im *Haus am See* schimmerten die ersten Lichter. Ich werde ganz unbefangen tun, nahm er sich vor. Ich gebe mich morgen früh nicht anders als in den vergangenen Tagen. Von ihrem Verhalten wird es abhängen, wie es jetzt weitergeht. Wenn sie mich jetzt nicht zurückweist, werde ich den nächsten Schritt tun und ihr meine Geschichte antragen, nach der sie so dringlich gefragt hat.

Fast wären sich beide noch im Flur begegnet, denn kaum war Frank Liebig die Treppe hinauf, da verabschiedete sich Susanne von Frau Nandelstedt. Sie entschuldigte sich, nach dem langen, ereignisreichen Tag doch recht müde zu sein und ging in ihr Zimmer. Dort kramte sie noch eine Weile in ihren Sachen, es war ganz planlos. Dabei fielen ihr die alten Bilder in die Hände, die ihr Elisabeth gebracht hatte. Sie betrachtete sie, doch das weckte keine Erinnerungen mehr. Ich bin gesättigt, sagte sie sich, richtig satt. Auch die Geschichten der Leute hier im Haus bewegen mich nicht mehr - bis auf eine.

Sie saß lange an ihrem Tischchen und überlegte. Dann aber siegte wirklich die Müdigkeit.

In der Frühe drangen die langgezogenen Rufe eines Vogels ins Zimmer, es klang wie eine Klage, immer der gleiche schleppende Ton. Susanne blieb mit geschlossenen Augen liegen. Das Erste, was ihr wieder einfiel, war jene Szene am Kinderspielplatz. Ich habe mich ereifert, dachte sie. Ich kenne mich. Wenn in meiner Gegenwart jemandem Unrecht geschieht, gehe ich in die Luft. Hardy hatte in solchen Augenblicken stets ein Wort aus seiner Soldatenzeit auf den Lippen: Du musst bedeutend ruhiger werden!

Nein, man kann mir nicht vorwerfen, ich lebte neben den Mitmenschen her. Ich bin wohl engagiert, ich rege mich mitunter viel zu rasch auf. - Sie entsann sich eines Vorfalls aus dem Konfirmandenunterricht, der sie sehr erregt hatte. Da war unverhofft ein junger Soldat in den Gemeinderaum getreten, und der Pfarrer hatte die Stunde unterbrochen, weil er meinte, den Kindern ein Beispiel offerieren zu können, wie jemand, den er hier im gleichen Raum gehabt hattet sich nun draußen in schwerer Zeit als Mensch und Christ zu bewähren hatte.

Doch des Pfarrers Freundlichkeit konnte den Ernst im Gesicht des jungen Menschen nicht löschen. Er hatte es abgelehnt, sich zu setzen, hatte mit harter Stimme gesagt: „Herr Pfarrer, zeigen Sie mir die Stelle, in der geschrieben steht, dass der Christenmensch neben Gott noch einen zweiten haben soll, den er Vaterland nennt, und dem er opfern muss, sogar das Blut seiner eigenen Kinder. Diese Stelle können Sie mir nicht zeigen, Herr Pastor, und doch predigen Sie das und belügen Ihre Gemeinde wissentlich seit Jahren."

Darauf hatte es keine Antwort gegeben. Der Pfarrer war hinausgelaufen, der Soldat hatte die versammelten Schäflein angesehen und zum Abschied gesagt: „Betet, dass dieser verfluchte Krieg aus ist, bevor ihr dran seid." Später, als der Unterricht weiterging, erwähnte der Pfarrer den Vorfall nur mit dem kurzen Satz: „Die Menschen müssen viel durchmachen in der heutigen Zeit." Kein Wort zu dem schweren Vorwurf der Lüge, das wäre für ihn wohl auch viel zu gefährlich gewesen; denn unter dem Konfirmanden saßen auch Hitlerjungen, die von Heldentaten träumten.

Susanne stand auf. Der Vogel draußen war verstummt. Während der Morgentoilette wurde ihr die Bedeutungslosigkeit ihres jetzigen Alltags bewusst. Das mündete ein in den Entschluss: Ich werde nicht mehr lange hierbleiben. - Aber was dann? - Das frühere Leben wenigstens zur Hälfte fortsetzen als alleinstehende Witwe? Das wäre wie eine Verbannung.

Nein, sie wurde sich Aufgaben suchen müssen, der ihr verbleibende Teil des Lebens brauchte einen Inhalt. Das durfte nicht nur ein langsames Bergab bleiben, kein Abbau. Welch billiges Verlangen, die Rentner möchten doch gefälligst nur noch sitzen und sich die Sonne auf die Hände scheinen lassen. Dies wäre ja das absolute *Weg-vom-Fenster*, das berüchtigte Abstellgleis, wo nur noch Verfall herrscht, Demontage, Auflösung.

Ich werde noch etwas beginnen, dachte sie. Auch in diesem Alter tut sich noch etwas, da ist noch eine Welt, und sie stellt ihre Aufgaben, ihre Forderungen. Auch da benötigt der Mensch noch die Gewissheit, gebraucht zu werden. Ich will etwas ganz Neues beginnen, nahm sie sich vor.

19

Ein Wolga fährt vor

Erst als Susanne hinunterging in das Regelwerk *Haus am See*, erinnerte sie sich an ihr Vorhaben, heute am Frühstückstisch ganz unbefangen zu tun, als hätte es das gestrige Gespräch mit Frank Liebig nie gegeben. Was würde er tun? Sie hatte immerhin versprochen, über seine Worte nachzudenken. Sie betrat den Gastraum, nickte der Frau Nandelstedt freundlich zu und sah zu ihrem Erstaunen, dass Liebig fast ungestüm vom Tisch aufsprang, ganz so, als könnte er ihr Kommen kaum erwarten.

„Guten Morgen!"

„Guten Morgen, Susanne. Wohl geruht?"

„Danke der Nachfrage."

Er rückte ihr den Stuhl zurecht, sie wusste selber nicht, warum sie das heute amüsierte. Ob er vielleicht bereute, ihr gestern ein paar kritische Worte gesagt zu haben?

„Was werden Sie anfangen, wenn Sie zurück ins Leben gehen?" fragte sie unvermittelt, während sie sich die Brötchen zurecht machte.

Liebig ließ das Teeglas sinken, das er eben zum Mund führen wollte. „Nach so kurzer Zeit machen Sie sich schon Gedanken um das Nachher?" entgegnete er.

„Sie haben meine Frage nicht beantwortet."

„Die ist auch nicht leicht zu beantworten. Was wird mir bleiben? Vielleicht der Pförtnerposten in einem mittleren Betrieb oder der Dispatcher in einer Genossenschaft? Ich weiß es nicht, es wird sich ergeben. Ich habe viele Jahre lang geleistet, was man von mir verlangt hat, oft noch viel darüber hinaus, ja; aber ich habe mich dagegen gewehrt, in den Sielen zu sterben. Wenn ich jetzt noch ein kleines, zweites Leben dazu erhalte, wird das ganz anders sein als das vergangene."

„Das klingt reichlich unentschlossen", meinte sie. „Ich frage auch nicht ohne Grund, Frank. Ich stehe ja vor ähnlichen Entscheidungen."

Susanne sah den Blick seiner graublauen Augen fest auf sich gerichtet. Sie wich ihm nicht aus. Endlich lächelte Liebig. „Sie können zurück", sagte er leise. „Ich kann nicht wieder in meinen Beruf. Ein Funktionär, der sich so wie ich verhält, ist einfach nicht tragbar. Von ihm fordert man die volle Hingabe an die Sache. Wenn er daran kaputtgeht, hat er nicht rationell genug gearbeitet, das ist doch klar."

„Nun bilden Sie die große Ausnahme, und das ist immer mit Schwierigkeiten verbunden. Aber man wird sich auch mit den Ausnahmen befassen müssen."

Er antwortete nicht, widmete sich wieder dem Tee, schien angestrengt nachzudenken, seine gewohnte Morgenzeremonie. Nach einer Weile fragte er: „Und wie stellen Sie sich Ihr Nachher vor?"

„Was ich überhaupt nicht will, ist die Fortsetzung meiner häuslichen Schreiberei", antwortete sie. „Ich glaube, ich würde in der einsamen Wohnung versauern. Nein, ich bin entschlossen, mich mit etwas ganz Neuem zu befassen, etwas zu tun, das mich unter Menschen bringt. Ich weiß nur noch nicht was."

„Und wenn Sie es noch einmal mit dem Theater versuchten? Als Sekretärin in der Dramaturgie würde sich doch bestimmt eine Stelle finden."

Sie hob fragend die Hände. „Ich alte Person? Wird man so eine noch wollen? - Als ich ans Theater ging, war ich sehr naiv. Ich sah dieses Haus vom Text aus, vom Stück, von der Rolle her wie ein Zuschauer, den das Theater fasziniert. Dass es dort einen harten Alltag gibt mit viel Handwerk und Murkelei, auch mit Ärger und Intrigen, das habe ich erst gelernt, als ich mitten in diesem turbulenten Betrieb drinsteckte. Gewiss, da ist viel Leben, viel Auseinandersetzung. Das könnte mich schon wieder reizen. Aber jetzt bin ich eben eine alternde Frau, und die würde man wohl nicht gerade mit Begeisterung aufnehmen."

„Es käme darauf an, wie Sie sich den Leuten da offerieren, welchen Eindruck Sie erwecken. Na, und in diesem Punkt mache ich mir um Sie gar keine Sorgen."

Sie redeten nicht weiter über dieses Thema. Liebig fragte auch nicht wie sonst nach gemeinsamen Unternehmungen für den Tag. Es war, als würde er ihr immer noch ausweichen, weil er Fragen fürchtete, die er nicht beantworten wollte. Susanne beschloss, von sich aus die Initiative zu ergreifen und lud ihn ein, mit ihr durchs Dorf zu schlendern. Sie wollte ihm die Stätten ihrer Kindheit zeigen. Er sagte sofort zu.

Als sie aber dann auf der Terrasse stand und noch einige Worte mit Frau Weitz wechselte, bog ein großer Wagen vom Typ *Wolga* in den kleinen Parkplatz ein und hielt. Susanne wusste sofort, das konnte nur ihr Bruder Erwin sein. „Entschuldigen Sie", sagte sie hastig, „ich glaube, da kommt Besuch für mich." Sie ging die wenigen Stufen hinunter und blieb erwartungsvoll stehen.

Der Mann, der jetzt aus dem Wagen stieg, war groß und hager, er trug einen hellen Sommermantel. Unter dem Sporthut quoll graues Schläfenhaar hervor. Er rückte sich die Brille zurecht, schmunzelte väterlich und trat auf Susanne zu, die Hand einladend vorgestreckt. „Na, meine Kleine? Dass wir uns so bald nach Leonhards Beerdigung wiedersehen? Und die Tieftrauer hast du auch schon abgelegt? Das freut mich für dich!"

„Guten Morgen, Erwin, schön, dass du kommst!"

Die Umarmung war kurz und irgendwie konventionell.

„Steig ein!" sagte er.

„Aber willst du dich nicht ein bisschen frisch machen", fragte sie. „Du warst zwei Stunden unterwegs. Die Wirtin gibt mir übrigens eine Liege ins Zimmer, du kannst also gern bleiben."

„Ach, woher", erwiderte er. „Ich übernachte in der Stadt, das Hotelzimmer ist vorbestellt. Bloß keine Umstände. Steig ein, wir fahren ein Stück."

Typisch Erwin, dachte sie. Immer ganz beharrlich und konservativ. Darin ist er wie Vater. Auch der *Wolga*, eine Anschaffung fürs Leben. Hardy hat ihn oft spaßhaft den Wolgadeutschen genannt.

„Warte bitte einen Augenblick", sagte sie und ging ins Haus, um sich bei Liebig zu entschuldigen. Der machte zwar ein enttäuschtes Gesicht, sagte aber dann einsichtsvoll: „Ein Bruder geht vor, und der Spaziergang durch Ihre Kindheit bleibt uns doch, oder?"

„Na. sicher!"

Sie gab ihm die Hand und wandte sich wieder nach draußen. Erwin hielt ihr die Wagentür auf. Sie setzte sich, legte den Sicherheitsgurt an und sah Liebig in der Haustür stehen. Langsam rollten sie den schmalen Fahrweg entlang auf das Dorf zu.

„Wollen wir kurz beim Hof vorbeifahren?" fragte sie.

„Wozu?"

Sie schwiegen, bis sie draußen auf der Landstraße waren. Der Bruder ließ den schweren Wagen ganz gemächlich laufen. Im Dorf hatte er sich nicht ein einziges Mal nach den Seiten umgesehen, und es war das Dorf seiner Kinderzeit, und er musste viele Jahre lang nicht hier gewesen sein,

Nach einer Weile begann er: „Na, Schwesterchen, nun schieß mal los. Was hat sich denn fürchterliches ereignet? Deine Stimme klang am Telefon richtig erregt, so - ich weiß nicht."

„Also schön." Susanne erzählte. Sie ließ sich viel Zeit, berichtete über das Zusammentreffen mit Elisabeth auf dem Friedhof, das Auftauchen des väterlichen Tagebuches, die plötzlichen Aktivitäten gewisser Leute, ihre Vermutungen. Sie vergaß auch nicht jenen auf so geheimnisvolle Weise zu ihr gekommenen Zettel mit der Drohung *Hau ab!* -

Erwin Baatz hörte zu, er unterbrach sie mit keinem Wort, Susanne sah aber an seiner gewohnten Art, immer wieder ruckartig die Lippen vorzustülpen, dass er angestrengt nachdachte. Sie erreichten eine Waldgaststätte, die ihr von weit zurückliegenden Schulausflügen her in Erinnerung geblieben war. Um diese frühe Tageszeit standen die Gartentische noch verlassen, doch kaum hatten die Geschwister Platz genommen, da erschien eine freundliche junge Kellnerin und fragte nach den Wünschen der Gäste.

„Zwei Kännchen Kaffee, bitte", sagte Erwin.

Wieder typisch, dachte Susanne. Er fragt mich gar nicht. Er

bestellt, und ich akzeptiere. Na schön, er ist jetzt am Zuge, und mich bewegt nur, was er sagen wird.

Er wartete ab, bis sie ihren Kaffee hatten.

„Weißt du", sagte er endlich, „die Ereignisse der letzten Wochen haben dich verständlicherweise sehr mitgenommen und unruhig gemacht. Du hast da draußen Ruhe und Ablenkung gesucht, und jetzt wirst du mit solchen Sachen konfrontiert. Nun, das muss man alles nicht so wichtig nehmen."

„Aber es ist wichtig", widersprach sie heftig, „für mich wie für dich. Das sind Dinge, die uns beide sehr viel angehen."

„Du siehst das so überaus bedeutend", sagte er überlegen. „Hast dich in eine Art Gespensterseherei hineingesteigert. Ich muss fast lachen, wenn du sagst, du hast dieses Tagebuch in Verwahrung gegeben, weil du glaubst, man würde es dir aus dem Zimmer stehlen. Eine runde Kriminal- und Agentenstory also. Aber Susanne, du kennst doch unsere braven Dorfleutchen, die machen gern aus der Mücke den berühmten Elefanten, mehr doch nicht."

„Glaubst du etwa, Vater hätte in seinem Tagebuch gelogen?"

„Das natürlich nicht. Aber sieh mal, was geht uns das heute noch an? - Haus und Hof und Acker und der ganze alte Familien- und Sippenkäse."

Ich bin für ihn immer noch das Dummchen, dachte sie. Er blickt zu mir herab, ein geistiges Schulterklopfen, mit dem man schmunzelnd die Torheiten der kleinen Schwester zur Kenntnis nimmt. Er bleibt der große Bruder, selbstsicher, erfahren, im festen Meinungsgebäude zu Hause. Sicher ist er auch immer noch das Fundament seines Betriebes, unanfechtbar. Mich nimmt er überhaupt nicht ernst.

Da sie nichts erwiderte, fuhr er belehrend fort: „Wir zwei haben uns doch von unserer Klasse losgesagt - oder stimmt das etwa nicht?"

Sie straffte sich. Jetzt wollte sie sich beweisen. „Wenn du die Klasse der Besitzenden meinst, hast du recht", sagte sie. „Heißt das aber, dass einen dann die eigenen Eltern nichts mehr angehen? Wenn man älter wird, versteht man vieles besser. Vater hat dir eine gesicherte Kindheit ermöglicht, den Besuch der Oberschule, also

Bildung, die dir heute noch nützt."

Er winkte ab. „Das war Bildung für die Besitzenden. Was ich fürs Leben brauchte, habe ich im Kriege und danach gelernt, das weißt du."

„Bist du eigentlich noch ein Bauer?" fragte sie. „Hast du noch eine Ahnung, wie es dem Mann auf dem Trecker und der Frau im Stall geht, wie sie empfinden? Du hast dich doch hochstudiert. Was wärst du, würden wir nicht im Sozialismus leben?"

„Wie kannst du mich so etwas fragen?" Er wurde auf einmal unwirsch. „Ich bin durch und durch Sozialist, das weißt du! Da gibt es kein Wenn und Aber, Susanne! Wir beide sind ausgebrochen aus dem verfluchten alten Herkommen, und jetzt quälst du dich mit so nutzlosen Erinnerungen?"

Nun wurde auch sie erregt. „Ja, wir sind ausgebrochen", stieß sie hervor. „Aber unsere Gründe waren verschieden. Du bist aus politischen Gründen weggegangen, ich ging weg wegen meiner Sehnsucht nach Liebe und Geborgenheit. Das ist etwas anderes."

„Kalter Kaffee", sagte er.

„Hast du denn gar kein Gefühl mehr, gar keine Phantasie?"

„Was erwartest du eigentlich von mir?" fragte er.

„Dass du mit mir zu diesem Kannenberg hingehst und ernsthaft auf den Busch klopfst, was es mit dem Tod unseres Vaters auf sich hat."

„Ausgeschlossen!"

Sie packte seinen Arm, wies auf den Weg, dort saß ein Eichhörnchen, schnupperte neugierig zu den Gasttischen herüber, von denen ihm sicher häufig Leckerbissen geboten wurden.

Erwin Baatz war jetzt nicht in der Stimmung, sich von den Naturgegebenheiten ablenken zu lassen, dazu erschien ihm das Thema zu gewichtig. Er machte sich los und sagte: „Wir sollten das Vergangene wirklich ruhen lassen. Es nützt niemandem, wenn wir Sachen ausgraben, an denen nichts mehr zu ändern ist. Man kann den verantwortlichen Genossen von damals heute nicht ihren Eifer vorwerfen und muss dieses Zeug allmählich einmal vergessen."

„Damit wieder solche Fehler möglich werden?"

„Selbst wenn es aus was für Gründen auch immer

Entgleisungen gegeben hat, was macht das heute noch?"

„Betroffenheit darf doch wohl erlaubt sein."

„Susanne! Du musst das Ganze aus der Sicht von damals und mit den Augen der Verantwortlichen betrachten. Auch ich bin als Agitator während des sozialistischen Frühlings in den Dörfern tätig gewesen. Ich werde nie vergessen, dass man uns hier und da mit Hunden vom Hof gejagt hat. Unser Vater war vom alten Schrot und Korn, er hat die Zeitenwende nie begriffen. Aber wenn du diese Geschichten jetzt wieder aufwühlst, tust du damit keinem einen Gefallen, Vater nicht und dir selber auch nicht."

„Einverstanden", sagte Susanne, „Aber seit ich dieses Tagebuch gelesen habe, weiß ich, dass es auch noch eine andere Sicht gibt, nämlich die der Betroffenen. Und wenn gewisse Leute mir drohen, dann muss da etwas faul sein, und das sollen sie bekennen."

Er schüttelte langsam den Kopf. „So hartnäckig habe ich dich bisher nicht gekannt."

Jetzt weicht er aus, dachte sie. Hat wohl begriffen, dass es das Dummchen von einst nicht mehr gibt, Nein, ich lasse jetzt nicht wieder locker, er soll mit mir zu Kannenberg gehen, oder er mag sich zum Teufel scheren. „Hast du nie echte Gewissensbisse über etwas empfunden, was du veranlasst hast und was sich später als falsch herausstellte?" fragte sie.

Er lehnte sich zurück, machte sich ganz groß, schüttelte erneut den Kopf - diesmal ganz selbstsicher. „Ich bereue nichts", verkündete er. „Alles ist zu seiner Zeit wahr, wichtig und auch notwendig gewesen."

„Und jetzt?"

„Jetzt sind andere Dinge wichtig."

„Aber entschuldige, wir sehen doch wohl heute manches genauer, wir sind ja wohl inzwischen auch bereit, über Fehler und Irrtümer zu reden, oder etwa nicht?"

„Ja, da gibt sich einiges sehr modern", sagte er überlegen. „Ich halte das für bedenklich. Man darf die Zügel nicht lockerlassen, das geht nie gut aus. Wir haben uns gesellschaftliche Gesetzmäßigkeiten geschaffen, es liegt an uns, sie auch weiterhin durchzusetzen."

„Bla-bla-bla", machte Susanne.

Plötzlich war der Garten von jugendlichem Lärm erfüllt, die freien Tische wurden erobert. Wie es schien, hatte eine Oberschulklasse ihren Wandertag, Die junge Bedienung hatte zu tun, die vielen Bestellungen gleichzeitig aufzunehmen. Die Geschwister schwiegen.

Ich mag diese Jugend, dachte Susanne, Sie sind so anders, die jungen Leute, sachlich, unsentimental, unbekümmert. Was sie lieben, erscheint uns fremd, ihre laute, bizarre Musik, ihre Umgangssprache, ihr schnodderiges Benehmen - und doch imponieren sie uns, weil sie so viel Kraft in sich tragen, auch weil sie irgendwie einen Schritt weiter sind als wir. Sie stehen über unseren Sorgen, wischen viele Probleme einfach beiseite und lassen ihren Widerspruch frei ans Licht. Hoffentlich schaffen wir es nie, ihnen unsere eingebildete Vollkommenheit aufzupfropfen.

Die Rückfahrt verlief schweigend. Susanne hatte alles gesagt, was notwendig war, und Erwin zergrübelte sich den Kopf, wie er wieder Oberwasser bekommen könnte. Er wertete ihr Schweigen als Verstimmung und suchte die Schuld dafür nun bei sich. Ja, sie hatte ihn angerufen, weil sie Hilfe von ihm erwartete, und er war gekommen und hatte ihr nichts geboten als große Worte. Ihr „Bla-bla-bla" deutete er jetzt: Ich kenne dich, du kannst, wenn es darauf ankommt, nur agitieren. - Aber wenn sie auch so vertrackte Argumente vorbrachte, was blieb ihm denn noch außer hartem Widerspruch? Man gibt doch keine Machtpositionen auf, nur weil plötzlich eine weichere Linie in Mode kommt.

Aber was vergab er sich denn, wenn er auf ihre Forderung einging? Schniegel Kannenberg würde sich freuen, ihn wiederzusehen. Sie kannten sich doch, und so schlimm würde die Sache schon nicht ausgehen. Womöglich konnte man ihm insgeheim einen Wink geben: Sieh mal, ich hätte mit keinem Wort an die alten Geschichten gerührt, aber du kennst die Frauen. Nun lass dir was einfallen, ich helfe dir schon aus der Bredouille, wenn es nötig wird.

Als Rabisdorf in Sicht kam, räusperte er sich und sagte: „Also schön, ich bin kein Unmensch. Wenn du es für richtig hältst, gehen wir eben zu Kannenberg und reden mit ihm."

„Und wieso auf einmal?" fragte sie.

„Du hast mich angerufen, ich bin gekommen, jetzt will ich auch kein Frosch sein", erklärte er.

Sie zeigte ihm ihr Zimmer, Erwin schien kaum beeindruckt. „Wie kannst du das hier bloß ertragen?" fragte er, „Diese Enge, die beschränkten Verhältnisse, das ganze Kleinklein - das würde mir die Luft nehmen."

„Auch du hast in Rabisdorf gelebt", antwortete sie.

„Ich entsinne mich kaum noch. Aber dieses Haus hier, das weiß ich noch genau, das war schon immer ein bisschen aus der Welt, eine überlebte Idylle."

„Zum Ausspannen gerade richtig."

Nun setzte er sich endlich, ließ die Blicke ringsum gehen. „Was wirst du tun, wenn du genügend ausgespannt hast?" fragte er und schlug die Beine übereinander.

Sie nahm ihm gegenüber Platz, legte die Unterarme auf den Tisch. „Ich weiß noch nicht", sagte sie langsam. „Meine Schreibarbeiten nehme ich jedenfalls nicht wieder auf."

„Soll ich versuchen, dich im Landwirtschaftsrat unterzubringen?"

„Nein, bitte nicht! Das will ich ganz allein regeln."

Nun schwiegen sie wieder. Nein, dachte Susanne, nichts mit Fürsprache und Protektion und auch nicht Landwirtschaft. Das muss ganz allein meine Entscheidung bleiben, und man soll mich auch nicht nehmen, weil mein Bruder Direktor eines volkseigenen Gutes ist, das wegen seiner hohen Hektarerträge von sich reden macht. Ich bin nicht mehr die kleine Schwester, der man beim Einsteigen helfen muss: Pass auf, dass du dir nicht wehtust!

Nach einer Weile sagte Erwin: „Was mir nicht gefällt, ist, dass du Vaters Tagebuch in Verwahrung gegeben hast. Weißt du, ob deine Vertrauensperson nicht darin gelesen hat?"

„Natürlich hat sie das. Ich habe ja das Gespräch darüber gesucht."

Er sprang hastig auf, ging hin und her, schien nach Worten zu suchen, sagte endlich: „Aber das ist unverantwortlich! Wen außer uns ginge das alles etwas an? Bist du dir eigentlich im Klaren darüber, was daraus entstehen kann?"

„Beruhige dich", sagte sie, „es handelt sich wirklich um eine Vertrauensperson."

„Und wer ist das, wenn man fragen darf?"

„Herr Liebig. Du wirst ihn am Mittagstisch kennenlernen."

„Das passt mir überhaupt nicht!" sagte er, blieb am Fenster stehen und schaute unwillig hinaus; aber sicherlich registrierte er kaum, was es da draußen zu sehen gab. Susanne bemerkte erneut das kuriose Spiel seiner Lippen, das schien sich, je älter er wurde, zu einer Art von Manie zu entwickeln. Sie erinnerte sich plötzlich, dass sie vor einigen Jahren darauf gekommen war, es sähe aus, als sagte er immerzu *Mumi-mumi-mumi*.

Sie verkniff sich das Lachen. „Herr Liebig ist ein, ich darf wohl sagen, ein angenehmer, freundlicher Mensch", fuhr sie fort. „Recht klug, hat Lebenserfahrung - auch in politischer Hinsicht, wenn dich das beruhigt. Glaubst du, ich hätte das Buch in unrechte Hände gegeben?"

„Aber das kannst du doch von vornherein gar nicht wissen."
„Wach auf, Bruder", sagte sie in scherzendem Ton. „Du hast eine reife Frau vor dir, die in den vergangenen Jahrzehnten mit offenen Augen durch die Welt gegangen ist. Traust du mir denn überhaupt keine Menschenkenntnis zu?"

Er brummelte irgendwas vor sich hin, wandte sich dann um und setzte sich wieder. „Und was hat dieser Herr Liebig zu deinem Forschungsdrang gesagt? Wie ich dich kenne, hast du ihm doch erzählt, was sich rund um dieses Buch abgespielt hat."

„Sicher. Er ist der Meinung, ich soll meine Nachforschungen nicht einstellen sondern weiter verfolgen. Man muss Vergangenes nicht verdrängen, man muss es vielmehr bewältigen. 'Streiten wir miteinander für die Wahrheit', hat er gesagt."

„Ein komischer Vogel."

Der komische Vogel aber machte Erwin Baatz dann zunächst erst einmal sprachlos. Als sie sich nämlich zu Beginn des Mittagessens gegenüberstanden, fiel Erwins Blick nach alter Gewohnheit auf den Rockaufschlag des anderen, und damit kam ihm blitzschnell die Erkenntnis: Aber, das ist ja ein Genosse! Und der zweite Blick ins Gesicht ergänzte das zu: ... ein älterer Genosse, der auch recht erfahren und verantwortungsbewusst wirkt...

„Das ist also der erwartete Bruder unserer Frau Susanne", sagte Liebig und streckte Erwin die Hand hin. „Freut mich!"

„Ganz meinerseits, Genosse!"

„Nun seid nicht so förmlich", mahnte Susanne. „Per Du geht es unter euch ja wohl ohnehin, außerdem kommt da schon Liesbeth mit der Suppe. Ich bitte also zu Tisch!"

Das Gespräch erschöpfte sich in Alltäglichkeiten, man redete über das Wetter, die Natur, die gute Küche des Hauses, und auch als Susanne bat, Liebig möchte ihr doch das Tagebuch zurückgeben, quittierte er dies lediglich mit kurzem, freundlichem Kopfnicken, ohne auch nur ein Wort darüber zu verlieren, dass er über den Grund von Erwins Kommen genau informiert war.

Es blieb also vorerst bei gegenseitiger Hochachtung, und Susanne beobachtete das mit innerlichem Vergnügen.

20

Die Aussprache

Nach Kannenbergs Wohnung brauchten sie nicht zu fragen, denn Erwin kannte den Weg genau. Auch jetzt, als sie das Dorf zu Fuß durchquerten, nahm er von den Örtlichkeiten ringsum kaum Notiz, und Susanne war viel zu aufgeregt, als dass ihr seine Gleichgültigkeit gegenüber der Spuren der Kindheit jetzt besonders aufgefallen wäre.

Als sie die schwere Hoftür aufklinkten, ertönte ein harter Glockenschlag, so wie früher im Kramlädchen dem Kaufmann das Eintreten der Kunden gemeldet wurde. Der Hof des kleinen Anwesens war sauber gekehrt, die Fassaden neu geputzt. Auf den ausgetretenen Stufen, die zur Haustür hinaufführten, buckelte eine große fuchsfarbige Katze.

Oben erschien Kannenberg. Er trug eine Kordhose und einen grauen Pullover mit auffallend großen Mustern. In seinem Gesicht las Susanne Neugier und abwehrende Vorsicht zugleich.

„Tag, Robert", sagte Erwin Baatz.

Der andere schien sichtlich erleichtert. „Der Erwin!" rief er, trat vor und schüttelte die dargebotene Hand. „Das ist ja eine Ewigkeit her, dass wir uns zum letzten Mal gesehen haben." Er tat, als bemerkte er Susanne erst jetzt. „Oh, Entschuldigung", sagte er, auf einmal ganz geschäftig. „Das ist sonst nicht meine Art, immer Ladys first, wie es sich gehört."

Fehlte nur noch, dass er mir die Hand küsst, dachte Susanne und nahm seine Begrüßung mit verhaltener Kühle entgegen. Im Flur stand eine kleine, verhärmt wirkende Frau.

„Das ist mein besseres Ich", posaunte Kannenberg. „Du kennst sie ja wohl noch, Erwin. Sie wird uns gleich einen schönen Kaffee machen. Immer herein, also!"

Wie gespielt diese Lebendigkeit ist, dachte Susanne. Am liebsten würde ich auf der Stelle wieder umkehren, wir werden hier doch bloß nichtssagendes Gerede zu hören kriegen. - Die Hand der kleinen Frau war kühl und schlaff, das Gesicht wirkte verschlossen.

Im Flur hingen etliche Bocksgehörne, Trophäen des einstigen Jägers. Ob da nicht noch andere Dinge hängen müssten, überlegte Susanne. Und nun die Stube, verblichene Eleganz der fünfziger Jahre. Ein undefinierbarer Geruch lagerte zwischen den Möbeln, und keine Blumen am Fenster? Der Raum hatte etwas Abgestandenes, als wäre er lange Zeit ohne jedes Leben gewesen.

Eigenartig, dieser Geruch, dachte Susanne, aber sie vermochte nicht zu sagen, wonach es hier roch. Die Männer tauschten Erinnerungen aus, die Susanne nicht berührten. Sie ließ die Blicke umgehen. Nein, da standen keine Möbel, die ihr bekannt vorkamen, auch an die Bilder erinnerte sie sich nicht. Was will ich hier? fragte sie sich. Auf einmal weiß ich es nicht mehr, ich mag es auch nicht wissen. Wenn mir Frank Liebig abgeraten hätte, ich wäre wohl längst über die Sache hinweggekommen und würde mich den Teufel um diese Leute scheren.

Die Frau kam mit einem Tablett herein. Die Tassen waren angeschlagen und passten nicht zueinander, ganz so, als wären sie einzeln beim Trödler zusammengesucht worden. Ich trinke nicht einen Schluck, schwor sich Susanne, und sie war froh, dass sich die Frau nicht zu ihnen setzte. Kannenberg goss ein. Diese Umgebung passte überhaupt nicht zu Schniegel, draußen trat er so betont adrett auf und hier, in dieser Atmosphäre sollte er sich wohl fühlen? Nein, nur nicht lange bleiben.

Plötzlich fiel ihr ein, dass sie schon wieder so dachte, wie ihr Frank Liebig kritisch angedeutet hatte. Sie war etwas Besseres, betrachtete die Dinge von oben her, von einer höheren Warte aus und überließ sich ihren Vorurteilen. Sie schämte sich auf einmal. Ja, Frank hatte nicht Unrecht, und sie musste sich ganz rasch korrigieren. Nun trank sie doch aus der alten Tasse und stellte fest, dass der Kaffee gut war.

„Weshalb wir gekommen sind..." begann sie zögernd.

„Ach ja, ach ja", unterbrach sie der Bruder. „Weißt du, es geht nur um ein paar Fragen. Da ist dieses Tagebuch von unserem Vater aufgetaucht - merkwürdige Sache, keiner von uns hat davon gewusst."

„Es wäre auch besser gewesen, das alte Buch gar nicht zu lesen", sagte Kannenberg.

„Für wen besser?" erkundigte sich Susanne.

„Wie bitte?" Der Mann fuchtelte mit den Händen. „Für uns alle, meine ich, für unsere gemeinsame Sache."

Susanne setzte die Tasse ab. „Angenommen, jemand gibt Ihnen ein altes Schriftstück Ihrer Eltern. Würden Sie es nicht lesen wollen?"

„Das schon, aber es würde mich wohl kaum berühren."

„Stehen Ihnen die eigenen Eltern so fern?"

Kannenberg sprang hoch. „Was tut das hier zur Sache?" sagte er unwillig. „Ich frage mich nur, haben wir wirklich nichts Wichtigeres zu tun, als uns um den Schnee von längst vergangen Wintern zu kümmern?"

„Wenn uns der Schnee Schaden hinterlassen hat, auf jeden Fall, würde ich meinen."

Kannenberg stand jetzt dich vor ihr. „Ich hatte Sie gebeten, mir dieses Buch zu geben", sagte er auf einmal ganz sanft. „Ich bin dagegen, dass man sich das Leben unnütz schwer macht. Man sollte sich die längst überwundenen Sorgen nicht erneut auf den Tisch packen. Wir haben doch wirklich genug aktuelle Kopfschmerzen."

Susanne lächelte ihn an. „Mir geht es überhaupt nicht darum, jemandem irgendwelche Sorgen zu bereiten, das habe ich Ihnen doch schon gesagt. Ich möchte nur wissen, was damals geschehen ist. Es kann doch nicht so schwer sein, uns das ganz schlicht zu erzählen, oder?"

Kannenberg setzte sich wieder, er überlegte, sagte dann kurz. „Es gab Vorgänge, die vertraulich behandelt wurden."

„Einverstanden - damals", sagte Susanne und fuhr eindringlich fort: „Inzwischen ist mehr als ein Vierteljahrhundert vergangen, jetzt wird man doch darüber reden dürfen, wie man sich mit dem Altbauern Hermann Baatz auseinandergesetzt hat."

„Wir sind zu ihm ins Haus gegangen und haben versucht, ihn zu überzeugen. Er blieb hartnäckig, hat nichts eingesehen." Kannenberg unterbrach, er schien sich zu besinnen, dann stand er wieder auf und fragte brüsk: „Was soll das eigentlich? Ist das hier ein Verhör? - Mit welchem Recht?"

Erwin griff seinen Arm. „Aber!" sagte er beruhigend. „Du wirst doch hier nicht vernommen, Robert. Wir wollen uns unterhalten, mehr nicht. Meine Schwester bewegen einige Fragen, die will sie geklärt haben."

„Du nicht?" fragte Susanne.

„Wie bitte?" Erwin Baatz bewegte auf einmal wieder heftig die Lippen vor und zurück. „Setz dich doch", drängte er Kannenberg. „Bleib bitte ganz sachlich. Erzähle einfach, wie es war. Mehr brauchst du überhaupt nicht."

„Wir hatten das Dorf sozialistisch zu machen."

„Ja doch - das ist alles bekannt. Wie seid ihr im Fall von Hermann Baatz vorgegangen?"

Kannenberg bog sich hin und her. „Er hatte Schwierigkeiten mit der Ablieferung, hatte doch kaum noch Leute. Den Großbauern waren die Kredite gestrichen worden, da liefen ihnen die Arbeitskräfte weg. Es war schon eine beschissene Situation, aber was wollten wir machen, wir hatten unsere Direktiven."

„Und?"

„Und, und! Ihm wurden Maßnahmen angedroht, falls er nicht unterschrieb."

„Was für Maßnahmen?"

„Es hing mit seinem Ablieferungssoll zusammen. Das hätte man so und so auslegen können - bis zur Sabotage oder so."

„Und?" fragte Susanne, „hat er unterschrieben?"

„Er hat nicht unterschrieben, er hat den Strick genommen!" Kannenberg schwieg bestürzt, legte die Hand auf den Mund, doch das, was nicht heraus sollte, war draußen. Susanne saß wie gelähmt. Vater hat sich aufgehängt, dachte sie, großer Gott, er hat sich aufgehängt, das ist ja entsetzlich.

Kannenberg fasste sich als erster. „Ja", sagte er leise, „der Bauer hat sich erhängt, und das durfte nicht bekanntwerden. Natürlich waren wir Klassengegner; aber das hat man nun doch nicht gewollt. Ein Dorf ist wie eine Familie, da treibt doch nicht einer den anderen in den Tod. Wir wollten die gegen unsere Ziele stehenden Menschen gewinnen, nicht sie ausrotten. Und nun das! Nein, das musste geheim bleiben. Man durfte dem Klassengegner keine Handhabe bieten. Wir waren froh, dass damals keiner von euch nachgebohrt hat, wir steckten doch selber voll gegenseitiger Vorwürfe. Ja, Anordnungen treffen ist leicht, aber die, die sie auszuführen haben, tragen die ganze Last. Könnt ihr denn nicht begreifen, was das heißt?"

Der Mann saß auf einmal da wie ein demütiges Kind, sein Blick war hilflos, und er wusste nicht, wohin er mit seinen zittrigen Händen sollte. Susanne erhob sich langsam. „Ich möchte jetzt gehen", sagte sie und wandte sich zur Tür. Sie hörte Kannenberg fragen: „Und was wird nun?"

„Was soll werden?" entgegnete Erwin Baatz. „Nichts wird. Wir wollten wissen, was los war. Jetzt wissen wir's."

Susanne ging wie im Traum, sie vernahm die Stimmen ganz von fern. Erwin holte sie auf der Straße ein. „Bist du nun zufrieden?" fragte er.

Sie antwortete nicht.

„Du kannst ihm keinen Vorwurf machen", fuhr der Bruder fort. „Kannenberg war pflichtbewusst, der wollte immer schon alles ganz hundertprozentig erledigen. Solche Leute begehen in ihrem Ehrgeiz auch manchen Fehler. Der hat noch ganz andere Sachen im Dorf angestoßen, die prächtige Eiche von 1871 gefällt, bloß weil sie Siegeseiche hieß und nicht Friedenseiche. Und denk nur an unsere gewohnten Straßennamen: Buttersack, Heerschar, Worthen, das waren jahrhundertealte Begriffe. Er hat sie abgeschafft. Unser Hof lag plötzlich an der Lyssenkostraße, Lyssenko, kein Mensch spricht mehr von dem, die meisten seiner agrobiologischen Thesen sind nicht haltbar; aber da trug er schon den Leninorden, war Staatspreisträger und Akademiemitglied. Weiß der Kuckuck, wie die Lyssenkostraße heute heißt."

Was redet er nur, dachte Susanne. Er muss mich doch nicht ablenken. Ich schweige nicht aus Gram oder Verzweiflung, ich denke nur an Vater und versuche, mich in seine Lage zu versetzen. Erst laufen ihm die Kinder weg, dann stirbt ihm die Frau. Als wir die Mutter begruben, waren ihm schon die Kredite gesperrt, er hat es uns nicht merken lassen, und der Rest verlief ganz folgerichtig. Das Dorf wurde vollgenossenschaftlich, das war ein Zeitgesetz, das Normale, und alle machten mit, das war auch normal, und wer das nicht wollte oder konnte, der flog aus der Bahn, ganz normal und folgerichtig.

Das angeblich Normale ist oft so schwer zu begreifen, dass man sich eigentlich bemühen müsste, auf seine eigene, ganz persönliche Weise unnormal zu sein. Aber das kann in die Isolation führen, und wer dann als Schlusssatz in sein Tagebuch schreibt: „Ich kann nicht mehr!" der greift womöglich auch zum Strick.

Der Bruder redete immer noch. Lediglich ein Satz blieb bei Susanne haften: „Politische Tätigkeit heißt Verantwortung auf sich nehmen." Ja, ja, das war eine Selbstverständlichkeit, das musste man nicht extra betonen, und gab es denn wirklich nichts anderes zwischen Geschwistern zu bereden, die soeben erfahren haben, dass sich ihr Vater vor bald dreißig Jahren aufgehängt hat? Aber was sähe denn anders aus, wenn er schlicht vor Gram gestorben wäre, wie man bisher geglaubt hatte?

Warum hört er denn nicht auf zu reden? Will er sich von ähnlich bedrückenden Erlebnissen befreien? Ist es eine Verteidigungsrede? - Aber sie will das doch gar nicht. Sie weiß doch, dass damals keiner, der ein Amt hatte, frei entscheiden konnte. Es gab die Linie, die war klar, und die wurde nicht verbogen wegen sentimentaler Regungen.

Sie blieb plötzlich stehen. „Ich kann hier nicht mehr bleiben", sagte sie. „Ich fahre nach Hause."

Erwin schien sichtlich froh über diese Entscheidung. „Ich nehme dich gleich mit", sagte er.

Als sie das *Haus am See* erreichten, fiel ihr jedoch ein, dass sie nicht einfach losfahren konnte. Das wäre ja auch wieder nur eine Flucht, und man sollte nicht fliehen. Auch Frank Liebig hätte das nicht verstanden.

„Entschuldige", sagte sie, „ich hab's mir überlegt, ich bleibe doch noch."

Der Bruder schaute sie kopfschüttelnd an, „Unentschlossen wie immer", antwortete er. „Du wirst mir ewig ein Rätsel bleiben. Wenn ich nur wüsste, wo man dich einordnen soll."

„Einordnen? - Ich passe in keine Kategorie, ich habe nirgends hineingepasst - nur in meine Ehe."

„Auch da möchte ich dir widersprechen."

„Wozu?"

Er schaute auf die Armbanduhr, „Gut. Du willst also nicht mitkommen", sagte er. „Nun, ich fahre jetzt. Ich lass mich morgen noch mal hier sehen, sagen wir zum Mittagessen. Bis dahin hast du genügend Zeit, mit dir ins Reine zu kommen."

„Ist schon recht."

„Dann mach's gut, Kleine - auf morgen."

„Tschüs, Erwin!"

Er drehte sich um und ging mit langen Schritten über die Terrasse hinweg zu seinem Wagen. Susanne blickte ihm nach. So wäre Vater gewesen, hätte er unter Erwins Bedingungen groß werden können, dachte sie. Die Zeit macht sich ihre Menschen.

Erwin stieg ein, drehte die Scheibe herunter und winkte, als er abfuhr. Susanne atmete tief durch. Sie dachte auf einmal wieder ganz intensiv an ihren Mann. Jetzt hätte sie ihn gebraucht, um all das loszuwerden, was sie erfahren hatte und was ihr auf der Brust lag. Sie hätte sich freigeredet, hätte seine Meinung vernommen und schließlich wieder zu sich selbst gefunden. Abgeschlossen das Kapitel Hermann Baatz, das so ganz zufällig für sie aufgeschlagen worden war und sie beschäftigt hatte in den langen Tagen und Nächten zuvor. Jetzt durfte sie wieder an sich denken, nur an sich und an die Zeit, die jetzt vor ihr lag. Über dem Fahrweg schwebte noch der Staubschleier, den Erwins *Wolga* hochgeblasen hatte. Den Bruder band hier nichts mehr, und sie doch im Grunde auch nichts. Wäre sie nicht gleich im Anfang zu den überwucherten Gräbern hochgestiegen, wo sie die alte Elisabeth getroffen hatte, ihr Inkognito wäre bis heute weitgehend gewahrt geblieben, eine Fremde unter Fremden, die Erholung suchen und mit denen das Dorf sonst keinerlei Kontakt hat.

Sie ging ins Zimmer und legte sich aufs Bett. Nun nicht mehr grübeln, bitte, nicht weiter nachdenken, nur liegen und die Zeit bis zum Abendessen ruhig auskosten. Ja, nachher am Tisch würde sie noch einmal reden müssen, Frank Liebig hatte ein Recht darauf, das Ergebnis ihrer Nachforschungen zu erfahren. Ein kurzer Bericht also, und dann die Mitteilung: Ich reise ab!

Was er wohl dazu sagen würde? Nun, er hatte hier gewiss etliche Leute an- und abreisen sehen, solche, denen man näherkommt, andere, die man kritischen Blicks beobachtet, und sicher auch einzelne, die man behutsam von sich fernhält, weil sie einem auf die Nerven gehen. Abreisen also, heimkehren in die Wohnung, wo die viele Zeit schwer wog und der Tote wieder zu seinem Recht kam, weil er aus jedem Möbelstück, aus jeder Faser Erinnerung zu ihr sprach. Dafür würde sie Kraft brauchen und schließlich auch ein gehöriges Maß Gleichgültigkeit und neues Selbstbewusstsein - wie damals, als sie das elterliche Haus verließ. -

Noch einmal neu anfangen also. Jeder echte Anfang ist beglückend. Wenn ich doch nur Träume hätte, die sich verwirklichen ließen. Jetzt brauchte ich Träume, die mich allein betreffen, und *allein*, das ist ein so böses Wort, ich möchte es ganz weit wegschieben, es in den hintersten Winkel meiner Zukunftsgedanken verdrängen.

Frank Liebig! Sie erschrak, weil ihr dieser Name so plötzlich und so stark einfiel, dieser Name und dieser Mensch. Leonhard ist erst wenige Wochen tot, dachte sie, und da überfällt mich schon der Gedanke, ein anderer Mann könnte mich vor dem Alleinsein bewahren.

Sie erhob sich, trat vor den Spiegel, ordnete Kleid und Frisur, dann ging sie hinunter in die Gaststube, wo Liesbeth und Richard die Tische für das Abendessen zurechtmachten.

„Es ist noch nicht ganz so weit, Frau Berger", wurde ihr gesagt.

„Ich weiß; aber ich möchte gern vorher für mich einen Schoppen Wein trinken."

„Einen leichten oder einen schweren?"

„Nun, es darf schon mal ein schwerer sein."

Sie setzte sich an ihren Platz, legte die Hände auf die Knie, schaute den beiden bei der Arbeit zu, als wäre sie schon Rentnerin, die das Recht genießt, sich nur noch bedienen und unterhalten zu lassen. Dann brachte ihr Liesbeth den Pokal an den Tisch.

„Sehr zum Wohl!"

„Ich danke, Liesbeth."

Susanne fühlte, wie der Wein von ihr Besitz ergriff, ein warmes, wohliges Gefühl war das. Draußen vor den Fenstern lag sattgelbes Licht, von weither kamen Kinderstimmen, dann Schritte, Familie Zühlke brach herein. Man grüßte sich ohne Anteilnahme, und die Tatsache, dass da die Frau allein ein großes Glas Wein genoss, hätte doch zu ein paar freundlichen Bemerkungen führen dürfen. Das holte dann Frank Liebig nach. Er stand ganz überraschend am Tisch und hob lächelnd die Brauen.

„Gibt es etwas zu feiern?" fragte er.

„Ein bisschen Abschied", antwortete sie.

„Abschied - wovon?"

„Mein Bruder ist mit einem Adieu in die Stadt gefahren, ich entsage meinen Nachforschungen und denke an meine eigene Abreise."

Er setzte sich, das Gesicht voller Enttäuschung, „Das kann doch nicht Ihr Ernst sein", sagte er ungläubig.

Sie drehte den Weinpokal zwischen den Fingern. „Was will ich noch hier? Ich habe zu mir selber gefunden, das hatte ich gesucht, und ich bin überrascht, dass es mir so schnell gelungen ist."

Er hielt ihre Hand fest. „Man hat seine Träume noch lange nicht verwirklicht, indem man sie kurzerhand für Realitäten erklärt."

„Wie darf ich das verstehen?" fragte sie verwundert, weil sie sich doch vorhin erst mit ähnlichen Gedanken beschäftigt hatte.

„Nun", sagte er, „Sie machen sich doch etwas vor, Susanne."

„Vielleicht."

„Aber wozu? Sie haben sowas nicht nötig. Sie stecken doch voller Elan und können noch sehr viel vollbringen. Darüber müssen wir reden, das erfordert Zeit. Sie dürfen jetzt nicht abreisen, Sie brauchen es doch auch gar nicht. Niemand wartet auf Sie, Sie haben keinerlei Verpflichtungen. Was soll es also?"

Sie trank das Glas leer, hob die Schultern, sie wusste wirklich keine Antwort.

„Und Sie entsagen Ihren Nachforschungen?" fuhr Liebig heftig fort. „Heißt das, es hat sich etwas ergeben, was alles Weitere unnötig macht?"

„Sicher. Es gibt keine Unklarheiten mehr. Mein Vater hatte sich geweigert, in die Genossenschaft zu gehen, ihm wurden Maßnahmen angedroht, weil er mangels Arbeitskräften sein Ablieferungssoll nicht erfüllen konnte, darauf hat er sich erhängt. Dies ist die nackte, niederschmetternde Wahrheit."

„So etwas hatte ich befürchtet", sagte er sichtlich betroffen.

„Und trotzdem haben Sie mir geraten, weiter zu forschen?"

„Sie wären mit den ungelösten Fragen nie ganz zur Ruhe gekommen, Susanne, das kenne ich aus eigener Erfahrung."

Liesbeth brachte das Essen. An den Tischen ringsum begann das gewohnte Besteckklappern. Susanne beschäftigte sich mit Frank Liebigs letzter Bemerkung. Auf einmal war jener Gedanke wieder da, mit dem sie schon vor Tagen gespielt hatte: Der Mensch braucht Hilfe. Und wie heftig er erschrocken war, als sie von ihrer Abreise sprach also hatte er wohl noch mit einigen gemeinsamen Tagen im *Haus am See* gerechnet. Dazu müsste er aber sein augenblickliches Zögern aufgeben; man kann nur jemandem helfen, der ehrlich seine Lage zugibt und nicht mit dem Helfer Versteck spielt.

Jetzt muss er reden, dachte sie und sagte nach kurzem Nachdenken: „Sie haben von Ihrer eigenen Erfahrung gesprochen. Heißt das, Ihnen nahestehende Leute haben etwas Ähnliches erlebt - oder gar Sie selber?"

Liebigs Gesicht schien zu erstarren, er überlegte, dann gab er sich wohl innerlich einen Stoß und sagte: „Ich war nicht ganz schuldlos, dass jemand, der sich ebenfalls dem Eintritt in die Genossenschaft widersetzte, wegen Wirtschaftsvergehen angeklagt und dann auch verurteilt wurde. Der bedauernswerte Mensch, der seine angebliche Schuld nie begriffen hat, konnte die Schande der Freiheitsstrafe nicht verwinden und ist kurze Zeit danach gestorben. So, nun verdammen Sie mich, Susanne!"

„Wie könnte ich das?"

„Preisen Sie sich dankbar, dass Sie nie in die Lage gekommen sind, Maßnahmen zu veranlassen, durch die im Grunde harmlose Menschen zu Schaden kamen."

Betreten schaute sie ihn an, so ernst, so selbstquälerisch hatte sie ihn noch nie erlebt. „Darum haben Sie mir geraten, die Sache meines Vaters bis zu Ende weiter zu verfolgen?" fragte sie.

„Nicht nur darum. Ich bin hier im *Haus am See* mit meinen Gedanken mehr oder weniger ins Reine gekommen, habe mich ja nie zuvor so intensiv mit einfachen Menschen beschäftigen können. Ich weiß jetzt, wie bitter nötig wir solche Kontakte haben. Man muss viel mehr auf den sogenannten gesunden Menschenverstand hören. Das hatte ich begriffen. Da aber kamen Sie, und Sie haben mir mit dem Tagebuch Ihres Vaters erneut alles wieder vor Augen geführt, was ich in mir zugedeckt und sozusagen abgehakt hatte."

„Das begreife ich", sagte sie. „Aber wenn Sie inzwischen mit sich ins Reine gekommen waren, wozu dann wieder diese bittere Selbstanklage wegen des damaligen Vorfalls? Sie quälen sich unnütz, und es kommt nichts dabei heraus, weder für Sie noch für den bedauernswerten Menschen damals."

Er nickte, holte ein paarmal tief Luft und sagte dann: „Ich bin im Grunde ein feinfühliger Mensch, und das damals hat mich all die Jahre doch sehr belastet. Ich war froh, wenn ich vor lauter Arbeit nicht zum Nachdenken kam. Aber jemand, der bereitwillig alles übernimmt, was ihm angetragen wird, der kriegt halt immer mehr und mehr aufgehalst."

„Jetzt begreife ich, dass Sie zum Schluss keinen anderen Ausweg wussten, als einfach wegzulaufen. Sie waren schließlich total überlastet."

„Überlastet - na ja - das allein war es ja nicht. Ich hab meine Arbeit hingeschmissen, weil mir die Art und Weise meiner Funktion nicht mehr behagte."

„Was hat Sie überhaupt an solcher Tätigkeit gefesselt?"

Er wiegte den Kopf. „Ach, wissen Sie", sagte er und deutete ein Lächeln an. „Zunächst war das schon eine Aufgabe. Man geht hin, wo einen die Partei hinsteckt. Ich habe ja auch versucht, diese Arbeit mit verständlichem Inhalt zu erfüllen. Es gab positive und negative Erlebnisse, wie das eben so geht. Inzwischen sehe ich keinen rechten Sinn mehr in meinem Tun. Alles läuft nach Gepflogenheiten. Bei allen Dingen muss die Nationale Front vertreten sein. Das wird abgehakt, doch das ginge auch ohne mich. Ich habe viel lieber an der Basis gearbeitet, um dort Konkretes zu beeinflussen und die Probleme und Sorgen der Bürger aufzugreifen. Oft hat es dann aber geheißen: Du siehst die Dinge falsch! - Aber vom richtigen Sehen allein ist noch nie etwas positiv verändert worden. Kurz, ich war nur noch ein Routinier."

„Haben Sie denn das alles nicht Ihren Vorgesetzten auf den Tisch packen können? Sie verstehen doch zu argumentieren."

Er winkte ab. „Das müsst ihr doch klären können! - Dafür seid ihr da! - Setzt den Leuten das ideologisch richtig auseinander! - Glauben Sie mir, man wird am Ende unsicher und zweifelt an den eigenen Fähigkeiten und sieht sein Leben schließlich nur noch als eine Kette von Irrtümern an. Ja, ich bin ein Mensch der Irrtümer, sie decken alles Positive bei mir zu, auch die Erfolge, die man ja schließlich hatte."

Sie hielt seinen Arm fest, schüttelte den Kopf. Er war zum Schluss so laut geworden, dass die übrigen Gäste herüberblickten. Sie verstand ihn ja. Sie hatte augenblicklich begriffen, dass dies jene Hürde war, vor der er seit Tagen gescheut hatte. Jetzt war sie übersprungen, und das musste erlösend für ihn sein. Sie sagte lächelnd: „Wären wir allein, ich würde Sie jetzt umarmen, Frank."

Er wirkte tatsächlich wie befreit. „Danke", sagte er. „Ich danke Ihnen Susanne, dass Sie mir zugehört haben und dass Sie versuchen, mich zu verstehen. Und nun darf ich gleich noch eine Bitte äußern: Reisen Sie nicht gleich ab! Schenken Sie mir noch ein paar Tage."

„Einverstanden, Frank. Und jetzt keine trüben Gedanken mehr. Es ist bei uns beiden genug mit Vorwurf und Selbstvorwurf, das bringt uns auf die Dauer sowieso nicht weiter. Wissen Sie was? Der Wein im *Haus am See* ist recht gut. Wir bestellen uns nach dem Essen noch eine Flasche und beschließen den Tag in versöhnlicher Stimmung."

„Ich muss Sie bewundern, Susanne."

Es wurde tatsächlich noch ein netter Abend; denn später setzte sich der Wirt ans Klavier und spielte, und nichts ist für solche Stunden erholsamer als zu sitzen, zuzuhören und ab und zu das Glas zum Mund zu führen, vorausgesetzt der Wein ist gut.

21

Rostige Ketten

In dieser Nacht schlief Susanne ganz fest. War es die Folge davon, dass nach dem Besuch bei Kannenberg nun alle Rätsel gelöst schienen, oder lag es am Wein? Jedenfalls erwachte sie gegen Morgen erfrischt und mit einem Gefühl innerer Ruhe, das sie selbst verwunderte.

Sie blieb also vorerst liegen und überdachte noch einmal die Ereignisse des gestrigen Tages und das, was sie dabei erfahren hatte. Vieles zeigte sich jetzt in einem ganz anderen Licht. Die Worte *Ich kann nicht mehr* waren zur bedeutsamen Schlussbemerkung eines zum Letzten entschlossenen Menschen geworden, und der Zettel mit der barschen Aufforderung *Hau ab!* erwies sich als von der Angst diktiert.

Was würde jetzt folgen? Mussten jene, die aus den damaligen Tagen heimlich noch Schuldbewusstsein in sich trugen, nicht völlig in Verwirrung geraten? Kannenberg würde sicher kaum Stillschweigen über den gestrigen Besuch wahren - oder doch? Der Sachverhalt konnte seinerzeit nur mit amtlicher Billigung, wenn nicht gar auf Grund einer Anordnung vertuscht worden sein, also hatten sich die Mitwisser zum Schweigen verpflichten müssen, und einer von ihnen hatte es jetzt gebrochen.

Damit erwies sich die Lage im Grunde komplizierter als vorher, wo man sich einig gewesen war, die lästige Fragestellerin gemeinsam abzuwehren. Susanne versuchte, in die Gedanken jener Leute einzudringen. Sie konnten nicht wissen, was die Kinder des Hermann Baatz mit der neu gewonnenen Erkenntnis über den Tod des Vaters beginnen würden. So gesehen, war Frank Liebigs Überzeugung, die Bewältigung unterschwelliger Schuldgefühle wäre befreiend, einfach falsch, sie erschien Susanne zumindest jetzt recht fragwürdig. Es war doch überhaupt noch nichts bewältigt worden, nur angestoßen, und der Besuch bei Kannenberg konnte zu einem Stich ins Wespennest werden und unabsehbare Reaktionen auslösen.

Nein, es ist nicht leicht, die Vergangenheit wirklich zu bewältigen. Das geht nicht mit Worten und Erklärungen, vollendete Tatsachen können nicht weggeredet werden. Es geht eigentlich nur mit einer Art von Versöhnung; auf der einen Seite Einsicht und ehrliches Bedauern, auf der anderen Seite Verzeihung. Das aber muss ausgesprochen werden, erst dann ist die Bewältigung wirklich gelungen.

Ich müsste also noch ein letztes Mal mit Wendtland und Kannenberg und wohl auch mit Elisabeths Bruder reden, dachte sie. Jetzt liegen die Karten offen auf dem Tisch, da herrscht Klarheit, und keiner kann dem anderen noch etwas vormachen. Aber wollen die das? Was ist, wenn sie sich verhärten, auf dem seinerzeitigen Recht und auf ihren einstigen Vollmachten beharren, Kannenbergs Eingeständnis als Verrat ansehen und wütend um sich beißen?

Ein Tabu ist gebrochen worden, eins von vielen. Inwieweit gelten diese noch heute? Nicht alle Vorkommnisse verjähren, manche behalten ihr Gewicht über die Zeiten hinweg und werden ingrimmig verteidigt. Könnte es sein, dass der so hässliche Tod des Hermann Baatz auch heute noch von maßgeblicher Seite aus verschwiegen bleiben soll? Aber der Vater war doch ein so unbedeutender Bürger eines ebenso unbedeutenden Gemeinwesens. Wer erinnert sich noch an ihn? Bei vielen Leuten dürfte die Aufdeckung seiner Todesursache nicht mehr als ein bedauerndes Schulterzucken hervorrufen - oder? Das sind Fragen, die ich allein nicht beantworten kann, dachte Susanne.

Ich muss das heute Mittag mit Erwin bereden. Er weiß in so heiklen Dingen besser Bescheid. Auch Frank Liebig soll meine Bedenken erfahren. Streiten wir miteinander für die Wahrheit, hat er gesagt. Jetzt wird sich zeigen, ob das mehr war als nur eine beiläufig geäußerte Floskel.

Während des Frühstücks trug ihm Susanne ihre Überlegungen vor. Liebig wurde nachdenklich.

„Natürlich könnten Ihre Befürchtungen eintreffen", sagte er. „Man steckt nicht in seinen Mitmenschen, und Jeder reagiert anders. Aber wir sollten auch nicht wieder das Schlechteste von ihnen annehmen. Wenn die Gegenseite - um diesen Ausdruck noch zu behalten - eine harte Reaktion von Ihrer Seite aus erwartet, und die trifft nicht ein, beruhigen sie sich von allein. Verlassen Sie sich darauf, Susanne."

„Kannenberg ist aalglatt und Wendtland ein Klotz. Wie wollen Sie da etwas vorhersehen?"

„Vorsicht", mahnte er. „Verfallen Sie nicht gleich wieder in Ihre alten Vorurteile. Sehen Sie die Beweggründe Ihrer Leute real. Dieser Wendtland war doch ein Prolet. Sein Hass gegen die Großen also verständlich. Jetzt musste er fürchten, wieder hinabgestoßen zu werden, das ist alles. Geschieht das aber nicht, wird er sich rasch beruhigen. Na und Kannenberg erscheint mir als Tatsachenmensch. Dass Ihr böser Zettel von ihm gekommen ist, glaube ich am allerwenigsten. Er weiß doch genau, dass ihm gar nichts geschehen kann. Wir hatten damals vor allem Disziplin zu wahren, unbedingte Treue zur Sache. Man kann heute keinen wegen seiner damaligen Treue anklagen."

„Das habe ich auch nie gewollt, das wissen Sie, Frank."

„Natürlich. Was Sie wollen, ist die klare Sicht auf das, was damals geschehen ist, das ehrliche Eingeständnis, dass unbedingte Treue auch problematisch werden kann - menschlich gesehen - und darin stehe ich ganz und gar zu Ihnen."

„Danke."

Es war ein schönes Gefühl, jemand an der Seite zu wissen, der Hilfe nicht nur versprach, sondern sein Versprechen auch halten würde. Und was gab Susanne dafür zurück? Sicher erwartete Frank

Liebig kein Gegengeschenk, aber ihr erschien das notwendig. Er hat in seinem Leben viel Reden anhören müssen, dachte sie, und ich habe doch auch nichts als Worte. Sie geriet in eine eigenartige Stimmung; das Morgenlicht im Raum, die halblaute Unterhaltung an den anderen Tischen, kreiselnde Fliegen, dazu der Kaffeeduft, es war eine anheimelnde Atmosphäre, worin man sich versinken lassen konnte, Behaglichkeit, die einen anfüllte und doch auch drängte, diesem Gefühl Ausdruck zu verleihen.

„Ich habe Ihnen gestern Abend versprochen, noch ein paar Tage zu bleiben", sagte sie nach einer Weile. „Wollen Sie mir nicht versprechen, dass auch Sie dann abreisen? Ich weiß, das kostet Mut, und den werden Sie aufbringen, Frank. Was ich in diesen Wochen gelernt habe, ist, dass jede Flucht im Grunde Kapitulation bedeutet. Man soll nicht fliehen, man soll sich an Ort und Stelle mit dem auseinandersetzen, was einen bedrängt und was man besser haben möchte. Vielleicht haben sich diejenigen, von denen Sie weggelaufen sind, längst mehr Gedanken darüber gemacht, als Sie glauben. Sehen Sie nicht gewisse Parallelen zwischen sich und dem Bauern Hermann Baatz? - Ich weiß, jeder Vergleich hinkt. Aber der eine floh in den Tod und der andere in die Einsamkeit. Das mag fast auf das Gleiche hinauslaufen, doch aus dem Tod gibt es keine Rückkehr. Sie aber können alles korrigieren. Lassen Sie sich von mir bitte ebenso aufmuntern, wie Sie es mit mir versucht haben."

„Wenn Sie mir so gut zureden", sagte er und fasste ihre Hand. „Solche Gedanken sind mir übrigens auch schon gekommen. Ich weiß nicht, ob es Ihnen ähnlich geht, aber ich fühlte mich manchmal wie angekettet, und dann zerrten einen die Verpflichtungen, die Rücksichten, die Gepflogenheiten mit sich fort, man wurde zum Sklaven seiner Aufgaben anstatt zu ihrem Meister. Nun raten Sie mir, wie man solche Ketten los wird."

Sie nickte. „Ja, das kann ich verstehen", sagte sie nachdenklich. „Auch mich halten solche Ketten. Und nicht nur mich. Es ist, als wären alle Beteiligten noch fest an das Geschick des Hermann Baatz gekettet. Niemand hat sie bisher davon gelöst, auch wenn diese Ketten längst rostig geworden sind und kaum noch klirren."

„Meine Ketten sind nicht rostig", erwiderte Liebig. „Sie sind gegenwärtig und aus gutem Material."

„Ach was! Schmiedet sich nicht jeder seine Ketten selber? - Und was ist Gegenwart? Da steckt doch immer ein gutes Stück Vergangenheit wie auch Zukunft drin. Was Sie da aufgezählt haben, Verpflichtungen, Gepflogenheiten - sollten wir nicht anfangen, diesem Wichtigkeitsgebirge ein anderes Maß zu geben? Im Mittelpunkt steht der Mensch - welch schönes Wort! Ehrlich, Frank, sind Sie nicht auch der Meinung, dass wir oft ganz andere Dinge im Mittelpunkt gesehen haben: Die Vorschrift, die Aufgabe, den Plan, auch den äußeren Anschein? Na?"

Er kämpfte mit der Antwort, dann entgegnete er: „Sie waren nie so wie ich in dienstliche Belange eingespannt und haben auch niemals für tausend Dinge geradestehen müssen. Das ist wirklich ein Gebirge, Susanne. Schön, man steht nicht allein, doch man hat Anforderungen zu erfüllen - im Dienst der Menschen, wohlgemerkt - und immer und immer wieder wird abgerechnet. Am Ende stecken Sie Schläge ein für Fehler und Versäumnisse, deren Ursachen ganz woanders liegen und die Sie gar nicht beeinflussen konnten."

„Ändern Sie das! Wozu sind Sie Genosse?"

Er starrte sie beinahe ungläubig an, schien zu begreifen, dass ihre Rollen plötzlich vertauscht waren. Er verteidigte sich gegen sie! Das war merkwürdig, doch diese Erkenntnis löste augenblicklich seine Anspannung. Er lächelte, trank ruhig seinen Tee aus, lehnte sich zurück und sagte für sie völlig zusammenhanglos: „Das Experiment gehört bei uns zum Alltag, und da wir uns an Vielem versuchen, womit es noch keine Erfahrungen gibt, müssen Fehlschläge und auch Rückschritte einkalkuliert werden."

„Ich will Sie weder kritisieren noch verurteilen", antwortete sie. „Ich kann mir denken, dass es in Ihrer Arbeit Erscheinungen gab, die Sie nicht beeinflussen konnten. Man ist vielleicht niemals ganz zufrieden. Selbstzufriedenheit ist ohnehin nicht ratsam; aber wer nie mit sich und seiner Arbeit zufrieden ist, reibt sich allmählich auf."

„Da sind die Ketten wieder!" rief er. „Liebe Susanne, es zählt doch nur, ob die anderen mit einem zufrieden sind - nicht man selber. Danach fragt doch keiner. Wer das nicht begreift, kann nicht im öffentlichen Dienst tätig werden."

Sie nickte. „Und dann entstehen Verwaltungen, in denen unzufriedene Menschen sitzen, die ihr eigenes Unbehagen gegen das Publikum verbreiten. Ich wünschte mir immer Büros, in denen man Scherzworte gebraucht, wo gelacht wird und wo die Besucher in heiterer Stimmung weggehen."

Er winkte ab. „Sie kennen die Humorlosigkeit unserer Dienststellen."

„Eben! Wäre das keine Aufgabe für Sie, daran etwas zu ändern?"

Susanne erhielt keine Antwort mehr, denn Liesbeth kam und räumte die Tische ab, und da sich die übrigen Gäste sogleich von ihren Plätzen erhoben, wurde der Raum von allgemeiner Unruhe erfüllt, und darin gediehen keine tiefgründigen Wortgefechte mehr.

„Sie hatten versprochen, mir das Dorf Ihrer Kindheit zu zeigen", mahnte Liebig.

„Sicher! In zehn Minuten bin ich vor dem Haus."

Susanne fühlte sich wohl in der Rolle der Fremdenführerin. Sie ließ sich unterwegs viel Zeit, blieb immer wieder stehen, weil ihr fast an jeder Ecke des Dorfs etwas einfiel, das nur ihr gehört hatte, Erinnerungen, bisher verborgen und nun plötzlich wieder geweckt...

„Ach, hier ist jetzt ein Industriewarengeschäft! Sehen Sie, Frank, das war früher das Lädchen der Tante Koch. Hier roch es nach Sauerkraut und Petroleum, und jedes Kind, das einkaufen kam, erhielt ein Achtelchen Anisbonbons. Ich schmecke sie noch heute auf der Zunge."

Liebig schaute nur und hörte lächelnd zu.

„Da ist die Schultreppe! Immer noch die gleichen ausgetretenen Steinstufen. Da bin ich mal abgerutscht und habe mir das Knie aufgeschlagen. Die Narbe ist heute noch zu sehen.

Ach, und da drüben, dieser große Baum. Den hatten die Jungens in der freien Nacht vor dem Pfingstsonntag einmal von oben bis unten mit allen Dingen behängt, die greifbar draußen liegengeblieben waren, Handwagen, eine Ackerhose, Säcke, ein

Gänsekäfig, es war lustig."

„Gibt es diese Bräuche noch heute?"

„Ich weiß es nicht - ich bin zu lange weggewesen."

„Und wie waren Ihre Beziehungen zu den Leuten im Dorf?" fragte er.

„Wie in einer großen Verwandtschaft. Zu den Erwachsenen sagte man Onkel und Tante, zu den älteren Oma und Opa. Es gab welche, die konnte man leiden, andere nicht. Als Kind hatte man dafür ein feines Gespür. Man wollte mit Recht schon als Persönlichkeit geachtet werden. Nichtachtung verzieh man kaum, und wer nett zu einem war, dem vergaß man das nicht."

„Und diesem Dorf, dieser Familie sind Sie entflohen!"

Sie blieb stehen und sah ihn nachdenklich an. „Dem Dorf wohl eigentlich nicht. Dem strengen Regelwerk des Hofes, ja, nur diesem, nicht dem Dorf. Ich habe auch all die Jahre nicht gewusst, wie viele Wurzeln ich noch hier in dem Fleckchen Erde habe. Sicher hat mich das überraschend aufgetauchte Tagebuch meines Vaters auch deshalb gleich so angerührt. Da gab es noch etwas in meiner Vergangenheit, von dem ich nichts wusste."

„Also mussten Sie aktiv werden."

„Sicher."

Sie folgten einer Seitenstraße. Liebig beobachtete Susanne, ihre lebhaften Blicke, ihr wechselndes Mienenspiel. Sie erschien ihm mit einem Male jung und angefüllt mit nur mühsam verhaltenem Temperament. Was für eine Frau, dachte er.

Vor einem verwitterten Fachwerkbau blieb sie stehen.

„Hier wohnte Willi Wölfner, ein alter Schwerenöter", sagte sie. „Alles Weibliche zog ihn magisch an. Er verschenkte Schokolade und Parfumfläschchen, streichelte den Schulmädels die Wangen und verfolgte die Frauen bei der Feldarbeit mit Blicken und eindeutigen Angeboten."

„Und wie verhielt sich die Rabisdorfer Damenwelt ihm gegenüber?"

„Unterschiedlich. Manche gingen gern auf seine Annäherungsversuche ein, andere lachten über ihn. Ich habe ihm nie getraut, bin ihm aus dem Weg gegangen, obgleich er immer sehr nett war. Heute weiß ich natürlich, es war der gesunde Argwohn des jungen

Mädchens gegenüber dem alten Lüstling, der mit all seiner Freundlichkeit nicht sie, sondern nur ihr Geschlecht meinte. - Ach, und dort drüben..." Sie zeigte auf ein Haus, das wie verschämt etwas abseits der Straße in einem Winkel klemmte. „Da wohnte Clara Maifahrt, eine Frau, die, ohne je zu klagen, fast dreißig Jahre lang ihren hilflosen, schwerkranken Mann gepflegt hat. Es war ein fürchterliches Elend, sie hat es ertragen wie eine Heilige."

„Ja", sagte er, „die wahren Heldentaten geschehen in der Stille."

„Ich wundere mich selbst, wie viel noch von diesem Dorf in mir steckt", meinte sie im Weitergehen. „Beinahe jedes Haus birgt eine Geschichte. Da drüben lebte die alte Bergsche ihr im Grunde nutzloses, verschwatztes Leben. Aber ich will die Frau nicht verurteilen", fuhr sie mit einem Seitenblick auf Liebig fort. „Sicherlich ist überhaupt niemand ganz nutzlos."

„Sie haben Fortschritte gemacht", sagte er.

„Dank Ihrer Hilfe, Frank."

„Und Sie haben schon Schlussfolgerungen aus Ihren Fortschritten gezogen?"

„Sicher. Der Hauptteil meines Lebens ist abgeschlossen, das habe ich hier draußen begreifen müssen. Jetzt kommt etwas Neues. Ich weiß noch nicht, wie das aussehen wird, aber das ist auch nicht wichtig. Wichtig wäre, dass auch Sie zu solcher Erkenntnis kommen."

„Ich werde mir Mühe geben."

Plötzlich kam ihnen Kannenberg entgegen, adrett gekleidet wie immer, wenn er sich draußen bewegte. Er schien zu erschrecken, verhielt den Schritt und grüßte dann.

„Guten Tag, Herr Kannenberg", rief Susanne betont unbefangen. „Auch unterwegs?"

„Gewiß, gewiß", antwortete er unsicher.

„Entschuldigen Sie, dass ich gestern so überstürzt fortgelaufen bin. Ich habe mich nicht mal bei Ihrer Frau für den guten Kaffee bedankt. Grüßen Sie sie bitte. Ach, Entschuldigung", unterbrach sie sich, „Herr Liebig, Herr Kannenberg."

Die Männer nickten sich zu, beider Blicke umspielten des

Anderen Rockaufschlag.

Großartig, wie sie das macht, dachte Liebig. Gestern erfährt sie von ihm, dass sich ihr Vater erhängt hat. Heute grüßt sie ihn fast kokett, zerreißt spielend eine von diesen rostigen Ketten. Kein Wunder, dass ihn das aus der Fassung bringt. Mir ginge das nicht anders. Gnostika - Erkenntnis - aber auch ebensoviel Rätsel - also Sphinx. Aber nein, eine Sphinx hat kein Herz, kein Gefühl, keine Wärme, das alles aber besitzt diese Frau in reichem Maß. Und jetzt will sie mich zur Abreise überreden. Ja, was sollte ich auch noch im *Haus am See*, wenn sie nicht mehr da ist. Es wäre mir einfach zu langweilig jetzt, nur noch mit Richard zu schwätzen und allein draußen die Zeit totzulaufen. Überall würde ich nur diese Frau suchen.

Sie spazierten weiter. Susanne plauderte, doch Frank Liebig blieb einsilbig, zu sehr beschäftigten ihn die eigenen Gedanken. Was er bisher weit hinausgeschoben hatte, die Fragen des Nachher, der eigenen Zukunft - plötzlich schienen sie ganz nahe, und er war kein Mensch, sich der Ziellosigkeit hinzugeben. Susanne forderte ihn heraus, und er würde Farbe bekennen müssen, also brauchte er klare Vorstellungen über die unmittelbar vor ihm liegenden Tage.

Geht man einfach hin und sagt: Da bin ich wieder!? - Macht mit mir, was ihr wollt, Genossen, ich weiß, ich habe mich nicht weisungsgemäß verhalten, ich habe durchgedreht, hätte wohl eher mit euch reden sollen. Hab ich ja auch so und so oft, doch ich wurde nicht verstanden. Ich will auch beileibe nicht wieder in den alten Laden zurück, laßt mal die Jüngeren dran, die wollen sich auch beweisen und sich die Hörner abstoßen. Ich mag gewiß noch nützlich bleiben, aber gönnt mir jetzt ein bescheideneres Plätzchen. Die Partei wird schon eins finden für mich.

Und wenn ich auf Unverständnis stoße? Wie hätte i c h denn vor zehn oder fünfzehn Jahren reagiert, wenn einer meiner Mitarbeiter einfach seine Sache hingeschmissen und sich in irgendeinen Winkel draußen im Land verkrochen hätte? Bestimmt nicht mit wohlwollender Einsicht, oh nein! - Aber wenn man älter wird, versteht man vieles, was einem früher unbegreiflich erschienen wäre. Ja, es ist möglich, dass ein verlässlicher Mensch eines Tages den Boden unter den Füßen verliert und kurzerhand aussteigt. Das hat mit Müdigkeit zu tun und Übersättigung, mit Lufthunger und Verschleiß - das müßte man mir doch abkaufen. - Und wenn nicht? Nun, wir leben in einem Land, wo keiner fallengelassen wird, hier verhungern ja nicht mal notorische Faulpelze.

„Bin ich schuld an Ihrem Verstummen?" fragte Susanne,

Er hob bittend die Hände. „Verzeihen Sie mir! Wenn ich versprechen soll, gleich nach Ihnen abzureisen, muß ich mir rasch über meine weiteren Wege klarwerden."

„Erst einmal nach Hause."

„Nach Hause? - Liebe Susanne, mein Zuhause ist eine schlichte Einraumwohnung voller unentbehrlicher Nützlichkeiten, wo man schläft, sich duscht, rasch ein paar Happen hinunterschlingt und gleich wieder losläuft. Solche Behausung erträgt nur einer, der draußen voll im Streß steckt. Schon die Sonntage werden da zur Qual. Was macht man in einem Betonkasten, wenn man auf einmal Zeit hat. Fernsehen? - Ich hatte schon früher nicht das Bedürfnis, jeden Tag ins Kino zu rennen."

„Oh, Frank, das klingt ja entsetzlich! Hatten Sie denn gar keine private Liebhaberei? Angeln, Schallplatten, Briefmarken, Lesen, oder ein Gärtchen - irgendwas hat doch jeder, womit er sich den Feierabend verschönt."

„Ich bin gern rausgefahren, irgendwohin ins Grüne. Oft blieb aber dazu gar keine Gelegenheit, dann habe ich halt Zeitung gelesen und geschlafen."

„Großer Himmel", sagte sie, „und ich rate Ihnen dorthin zurückzukehren. Also: Sie brauchen eine nützliche Freizeitbeschäftigung, die Ihnen Freude bereitet, sonst wird diese Wohnung für Sie ewig so eine Kette bleiben, von denen Sie doch wirklich schon genug mit sich herumschleppen. Versprechen Sie mir das!"

„Ich verspreche Ihnen alles, was Sie wollen."

22

Von Mann zu Mann

Erwin Baatz kam nach alter Gewohnheit überpünktlich zum Mittagessen. In der Gaststube war noch nicht eingedeckt worden, also ging er zu seiner Schwester hinauf ins Zimmer vier.

„Na? Die Koffer schon gepackt?" posaunte er und küßte sie auf die Wange.

„Nein, ich bleibe noch ein paar Tage."

„Doch nicht etwa wegen deines Tischherrn?"

Sie überlegte einen Augenblick und meinte dann: „Ein bißchen auch seinetwegen."

„Du hast dich ja recht schnell getröstet."

Susanne fuhr heftig hoch. „Du bist abscheulich!" stieß sie hervor.

Er breitete die Arme. „Naa, naa, so war das doch nicht gemeint. Entschuldige!"

„Sollte ich mich hier im Zimmer verkriechen?" fragte sie barsch. „Herr Liebig hat mir Zeit geopfert, er hat es verstanden, mich aus der nutzlosen Trauer herauszureißen, er war mitfühlend und hilfreich - und du begreifst das überhaupt nicht."

„Entschuldige", sagte er nochmals und setzte sich. „Was ist das eigentlich für ein Mensch? Was macht er hier?"

„Sich erholen."

„Und sonst? Was hat er für einen Beruf?"

„Er war Kreissekretär bei der Nationalen Front."

„War?"

Sie stutzte. „Na ja, er hat nicht durchgehalten. Stress, Überforderung, wohl auch Unlust über so viel Papier ohne rechten Nutzen."

„Das ist ja eigenartig."

„Wieso? Das kann doch vorkommen."

„Hat man ihn abgelöst?"

„Nein, er ist weggelaufen. So, nun weißt du es."

Erwin Baatz blickte verständnislos. Weggelaufen, aus einer so verantwortungsvollen Position? Das begriff er nicht. Susanne sagte ihm in wenigen Sätzen, was sie über Frank Liebig wußte. Kopfschüttelnd hörte ihr Bruder zu. Was ihm da vorgetragen wurde, schien undenkbar. Wer wirft nach so vielen Jahren einfach die Arbeit hin? Das war eine Kurzschlußhandlung, und man konnte sie nicht gutheißen.

„Die Menschen sind halt verschieden", sagte Susanne. „Das ist doch das Gleiche wie bei unserem Vater. Einer geht über Geschehenes hinweg, ein anderer leidet darunter bis zur Selbstzerstörung, und ein Dritter erkennt seine Lage und steigt aus. Willst du darüber rechten, wer besser oder schlechter ist?"

„Das kann man überhaupt nicht vergleichen", widersprach er heftig. „Vater konnte nicht aus seiner Haut, er war an Herkommen und Klassenstandpunkt gefesselt. Aber wenn jemandem von uns eine Funktion anvertraut wird, hat er sie wahrzunehmen oder einzugestehen, dass er ihr nicht gewachsen ist. Aber nach Jahren einfach davonzulaufen! - Ich meine, ein solcher Mensch ist kein Umgang für dich!"

Mumimumi, dachte Susanne, denn er bewegte wieder heftig die Lippen. „Du wirst ihn jetzt als Tischgenossen ertragen", sagte sie. „Komm bitte, es ist Zeit."

Widerwillig folgte ihr der Bruder in die Gaststube. Liebig war freundlich wie immer, er schien Erwins Bittermiene nicht zu bemerken. Schon wurde das Essen aufgetragen.

„Hattest du ein ansprechendes Zimmer?" fragte Liebig.

„Wie bitte?" Erwin Baatz tat zerstreut. „Ja, danke - ich bin nicht anspruchsvoll." Er widmete sich hingebungsvoll seinem Teller.

Ich habe Susanne überhaupt nicht gefragt, wie ihr Bruder die

Nachricht vom Ende des Vaters aufgenommen hat, überlegte Frank Liebig. Wir waren so sehr mit unseren eigenen Anliegen beschäftigt, dass mir das einfach entfallen ist. Nun, er sieht nicht so aus, als ob er großen Wert auf Tischgespräche legen würde.

Liebig schwieg also, und wenn nicht Susanne gelegentlich ein paar Bemerkungen über das Wetter und über die Küche des Hauses gemacht hätte, wäre das gemeinsame Mahl völlig stumm verlaufen.

Als das Kompott aufgetragen wurde, wollte er aber nun doch noch ein Gespräch in Gang bringen; er überlegte nur einen Augenblick lang, wie er die Geschwister jetzt anreden sollte. Mit ihm, den er kaum kannte, war er per Du, mit ihr, seit Wochen seine angenehme Begleiterin, immer noch per Sie. Schließlich wandte er sich an den Bruder: „Es tut mir leid, dass die euren Vater betreffenden Nachforschungen zu einem solchen Ergebnis geführt haben."

Erwin Baatz zuckte nur mit den Schultern.

„Ich könnte mir vorstellen, dass man den Ort meiden möchte, wo die eigene Familie sich aufgelöst hat und verschwunden ist", fuhr Liebig fort. „Es ist eine Tragik, die Beklemmung auslöst. Ja, und dann der eigene Vater..."

„Das ist alles vorbei und begraben", entgegnete Erwin. „Ich möchte davon nichts mehr hören, es berührt mich nicht mehr."

„Geht das nicht ein Wenig gegen dein Gewissen?" fragte Liebig verwundert. „Im Grunde gehörst du von Hause aus zu den Betroffenen. Du hast dich davon losgesagt, ja, du bist zu denen gegangen, die manches Schicksal Betroffener ausgelöst haben. Entschuldige bitte, auch ich gehöre dazu. Wir hatten unsere Direktiven, unsere Anweisungen, und die haben wir buchstabengetreu ausgeführt. Das sind die Fakten."

„Lieber Genosse!" Erwin Baatz schob unwillig das Schüsselchen weg. „Wäre es für uns möglich gewesen, das damals Notwendige nicht zu tun? - Du schüttelst den Kopf. Also nein! Dann bleib aber bitte Realist und nimm das, was geschehen ist, als gegeben hin. Wozu sollte ich mich mit Dingen belasten, die unabänderlich sind?"

„Ich empfinde es nicht als Belastung, wenn ich unterschwellig vorhandene Ressentiments aufarbeite. Wir hatten höhere Verantwortung, an uns dürfen also auch höhere Ansprüche gestellt werden."

Erwin Baatz wurde immer ärgerlicher. „Wir waren in einer Zwangssituation! Wir standen in der Pflicht, unsere Menschen satt zu machen, auch Platz für die Technik zu schaffen. Ohne Modernisierung der Landwirtschaft wären wir gescheitert. Die Zeit war revolutionär, und jede Revolution fordert Opfer. Das ist schlimm - aber weißt du andere Wege?"

„Wozu erzählst du mir das?" fragte Liebig. „Macht ausüben heißt, sich zu bemächtigen. Das ist um der Sache willen geschehen. Aber w i e es hier und da geschehen ist, das belastet mich. Ich habe mein Tun vor mir selbst zu verantworten und kann mich nicht ständig hinter Direktiven verstecken."

„Ja, darum bist du von deinen Pflichten weggelaufen!"

Susanne verhielt den Atem. Das Streitgespräch hatte einen Punkt erreicht, wo es jeden Augenblick in offenen Zank übergehen konnte. Frank Liebig wusste jetzt, dass die Geschwister über den Grund seines Hierseins geredet hatten. Was aber, wenn er das Susanne als Vertrauensbruch anlastete? Sie fühlte sich auf einmal beklommen - doch Liebig blieb ruhig. Er sagte leise: „Ich habe mich immer mitverantwortlich gefühlt, habe mich auch nie geschont und mich so nützlich gemacht, wie ich konnte. Was uns aber am wenigsten nützt, ist ein kranker oder gar toter Mitstreiter."

„Darum geht es hier doch gar nicht", sagte Erwin.

„Aber sicher geht es auch darum. Ich habe nie daran gezweifelt, dass die Ziele, die wir uns gestellt haben, richtig sind; aber ich musste erkennen, dass der Weg dorthin nicht durch eine enge Schlucht führt, sondern über eine beglückende Weite, wo man frei atmen kann, Sonne und Wind nutzen, und wo man, wenn einem danach ist, auch gelegentlich einmal rasten darf."

„Du hättest ein Dichter werden sollen", spottete Erwin.

Liebig hob fragend die Schultern. „Wie steht es denn mit dir?" erkundigte er sich. „Bist du mit dem, was du machst, rundum zufrieden?"

„Darauf kommt es nicht an. Ich tue, was von mir verlangt wird. Wo kämen wir hin, wenn wir ständig nach der Zufriedenheit unserer Leitungskader fragen würden."

„Auch das sind nur Menschen."

Erwin Baatz stand auf. „Gehen wir ein Stück miteinander?" fragte er. „Hier drin hören mir zuviel Menschen zu."

„Gern, wenn es Frau Susanne recht ist."

Es war ihr recht. Sie folgten dem Weg, der zu den *sieben Brüdern* führte.

Erwin Baatz übernahm das Gespräch. „Es gibt Menschen, die das Risiko lieben, im Risiko leben", begann er. „Ich bin immer vorsichtig gewesen und auf Sicherheit bedacht. Ich war drum auch nie töricht oder leichtsinnig."

„Das hätte dir auch deine Frau nie verziehen", warf Susanne ein."

„Stimmt. Wir harmonieren vorzüglich miteinander. Um also auf deine erste Frage zurückzukommen, Genosse Liebig, ich habe mich von hier gelöst, endgültig. Ich mußte aus meinem überlebten Herkommen flüchten. Hier ist meine Familie zugrunde gegangen, der Bauer, unser Vater, stand gegen den Genossenschaftsgedanken. Es lag in der Logik der Zeit, dass er mit seiner Haltung scheiterte. Das ist tragisch. Aber? Hätte es andere Wege gegeben?"

„Vielleicht andere Möglichkeiten, diese Wege zu gehen", antwortete Liebig, „sie Leuten, die langsamer dachten und schwerer begriffen, zu ebnen und leichter begehbar zu machen."

„Gegen den Genossenschaftsgedanken mußte der Bauer scheitern", beharrte Erwin. „Mit ihm hätte er überlebt, das ist doch klar."

„Wenn du sein Tagebuch liest, wirst du ihn besser verstehen. Das sind hundert Details, die ihm ein anderes Denken unmöglich machten. Ein Bauer seines Formats soll nach Richtlinien arbeiten, sich den Weisungen eines fremden Vorstands beugen, der keinerlei Erfahrung mit dem hiesigen schweren Boden hat, und dazu noch die bäuerlichen Überlieferungen - das alles war für ihn zuviel. Und doch nicht nur für ihn. Er ist doch kein Einzelfall. Damals haben wir das so nicht gesehen, aber heute sollten wir es doch begreifen und daraus lernen, ein bißchen mehr auf die Leute zu hören, die anders denken, empfinden und reagieren als wir so sehr geschulten Kader."

Merkwürdig, dachte Susanne, Frank als Fremder versteht unseren Vater besser als Erwin, und er hat ihn doch gar nicht gekannt.

„Ich bin gegen jede Zurücknahme, gegen jedes Aufweichen", sagte Erwin Baatz. „Unser Staat muß seinen Bestand, seine Grundsätze ehern verteidigen. Keine Abstriche, kein Nachgeben gegenüber irgendwelchen Strömungen oder Tendenzen! Wir haben eine klare Linie, die müssen wir verfolgen gegen alle Anfechtungen!"

Gut gebrüllt, Löwe, dachte Frank und sagte: „Auch Linien ändern sich, auch ein Staatskurs erfährt seine Korrekturen; und Ideologien gehen mit der Zeit. Der Sozialismus ist ein lebendiger Vorgang, kein starres Gebilde."

„Aber das haben wir so gelernt!"

„Du wirst wieder einmal umdenken müssen."

„An meinem Staat lasse ich nicht rütteln!" ereiferte sich Erwin.

Liebig schüttelte den Kopf. „Das ist doch keine Gottheit, kein Staat, der wie ein Weihnachtsmann seine Gaben bringt. Das ist ein Organismus, in dem jedes Teilchen sozusagen eine Aufgabe zu erfüllen hat. Dann lebt er. Also, was muß ich dazu tun, damit sich das Ganze weiterentwickelt und der Zeit entsprechend verändert."

„Verändern, verändern, verändern! Ich leite ein großes Volksgut, das seit Jahren stabile, hohe Erträge bringt. Soll ich verändern, nur weil das Andersmachen auf einmal in Mode kommt? Wir haben mit unseren Methoden, mit unseren Erfahrungen etwas aufgebaut, es hat sich bewährt, es steht auf sicheren Fundamenten. Wir müssen nur festhalten und uns nicht beirren lassen. Nenne das meinetwegen Sturheit, es kümmert mich nicht."

Ruckartig wandte sich Erwin Baatz um und ging zurück, Susanne und Frank warfen sich einen Blick zu und folgten ihm. Eine Zeitlang fiel kein Wort, dann sagte Liebig: „Ich will dir nicht widersprechen. Du hast dich eingefuchst, ein Routinier, der sein erprobtes Gleis in überzeugter Sicherheit befährt. Du bist ein endgültiger Sozialist. Aber es gibt nichts Endgültiges auf der Welt, weil sich alles weiterentwickelt, alles, auch der Sozialismus."

Er erhielt keine Antwort. Schweigend legten sie die kurze

Strecke Weges bis zum *Haus am See* zurück. Hier blieb Erwin Baatz stehen und sagte: „Wir sollten gelegentlich weiter darüber reden. Jetzt muß ich fahren." Er streckte Frank die Hand hin. „Hat mich gefreut, Genosse Liebig, mit dir läßt sich's streiten."

„Ganz meinerseits."

„Ich bringe dich ein Stück", sagte Susanne. Sie winkte Liebig zu und folgte dem Bruder zu seinem Wagen. „Jetzt legen wir den Eltern noch ein paar Blumen aufs Grab", fuhr sie fort. Erwin blickte überrascht hoch, widersprach aber nicht. Er öffnete ihr die Tür.

„Steig ein, bitte."

In der Genossenschaftsgärtnerei bekamen sie einen Strauß. Als sie dann langsam zum Friedhof rollten, sagte Erwin plötzlich: „Weißt du, diesen Liebig, den möchte ich bei mir im Betrieb haben."

„Du?"

„Ja. Merkwürdig, nicht? Er hat eine Art durch einen hindurchzusehen, das ist fast beleidigend."

„Und trotzdem wolltest du ihn bei dir haben?"

„Er gibt mir Rätsel auf, und du erinnerst dich sicher, ich habe kein Rätsel ungelöst gelassen. Rätsel sind Herausforderungen, und Herausforderungen nehme ich grundsätzlich an."

„Vielleicht brächte er dich zur Strecke."

„Ich habe die Beharrlichkeit auf meiner Seite, und die hat am Ende den längeren Atem."

„Unser Vater ist an seiner Beharrlichkeit zugrunde gegangen."

„Immer diese unangebrachten Vergleiche."

„Frank Liebig hat dir eben bewiesen, wie konservativ deine Einstellung ist. Hast du das nicht begriffen?"

„Ich will darüber nachdenken."

Er parkte neben dem Friedhofstor. Schweigend gingen sie mit ihren Blumen nebeneinander den Hauptweg entlang. Erwin Baatz überflog die Namen der Gräber.

„Da! Lehrer Wiedemann, ein Biedermeier von Format", sagte er.

Susanne antwortete nicht, sie bog in den Seitenweg ein. Dann standen sie vor dem rostigen Gitter. Erwin steckte die Blumen ins

Efeupolster. „Morgen werden sie schon welk sein", knurrte er.

Geht es ihm wie mir, als ich zum ersten Mal wieder hier war? fragte sich Susanne. Ich empfand nichts, gar nichts. Inzwischen habe ich die, die hier liegen, in so vielen Einzelheiten wiedergefunden, und jetzt werden wir endgültig davongehen und diesen Platz hier der Gnadenlosigkeit der Zeit überlassen.

„Komm", sagte Erwin und wandte sich zum Gehen. Sie sprachen nicht, bis sie beim Auto waren.

„Steig ein", bat er.

„Nein, ich gehe zu Fuß zurück."

„Dann, auf Wiedersehen, Kleine."

„Tschüs, Erwin, und grüß die Lore."

„Mach ich."

Ein letztes Kopfnicken, dann fuhr der Wagen davon. Susanne blieb stehen, bis das Fahrzeug zwischen den Häusern verschwunden war. Er hat gesagt, er will über sich nachdenken, entsann sie sich. Ob das etwas nützt, wenn jemand so von sich selbst und der eigenen Meinung überzeugt ist?

Zehn Minuten später trat sie ins Haus der alten Elisabeth. Dort roch es nach Kaffee. Der Bruder saß auf dem Sofa, sein Blick wurde schief, als er sah, wer da in die Stube kam.

Susanne gab beiden die Hand. „Ich wollte euch noch mal besuchen, zum endgültigen Abschied sozusagen. Ich fahre in den nächsten Tagen nach Hause."

Das Gesicht des Bruders wurde freundlicher. Elisabeth stellte eine dritte Tasse auf den Tisch. „Gefällt es dir nicht mehr im *Haus am See?*" fragte sie.

„Ich weiß allmählich mit der vielen Zeit nichts mehr anzufangen", entgegnete Susanne. „Daheim hat man immer Beschäftigung, außerdem will ich wieder etwas Sinnvolles tun, nicht immer bloß sitzen und von einer Mahlzeit auf die nächste warten."

„Das kann ich verstehen", meinte die Frau.

Allmählich beteiligte sich auch ihr Bruder am Gespräch. Es waren wohltuend belanglose Dinge, über die sie redeten. Kein Wort mehr vom Tagebuch des Hermann Baatz, das war unwichtig geworden, seit es darum keine Geheimnisse mehr gab. Dieser

Besuch hier mochte allen, die noch ein schlechtes Gewissen hatten, beweisen, dass die Tochter des Bauern wirklich nicht an Vergeltung dachte. Kein Grund zur Sorge mehr. Wir wollen die Dinge beim Namen nennen, nicht aber miteinander rechten. Klarheit muß herrschen, Ehrlichkeit, das hilft uns weiter als ein ewiges Mißtrauen, das von unausgesprochenen Zweifeln und Schuldgefühlen herrührt.

Sie konnten frei über vergangene Zeiten sprechen, sogar über längst erkannte eigene Fehler und Dummheiten lachen. Susanne erlebte Elisabeths Bruder, den ehemaligen *Radikalinski* als einen im Grunde zugänglichen Menschen von einfacher Denkart. Er vermochte sich ohne Groll an die eigene Jugend zu erinnern, als man noch gemeinsam in der dörflichen Einklassenschule gesessen hatte, er ein Stück älter, robuster aber auch dürftiger als die besser gekleidete und auch in ihrer Art feinere Bauerntochter. Es war ja auch die gleiche Schule gewesen, man hatte dieselben Lehrer erlebt, die gleichen Lieder gesungen, einig darüber, dass die schönsten Minuten des Schülerlebens anbrachen, wenn es hieß: Bücher wegpacken! Schluß für heute! -

„Schön, dass du da warst", sagte Elisabeth, als sich Susanne verabschiedete. „Ob wir uns wohl noch mal wiedersehen?"

„Ich glaube kaum. Ich lebe in einer anderen Welt. Das hier waren ein paar Wochen Rückbesinnung - so etwas darf nicht zu lange anhalten, sonst wird es hinderlich. Bleibt gesund, ihr beiden!"

„Danke, du auch!"

Es ist ein gutes Gefühl, wenn man weggeht und hat alle Schulden aufgearbeitet, dachte Susanne, als sie wieder auf der Straße war. Ich möchte kein schlechtes Andenken hinterlassen, auch wenn mir das im Grunde egal sein könnte. Ich werde nicht wieder nach Rabisdorf zurückkommen. Wozu auch? Meine Entscheidung ist gefallen. Ich bin entschlossen, weiterzuleben, konsequent und mit aller Kraft, die mir verblieben ist. Unser *Wir* ist zerbrochen, jetzt will ich mein eigenes, beständiges *Ich* pflegen.

Es ist ein besseres, klügeres *Ich* als das, was ich einst in unsere Ehe eingebracht habe. Jetzt gehören die Erfahrungen, die wir miteinander gewinnen konnten, mit dazu. Ich bin verständiger geworden, überlegener, und das danke ich meinem Mann. Ja, damals bin ich einem Vater weg-, dem anderen zugelaufen. Der zweite verstand es besser, mich zu leiten. Nun, da er tot ist, weiß ich, dass er bei all seiner Fürsorge, seinem Lenken und Leiten mir doch zu mir selber verholfen hat.

Als sie aufblickte, stand sie vor dem Konsumgeschäft. Ich muß mich noch erkenntlich zeigen, wenn ich weggehe, dachte sie. Als sie die Tür aufklinkte, vermißte sie das alte, längst verklungene Glockenzeichen.

„Sie wünschen, bitte?"

Sie kaufte für Richard eine gute Flasche Wein und für Liesbeth den größten Konfektkasten, den sie hier anboten.

23

Aufbruch

Viele Eigenschaften werden den Menschen anerzogen, andere fallen ihnen zu wie ein Geschenk. Zu diesen gehört zweifellos die Kontaktfreudigkeit, die Aufgeschlossenheit gegenüber der Umgebung, gegenüber den Mitmenschen. Die Wechselfälle des Lebens lassen sich leichter ertragen, Mißlichkeiten besser überwinden, wenn man sich nicht zu sehr nach innen kehrt, sondern sich anderen anvertraut, das Gespräch sucht, die stützende Hand.

Susanne Berger hatte in den letzten Wochen erfahren, wie tröstlich es in ihrer Situation war, mit jemandem sprechen zu können, Anteilnahme nicht in Gestalt bloßen Mitleids zu erfahren. Frank Liebig hatte ihre Gedanken und Empfindungen auf andere Fragen gelenkt und sie damit herausgerissen aus den selbstquälerischen Grübeleien und Ängsten.

Wie oft reden doch Hinterbliebene nur von ihren Toten, und sie steigern sich damit immer heftiger in ihren Schmerz hinein und müssen ihn auskosten bis zur Verzweiflung. Gewiß, es ist ein trügerisches Wort, die Zeit würde alle Wunden heilen. Der Verlust eines Menschen ist nicht zu widerrufen, ein gefällter Baum hinterläßt Leere, und der neue, der an seiner Stelle emporwächst, wird ganz anderen Menschen Schatten spenden als einem selber. Was die Zeit bringt, ist Gewöhnung. Man gewöhnt sich daran, dass der Platz neben einem nicht mehr besetzt ist, dass man eine geliebte Stimme nicht mehr hört, die einst hilfreiche Hand nicht mehr spürt. Gewöhnung ist Balsam, der Wunden vernarben läßt, die zwar hin und wieder noch schmerzen, doch bluten werden sie immer weniger und weniger und am Ende gar nicht mehr.

Je rascher diese Gewöhnung einsetzt, desto tröstlicher wird es für den, der zurückgeblieben ist. Und wenn jemand kommt, der es versteht, einen abzulenken, einem verständlich zu machen, dass da immer noch die Welt ist mit ihrer Vielfalt, ihren Schönheiten, ihrer Kurzweil und dem lebhaften Treiben ihrer Menschen, desto rascher wird der eigene Kummer an Bedeutung verlieren. Und so vermischte sich Susannes Gefühl des Verlassenseins und der Hilflosigkeit immer stärker mit Dankbarkeit für das, was sie in den letzten Wochen erfahren hatte.

Dank aber schuldete sie vor allem Frank Liebig, diesem unterhaltsamen, sympathischen Menschen, der seine eigenen Probleme zu teilen wußte, indem er sie mit den Geschicken anderer verband und so ein vernünftiges Maß gewann, sie zu beurteilen. Was wiegt denn die eigene Last im Verhältnis zu dem, was zahllose Mitmenschen zu schleppen haben, und, recht besehen, niemand steht allein in der Welt mit seinen Kümmernissen.

Susanne hatte ihren Toten nicht vergessen, aber sie hatte sich aus der Verzweiflung herausführen lassen und wusste jetzt, dass ihr Leben sinnvoll weiterlaufen würde. Wenige Tage noch - vielleicht nur noch Stunden, und sie musste beweisen, dass sie auf eigenen Füßen zu stehen verstand. Sicher, das wollte sie, doch ganz klein glomm in ihr auch ein Fünkchen Hoffnung, dass sie Frank Liebig nicht ganz aus den Augen verlieren würde. Konnte man sich vielleicht gelegentlich sehen? Miteinander sprechen? Das mochte die Zukunft zeigen, das stellte sich wohl schon heraus, wenn man sich zum Abschied die Hand gab und dem *Haus am See* den Rücken kehrte.

Sie empfand sich in einer ähnlichen Lage wie damals als junges Mädchen, wie sie, von daheim weggelaufen, zum ersten Mal ihrem Leonhard begegnet war. Unerwartet trafen sie auf dem Gang vor der Dramaturgie aufeinander, dort, wo gegenüber die Tür zur Beleuchterbrücke lag, die sie nie zu öffnen gewagt hatte, weil man da so erschreckend hoch über dem Abgrund der Bühne stand. Ihre zufällige Begegnung hatte in ihr einen Sturm der Gefühle ausgelöst. Sie hätte nicht sagen können, warum. In diesem Hause gab es auffälligere Männer, schönere, draufgängerische als diesen unscheinbaren Beleuchter, der so geringen Anteil am Geschehen unten auf den Brettern hatte. Damals war das Theater noch bedeutungsvoll gewesen, der Kulturhunger der Menschen nach dem verhängnisvollen Krieg wertete die Kunst auf, Schauspieler wurden verehrt und bewundert, und wenn es hieß: „Ich bin beim Theater", so war das wie ein *Sesam-öffne-dich* im grauen, banalen Alltag der Stadt.

Plötzlich also Leonhard, mit dem sie dann im Kasino saß, wo sie gemeinsam ihre Suppe löffelten, mit dem sie an den Abenden, wenn er dienstfrei war, in billigen Tanzlokalen verkehrte. Es war ein ganz neues und reizvolles Leben für sie gewesen.

Und nun das *Haus am See*, nun ein Frank Liebig, ein Mensch, der ihr zusagte, und von dem sie doch einen gewissen Abstand hielt - aus Pietätsgründen, aus Gepflogenheit. Eine Frau, die auf sich hält, schaut nicht schon wenige Wochen nach dem Tod des geliebten Gatten einen neuen Mann an, als könnte der die Stelle des Verlorenen einnehmen. Aber sich selbst belügen wollte sie nicht, und sie wünschte sich deshalb ein Wiedersehen, später - aber doch auch nicht zu spät.

Nun, wo sie ihren Nachforschungen entsagt hatte, weil das Verborgene offenlag, wo man sich über vieles klargeworden war, was vorher Zeit und Gedanken beanspruchte, gehörte man nur noch sich selber. Jetzt hätte eigentlich die Erholung, um derentwillen man hergekommen war, beginnen können, doch sie dachten an die Abreise. Wenn sich das *Haus am See* als eine Art von Seelensanatorium darstellte, hatten diese beiden Patienten ihr Pensum an Therapie erfüllt, sie konnten dem Alltagsleben zurückgegeben werden.

Beim Abendessen sprach Susanne diese Überlegungen aus, und Frank Liebig spann sie sogleich weiter: „Vor uns liegt eine Welt, Susanne. Ich begreife nicht, warum wir aus ihr fortlaufen sollten."

„Weil es eine Scheinwelt ist, das wissen Sie doch auch. Das Leben wäre arm ohne Pflichten, ohne Arbeit. Ich käme mir vor wie ein nutzlos gewordener Aussteiger, wie ein Parasit."

„Haben Sie gar keine Angst mehr vor dem häuslichen Trott?"

„Sie stellen Fragen! Fühlen Sie sich schon so alt, dass Sie nur noch sitzen und Ihr Ruhegeld genießen wollten?"

„Entschuldigen Sie, Susanne, es war eine Testfrage. Ich sehe, dass die Kur bei Ihnen angeschlagen hat. Gratuliere! Und nun wollen wir die letzten Tage planen, ja?"

„Weshalb? Lassen wir es doch auf uns zukommen. Das Angebot ist reichlich: Sonne, Wind, Spazierwege, manchmal Musik, ein Glas Wein - drei Tage noch, mehr bitte nicht!"

„Einverstanden. Der erste Abend liegt vor uns. Wollen wir nicht mal etwas ganz anderes tun? Etwas, das wir noch nie getan haben? Fällt Ihnen nichts ein?"

„Hm. Spielen Sie Karten?"

„Sechsundsechzig, Schafskopf, Skat."

„Also Skat", sagte sie. „Und der dritte Mann? Vielleicht Frau Nandelstedt?"

„Sie sieht nicht aus, als ob sie Skat spielen könnte."

„Möglicherweise ist das nicht Ihr erster Irrtum, was diese Frau betrifft. Ich werde sie fragen."

Frau Nandelstedt spielte tatsächlich mit, und sie war offensichtlich erfreut über Susannes Einladung. An den anderen Tischen machte man große Augen, und auch das Personal war erstaunt, als sich da plötzlich vor der Standuhr eine Skatrunde aufmachte. Die größte Überraschung aber war, dass Frau Nandelstedt haushoch gewann und zum Schluss eingestand, dass sie daheim in ihrem Klub zu den Favoriten zählte.

Als anderntags Liesbeth das Zimmer besorgte, kam Susanne hinzu. „Ich reise in zwei Tagen ab", sagte sie. „Sie haben mich in diesen Wochen so nett betreut und all meine Sonderwünsche mit der gleichen Freundlichkeit hingenommen. Ich möchte Ihnen eine kleine Aufmerksamkeit erweisen, Liesbeth. Danke für alles!"

Sie gab ihr die große Konfektschachtel. Das Mädchen war überrascht. Liesbeths Augen wurden feucht, sie senkte den Kopf. „Und ich war so gemein zu Ihnen", sagte sie leise.

Susanne dämmerte etwas auf. „Gemein?" fragte sie, „zu mir? Wie soll ich das verstehen?"

Kurzes Zögern, dann: „Ich habe Ihnen diesen Zettel da ins Zimmer gegeben."

Susanne setzte sich. „Sie waren das?" fragte sie ungläubig. „Aber weshalb denn nur? Was hatten Sie denn mit meinen Angelegenheiten zu tun?"

Das Mädchen zuckte mit den Schultern. „Verzeihen Sie! Ich weiß es auch nicht. Man hat mir den Zettel gegeben."

„Wer ist man?"

„Lothar Seifert. Sie kennen ihn nicht. Er ist sonst nicht schlecht, aber er hat große Angst gehabt, als Sie kamen. Es ist doch wegen der Möbel, die er von Ihren Eltern hatte."

„Und was haben Sie damit zu schaffen?"

„Bitte verraten Sie mich nicht", flehte Liesbeth. „Wir hatten ein Kind miteinander, es ist mir leider ganz klein gestorben. Ich habe nicht gesagt, dass er der Vater war. Er ist doch verheiratet, verstehen Sie?"

Susanne nickte. „Und Sie mögen ihn immer noch."

Liesbeth biß sich auf die Lippen, sie blickte ganz ergeben, ganz bedrückt. Susanne sah, dass ihr die Tränen über die Wangen liefen.

„Wir wollen das alles vergessen, ja?" sagte sie. „Die Möbel will ich ohnehin nicht. Darum hätte er sich nicht zu sorgen brauchen. Aber Sie haben sich da zu einer bösen Sache hergegeben, das hätte übel für Sie ausgehen können. Ich habe etliche ganz unschuldige Leute verdächtigt und war wirklich am Überlegen, ob ich nicht abreisen sollte. So etwas tun Sie nie wieder, nein?"

„Ich bin Ihnen ja so dankbar", sagte das Mädchen und drückte ihr die Hand.

Immer noch ein Nachhall vom traurigen Ende des Hermann Baatz, dachte Susanne, als Liesbeth aus dem Zimmer war, ich komme und komme davon nicht los. Und dieses arme Ding läßt sich in so etwas hineinreißen. Wer weiß, was das für ein Kerl ist, dieser Lothar Seifert. Hat seinen Spaß gehabt und dank Liesbeths naiver Zuneigung nie dafür geradestehen müssen.

Sie beschloß, Frank Liebig nichts von diesem Geständnis zu erzählen, es ging niemandem etwas an. Sie selbst wollte es vergessen und war eigentlich froh darüber, dass nicht mehr hinter diesem bösen Zettel gesteckt hatte als die Angst eines Feiglings, unrecht erworbenes Gut wieder herausgeben zu müssen.

Lothar Seifert - ich will auch den Namen vergessen, ich kenne ihn nicht, habe ihn nie gehört, es gab keinen Zettel, ich hatte auch nie andere Menschen in irgendwelchem Verdacht. Aus, aus, vorbei! Ich bin hier, um mich zu erholen und will die letzten Tage keinerlei Lasten mehr mit mir herumschleppen.

Vormittags gingen sie spazieren. Über der Seewiese lag schon die Ahnung des Sommers. Draußen, weit weg von den übrigen Gästen ergingen sie sich in Scherzreden, und Frank Liebig empfand ihr Lachen als wohltuend. Schon immer hatte es ihm der Klang weiblicher Stimmen angetan. Er erinnerte sich, wie oft er beim Telefonieren mit fremden Partnerinnen rein von der Diktion, von der Tonfarbe, von gelegentlichem Auflachen her auf das Aussehen geschlossen hatte. Man hört eine angenehme Stimme und versucht, sich die Sprecherin vorzustellen, halb Kind noch, halb schon erwachsen, weder Fisch noch Fleisch, wie man das nennt - und das lustige Lachen ist wie ein Geschenk.

Wie Susanne lachte, ja, das passte zu ihr, das war Gnostika, so gelöst, so munter. Was zählten ihre Jahre! Sie mochte jetzt reden, worüber sie wollte, für ihn war alles wohltuend.

„Haben Sie mal beobachtet, wie Richard die Gartenmöbel aufstellt? Er zelebriert sozusagen eine sakrale Handlung. Das geschieht jeden Morgen haargenau in der gleichen Reihenfolge."

„Ich weiß", erwiderte er. „Richard ist ein Beamter des Gartenmöbelaufstellens."

Sie lachten beide über den komischen Vergleich. Dann begann sie zu laufen, und er lief mit, bis sie schließlich schweratmend in gleichzeitiger Erkenntnis ihres Übermuts innehielten. Es war wie ein Spiel, und was sie sprachen, es war völlig unwichtig und deshalb beglückend und erholsam; denn man mußte nicht darüber nachdenken, man brauchte sich nur treiben zu lassen wie zwei

Blätter, die der Sommerwind zufällig nebeneinander ins Wasser geweht hatte.

Sie erreichten das Dorf von der anderen Seite her. Hier waren die Schüler der zehnten Klasse beschäftigt, eine Blumenanlage zu pflegen. Es ging recht lustig dabei zu, man neckte sich, warf sich mit Erdklümpchen, es gab auch kurze Verfolgungsjagden, und der junge Lehrer, der hier die Aufsicht führte, lachte wacker mit.

Susanne blieb stehen. „Ich mag diese Jugend", sagte sie. „Ich habe sie schon immer gemocht."

„Man müßte jung und alt paaren können", antwortete Frank. „Dann kriegten die Alten mehr Leichtsinn und Schwung, und die Jungen bekämen mehr Lebenserfahrung und Voraussicht."

„Hatten wir vorhin nicht Schwung genug?"

„Natürlich, wir sind ja auch noch nicht alt, oder?"

Jetzt müßte ich ihm wieder davonrennen, dachte sie, aber das geht nun nicht mehr, im Dorf müssen wir den notwendigen Ernst wahren, hier hat es tausend Augen.

Später rief sie sich zur Ordnung. Nein, das darf keinesfalls wieder vorkommen, dachte sie, ich habe mich einfach unmöglich aufgeführt. Hoffentlich verübelt mir das Frank nicht, wie sollte ich mich für mein Verhalten entschuldigen? Aber wir waren in so lustiger Stimmung, wie sie mir, wenn man es recht bedenkt, niemals zukommt.

Hingegen empfand das Frank Liebig ganz anders als sie. Er wertete ihre Ausgelassenheit als ein Zeichen dafür, dass die Zeit ihrer Ratlosigkeit und Verzweiflung endgültig vorbei war. Jetzt wusste er, dass sie getrost nach Hause fahren konnte, und es erschien ihm beglückend, dass er es gewesen war, der ihr zu dieser Wandlung verhelfen hatte.

Als er zum Essen gehen wollte, traf er im Flur auf Richard, der sagte aufgeregt: „Die Frau Berger hat mir eine Flasche Wein geschenkt, einen teuren spanischen. Wie finden Sie denn das, Herr Liebig?"

„Das finde ich gut, Richard."

„Aber ich habe doch kaum was dafür getan. Das Gepäck vom Bus, na und vielleicht noch mal ne Kleinigkeit. Also, ich wußte gar nicht, was ich sagen sollte."

„Denken Sie an diese Frau, wenn Sie den Wein trinken, Richard. Sie wollte Ihnen halt eine Freude machen."

„Ja, das ist ihr gelungen."

„Ich bin Ihnen ja auch noch etwas schuldig", sagte Frank. „Auch ich reise ab, das ist eine beschlossene Sache."

Richard kam näher. „Sie nehmen der Wirtin eine große Sorge ab", verriet er. „Sie wußte nicht, wie sie für Sie noch einmal verlängern sollte. Ihr Zimmer wird in der kommenden Woche gebraucht, ist verbucht, wissen Sie? Sie hat überlegt, wie sie Ihnen das beibringen könnte."

„Na, sehen Sie, Richard, am Ende klärt sich alles auf seine Weise."

Drinnen lief dann wieder alles in gewohnter Ordnung ab, jeder an seinem Platz mit seinen Kleinlichkeiten, und das Essen wurde in der eingespielten Reihenfolge aufgetragen. Als Liesbeth bediente, wechselte Susanne mit ihr ein Lächeln. Wie gut, wenn man sich wortlos verstanden weiß.

Im Gespräch während der Mahlzeit kam Susanne auf die Frage, dass bei ihrem Aufenthalt hier im Grunde gar nichts geschehen sei, zwei Hände voll verbummelter Tage, nichts weiter, so, als hätte sich die Zeit mit ihnen im Kreise gedreht.

„Aber Sie sind selbständig geworden", widersprach Frank Liebig. „Sie haben hier etwas getan, was nicht Ihr Mann geplant und eingeleitet hatte. Sie haben über das Leben Ihres Vaters ermittelt, konsequent und bis zu Ende. Das ist doch ein Erfolg, oder?"

„Ja, ich habe erfahren, was ich erfahren wollte - mehr nicht. Was hat das für Folgen? Was wiegt das?"

„Für Sie sehr viel, Susanne, und darauf kommt es doch an. Man muß nicht Berge versetzen wollen, mitunter sind die kleinen Erfolge von viel größerem Gewicht als die laut gepriesenen enormen Taten."

„Schön, wenn man weiß, dass noch nicht alles zu Ende ist", sagte sie.

Zwei Tage danach reiste Susanne Berger von Rabisdorf ab. Frank Liebig begleitete sie zur Bushaltestelle, und Richard fuhr ihr das Gepäck nach. Sie war heute der einzige Fahrgast, der unter dem gelben Schild wartete.

Sie sprachen kaum miteinander. Was es zu bereden gab, war längst gesagt. Sie kannten sich und wußten - bis auf die Dinge, die nun einmal jeder Mensch in sich festhält - voneinander alles, was es zu wissen gab.

Als der Bus auftauchte, nahm Susanne einen Zettel aus der Handtasche. „Hier ist meine Nummer", sagte sie. „Rufen Sie mich an." Und nach kurzer Überlegung: „Rufen Sie mich bald an!"

„Aber sicher", sagte er und drückte ihre Hand.

Da war schon der Bus, zischend öffnete sich die Tür. Richard hob das Gepäck hinein.

„Auf Wiedersehen, Frank!"

„Auf Wiedersehen - Gnostika!"

Sie stieg ein, drehte sich in der Tür nochmals um und sagte: „Frank! Sie waren ein Geschenk für mich!"

Er nickte nur. Schon schloß sich die Tür. Ein kurzer Gruß mit der Hand noch, dann ruckte das Fahrzeug an, schwenkte ein, verschwand dröhnend zwischen den Häusern.

Die beiden Männer gingen nebeneinander zum *Haus am See* zurück.

„Und was wird jetzt?" fragte Richard.

„Jetzt fängt das Leben an", erwiderte Frank. „Von morgen an werde ich mich ihm stellen."

Anmerkung:

Vielleicht hätte aus der *Gnostika* ein markanter Roman aus der untergehenden Epoche des sozialistischen Experiments in Deutschland werden können, es gelang nicht. Zu DDR-Zeiten ließ die Selbstzensur von Lektor und Verlag keine Veröffentlichung zu – „So etwas bekommen wir nicht durch!"

Als auf der denkwürdigen Vorstandssitzung des Schriftstellerverbandes vom 12. Oktober 1989 die Druckgenehmigungspraxis und damit die Zensur der Literatur offiziell beendet wurde, nahm der Lektor eines Verlages den Autor beiseite: „Jetzt machen wir das Ding!".

Es war zu spät. Nachdem alle Vorarbeiten fertig waren, interessierte sich zunächst niemand mehr für das Thema und der Roman blieb in der Schublade. Da will ich ihn nun herausholen.

Der Herausgeber

Inhalt

Flucht in die Stille 5
Ein Mann namens Liebig 15
Ruf ohne Echo 24
Begegnung mit der Kindheit 33
Erstes Zusammentreffen 43
Unerwartetes Geschenk 53
Geteilte Last 66
Spurensuche 77
Soll Vergangenes ruhen? 87
Gnostika 96
Zweifel 106
Gewitter im Mai 118
Auf der Suche nach Trost 128
Seehausgeschichten 141
Kein Alltag ist zu klein 154
Der Kaffeeklatsch 167
Der Ausflug in die Berge 180
Freundschaftliche Belehrung 190
Ein Wolga fährt vor 200
Die Aussprache 211
Rostige Ketten 224
Von Mann zu Mann 234
Aufbruch 244